La Vierge néerlandaise

MARENTE DE MOOR

La Vierge néerlandaise

roman

Traduit du néerlandais
par Arlette Ounanian

LES
ARGONAUTES
éditeur

Ouvrage publié avec le concours du Fonds néerlandais des Lettres.

Nederlands
letterenfonds
dutch foundation
for literature

Publié pour la première fois en 2010
chez Em. Querido Uitgeverij, Amsterdam
Titre original : *De Nederlandse maagd*

Un bravache, un faquin, un traître, qui ne combat que par règles mathématiques !
Pourquoi diable êtes-vous venus vous jeter entre nous deux ? J'ai reçu le coup par-dessous votre bras.

Shakespeare, *Roméo et Juliette*

PREMIÈRE PARTIE

Maastricht, 10 septembre 1936

Cher Egon,

Cette lettre-ci n'a pas besoin de timbre et je suis sûr qu'elle sera lue car je la remets en main propre à ma fille, qui veillera à ce que tu l'ouvres. Je n'attends plus tes réponses depuis bien longtemps, mais mon cœur saute de joie à l'idée que tu vas apprendre à connaître celle qui m'est la plus chère au monde. Janna, née à une époque que tu dis ratée. Je sais aussi que tu vas rire de moi, du rire cynique de qui a oublié le sens du rire. Que ma fille doive avoir cette folle passion que tu nommes art de vivre, l'« art de vivre de la mort », quelle idée tordue ! Cela m'a ébranlé. Il faudrait donc admettre que la terre sur laquelle une guerre a fait rage ne pourrait produire que des combats ? Janna, je suis un peu honteux de te l'avouer, a été conçue à l'emplacement du champ de bataille. Pourrait-on dire alors que j'ai profané les tombes ? Ce n'était pas mon intention. La terre était déjà paisible à ce moment-là ; toute trace d'outrage effacée, les plaies s'étaient refermées, l'herbe avait bien repoussé. Elle était douce et sentait bon. L'odeur de la vie indéfectible.

Il ne faisait pas aussi chaud qu'alors, quand personne ne comprenait ce qui produisait cette chaleur soudaine : le soleil brûlant ou la terre qui exhalait du sang frais ? L'endroit n'était d'ailleurs peut-être pas le même, mais il se prêtait en tout cas à ce qu'une nouvelle vie soit implantée dans le corps au sang chaud d'une femme qui, plus tard, une fois la passion retombée, s'est murée définitivement dans une froideur glaciale.

Bien sûr, c'est autre chose qui m'avait amené là, je ne l'ai pas oublié. Crois-moi, j'ai vraiment cherché. J'ai interrogé des paysans, des maréchaux-ferrants, des cochers. Personne n'a pu me renseigner. Je t'ai déjà tout expliqué, mais tu n'as pas daigné me répondre. J'ai fait de mon mieux. Je n'ai pas retrouvé ton cheval.

À présent, ma fille partage ta passion pour le combat. J'ai essayé de l'en dissuader. Qu'est-ce que tu crois ? Pas moyen. C'est une jeune fille comme on en voit de plus en plus souvent ces temps-ci, qui n'a pas la moindre envie de devenir une femme. Mon trésor obstiné. Est-ce que tu comprends que je me réconcilie avec toi ? Avant tout je t'offre, à toi, le maître, la meilleure élève que tu auras jamais. Janna est vraiment douée. Et je t'offre aussi, mon ami, mes doutes, dont je ne t'ai pas fait part quand tu en avais tant besoin. Les doutes des uns font souvent la force des autres. Il se peut, après tout, que l'escrime soit un art de vie incontournable auquel je ne comprends rien. Je suis, désormais, assez sage pour avouer que je ne sais rien avec certitude.

Et ce n'est pas tout. Cela pourrait te faire plaisir, du moins si tu t'es débarrassé de ton cynisme, de savoir que j'ai approfondi mes connaissances sur l'art de l'escrime. Non, je n'ai jamais tenu une arme ; un médecin n'a pas besoin d'être malade pour faire un diagnostic. Avant de tomber sur cette gravure, je n'avais aucune intention de t'envoyer Janna. Mais « Tout peut arriver »[1]*. Regarde-la*

1. Devise de Gerbrand Adriaenszoon Bredero, poète, chansonnier et dramaturge, artiste majeur du Siècle d'or néerlandais. *(Toutes les notes de bas de page sont de la traductrice.)*

bien, je t'en prie. Elle est extraite d'une édition très rare de vers en bas allemand de Bredero :

Ô nouveaux maîtres d'armes, qui réunissez l'élégance et la force en un seul et même art[1].

L'image n'est pas une simple curiosité. C'est un savoir oublié qui peut sauver des vies. Il y a plus, si cela t'intéresse. La méthode elle-même, bien sûr, magnifiquement illustrée. Je l'ai feuilletée les mains gantées dans une bibliothèque déserte d'Amsterdam ; j'ai pris des notes. C'est un livre étonnant. Une science, un art de l'escrime. Un secret, dit-on, le savoir occulte de l'invincibilité, mais laissons le mystère pour ce qu'il est, tu sais ce que je pense de tout cela.

C'est simplement l'art de ne pas être touché. Pas une matière facile, assurément, mais on peut l'étudier. Fais-le, Egon. Garde-toi, garde ton pays, le monde entier s'il le faut, de plus de misère.. Ma fille a l'âge de la paix. L'âge que tu avais quand tu as décidé de t'engager dans l'armée. J'espère, non, je crois fermement que

1. Dernier vers d'un poème de G.A. Bredero intitulé « Aen Mijn Heer Tibout » (« À mon maître Thibault ») et adressé à son maître d'armes, Gérard Thibault, inédit en français.

1

On aurait pu dire que von Bötticher était une gueule cassée, mais au bout d'une semaine je ne remarquais plus ses cicatrices. On s'habitue vite aux anomalies physiques. Une personne affreusement mutilée peut être heureuse en amour si elle rencontre quelqu'un qui n'est pas obnubilé par la symétrie. Pourtant, en dépit des exemples que nous offre la nature, la plupart des gens ont la manie de séparer les choses en deux moitiés parfaitement égales.

Egon von Bötticher était beau ; sa cicatrice était laide. Une plaie boursouflée, infligée par une arme émoussée dans une main instable. Comme on ne m'avait pas prévenue, la première impression que je lui ai donnée a été celle d'une jeune fille choquée. J'avais dix-huit ans et j'étais habillée trop chaudement en descendant du train après mon premier voyage à l'étranger. Maastricht-Aix-la-Chapelle, un trajet négligeable. Mon père m'avait accompagnée à la gare. Je le vois encore, debout devant la fenêtre du wagon, étonnamment petit et maigre tandis que des colonnes de vapeur s'élevaient derrière lui. Il avait fait un bond quand les deux coups de marteau du visiteur de gare avaient commandé le desserrement des freins. Les wagons rouges sortant des mines roulaient à côté de nous, suivis par des wagons à bestiaux d'où s'échappaient des beuglements et, dans ce boucan, mon père est devenu de plus en plus petit avant de disparaître au tournant. Ne pose pas de questions. Pars, c'est tout. Pendant son monologue, un soir après le dîner, il avait à peine pris le temps de respirer. Il parlait d'un vieil ami, autrefois un très bon ami, toujours un bon maître. Ensuite, soyons honnêtes, nous savions que je devais saisir cette occasion si je voulais réussir dans le sport, je ne voulais quand même pas devenir servante, bon, alors, vois ça comme des vacances, quelques semaines d'escrime dans ce très bel endroit qu'est la Rhénanie.

Entre les deux gares, il y avait quarante kilomètres ; entre les deux amis, vingt ans. Sur le quai d'Aix-la-Chapelle, von Bötticher me tournait le dos. Il savait que je viendrais à lui. Il était ce genre d'homme. Et j'ai deviné en effet qu'il ne pouvait être que le géant basané coiffé d'un homburg crème. Pas de costume assorti au chapeau, mais un polo en laine peignée et un de ces pantalons marins avec une large bande à la taille. Très distingué. Et moi, la fille, je débarquais dans une robe chasuble rapiécée. Quand il a tourné vers moi son visage déchiré, j'ai eu un mouvement de recul. La chair fibreuse avait pâli avec les années, mais était encore rose. J'imagine que ma réaction l'a agacé, je n'étais probablement pas la première à me comporter ainsi. Ses yeux se sont portés sur ma poitrine. J'ai saisi mon médaillon pour cacher ce que ma robe permettait à peine de voir.

– C'est tout ?

Il parlait des bagages. Il avait tâté mon sac d'escrime pour sentir combien d'armes il contenait. Ma valise, c'était à moi de la porter. L'image idyllique que je me faisais de mon maître avant de le rencontrer s'est très vite effondrée.

Elle s'était formée à partir d'une photo plutôt floue de notre album de famille. Deux hommes, l'un l'air sévère, l'autre agité. Au-dessous, une date : janvier 1915.

– C'est moi, avait dit mon père en pointant le doigt vers l'homme sévère. Et l'autre, dont on ne distinguait que la vieille capote déboutonnée et le chapeau en fourrure, lui, c'est ton maître.

Mes copines trouvaient la photo « géante ». Le visage flou laissait le champ libre aux fantasmes. Il était bien bâti et chevaleresque, cela comptait, et il possédait un domaine où je pourrais musarder. Ça se terminerait inévitablement comme dans un film. Mais, devant moi, je n'avais qu'un homme usé et sans armes. Au-dessus de mon lit, je n'avais pas punaisé Gary Cooper ou Clarke Gable, mais les frères Nadi. Une photo unique, je n'ai vu la même nulle part : Aldo et Nedo, héros olympiques, tous deux droitiers, se saluant avant un match. Voir des escrimeurs photographiés dans cette pose-là est extrêmement rare. Ils se font face, le corps bien droit, à quatre mètres exactement l'un de l'autre, et tous deux tiennent la lame à la verticale devant leur visage à découvert. Sur la photo, on pourrait penser qu'ils se jaugent au fil de l'acier de leur arme, mais pendant les épreuves, le rituel des salutations ne dure jamais bien longtemps. Moins longtemps qu'à l'époque où le duelliste voyait la vie pour la dernière fois dans les yeux de son adversaire.

C'est pendant la lecture de *Guerre et Paix*, où il me servait de marque-page, que le visage de maître Egon von Bötticher a pris forme. Quand j'ai ouvert le livre, il était insaisissable, comme l'homme qui avait bougé devant l'appareil photo. Mais, au gré de la lecture, il s'est concrétisé. Dans le brouillard d'une immortalisation floutée, il avait perdu sa morgue : en fait, il ne portait pas un chapeau en fourrure mais un bicorne, des épaulettes dorées, et contre son flanc gauche un sabre dans un fourreau rouge. J'en étais convaincue. Dans le train, j'avais essayé d'avancer rapidement dans l'histoire, mais j'étais distraite par un voyageur qui me lorgnait. Chaque fois que je levais les yeux, lui les détournait. Je lisais quelques phrases, sentais à nouveau son regard enflammé sur le reflet de mon corps dans la vitre du compartiment et me mettais à lire de plus en plus vite. Je sautais des passages entiers pour arriver à la scène tant attendue : le baiser entre Bolkonski et

Natacha. J'y suis parvenue juste à temps, avant l'entrée du tunnel. Le passager s'est alors évaporé. J'ai rangé la photo. Je n'avais pas besoin de visage, je reconnaîtrais mon Bolkonski entre tous. En cette journée de l'automne 1936, il était l'homme le plus imposant de la gare d'Aix-la-Chapelle. De plus près, c'était un mufle mutilé qui m'avait laissée placer moi-même ma valise dans sa voiture.

– Votre père vous a dit ce qui vous attendait ? a-t-il demandé.

– Oui, monsieur.

Non, en fait. Pas la moindre idée. Me perfectionner dans l'art de l'escrime était mon projet, mais mon père connaissait le maître depuis un passé qui n'allait plus demeurer obscur bien longtemps. Allemand, noble, domaine de Raeren. Ma mère s'est mise à sangloter quand on l'a mise au courant. Nous n'en attendions pas moins. Le pasteur l'avait prévenue contre les nazis qui, disait-on, n'étaient pas tendres avec les catholiques. Mon père lui a reproché de se laisser impressionner trop facilement. Moi, pour être honnête, je ne m'en préoccupais pas. Les nazis, je m'en fichais. Contrairement à von Bötticher, que je ne pourrais pas éviter. Il m'avait sortie de la ville sans freiner dans des virages en épingle sur de la terre battue ; quand il changeait de vitesse, sa main cognait ma jambe et j'avais dû m'asseoir en travers dans le cabriolet pour que son genou, à droite du volant, ne prenne pas appui contre le mien. Il n'était pas vêtu comme les hommes de son âge. Il portait des sandales maintenues à la cheville par une cordelette. Mon père aurait dit : un frimeur.

– Nous y sommes.

C'était la troisième phrase qu'il m'adressait après un trajet d'une bonne heure. Il a freiné si brusquement devant le portail que j'ai presque été projetée en avant. Il a claqué la portière, s'est précipité vers la grille, l'a ouverte en grommelant, a regagné son siège, foncé dans l'allée puis est ressorti pour fermer le portail. Les bruits qui accompagnaient toutes ces opérations m'ont persuadée que je ne ressortirais pas de sitôt. La première chose que j'ai aperçue entre les châtaigniers en fin de floraison près de l'allée, c'est le vieux campanile qui servait de pigeonnier. J'ai mis une semaine avant de pouvoir m'endormir au milieu des roucoulades et des frottements de pattes sur le plancher. Ensuite, c'est une plus grande agitation qui me tiendrait éveillée.

Placez un miroir en face d'un miroir, ils se refléteront. De plus en plus petits, de plus en plus flous, mais aucun ne cédera la place à l'autre. Il en est ainsi de certains souvenirs. Ils n'échappent pas à la première impression qui contient un souvenir plus ancien. Avant le nouvel an, j'avais vu au cinéma *La Maison de la mort*, avec Boris Karloff, célèbre pour son interprétation de Frankenstein. Je reconnaissais la Rhénanie du film. La ressemblance, à l'époque du moins, me semblait frappante. Je savais déjà que, dans mes souvenirs, la maison du film s'imposerait. Ses fenêtres resteraient ouvertes, les rideaux claqueraient au vent, les miroirs seraient toujours brisés et la vigne entourant la porte d'entrée, morte.

2

Je me tenais face à un couvercle de cercueil. J'exagère, bien sûr, mais, quand von Bötticher m'a plantée devant la porte close parce qu'il avait oublié quelque chose dans la voiture, l'aspect solitaire de la maison m'a frappée, comme ma solitude face à elle. Pendant les quelques minutes qui se sont écoulées, j'ai fixé la laque noire, le heurtoir terne et les clous argentés, puis la porte s'est ouverte sur un nouveau personnage d'une pâleur cadavérique qui restait muet sur le seuil. Il ressemblait à un daguerréotype de l'époque où les gens éprouvaient encore du respect pour leur soudaine immortalité : cloué au sol, le visage blême, le regard fixant l'infini.

– Heinz, qu'est-ce que tu foutais ? a crié von Bötticher de la grille. Le portail a besoin d'être huilé. Encore un peu et je ne pourrai plus le fermer. Où est Léni ?

Le bonhomme s'est raidi, m'a pris la valise des mains et s'est raclé la gorge.

– Au lit. Ne vous faites pas de souci, elle a promis qu'elle serait sur pied pour le lunch.

– C'est Janna, la nouvelle élève. Tu te souviens de l'histoire ?

– Je peux faire du thé, a dit Heinz sans pour autant me regarder.

– Emmène-la à l'étage. Je ne veux pas être dérangé aujourd'hui. Sauf par vous deux, a-t-il ajouté dans un sourire.

Il s'adressait au saint-bernard et à un chien plus petit qui attendaient dans l'entrée. Face à l'enthousiasme de son geste, ils se sont mis à frétiller de la queue. Au moins, c'était rassurant. Nous n'avions pas de chien à la maison, mais la présence de ces deux-là suffisait à créer une impression de familiarité. Les animaux ne nous sont jamais étrangers, peut-être parce qu'ils sont privés de parole. Le gros chien s'est laissé caresser puis a couru dans le jardin, où il a gratté le sol de ses pattes antérieures comme pour inviter son maître à jouer. Je suis restée en plan avec Heinz, qui a fini par s'adresser directement à moi.

– Nous n'avons pas le téléphone.

Son doigt pointait vers l'extérieur.

– Les fils suivent la grand-route et se dirigent vers le nord. Ils ne passent pas par ici. Dans le village, il y a des poteaux à peu près à chaque coin de rue, mais le patron ça ne l'intéresse pas. Nous avons peu de visiteurs, sachez-le. À part le boucher et les étudiants, personne ne vient ici.

Dans le hall, l'horloge était arrêtée. Plus tard, je pourrais constater que le Raeren comptait de nombreuses horloges arrêtées et de nombreuses armoires vides. Comme si tout n'était qu'un décor. L'aménagement intérieur hésitait entre deux styles : la rusticité et l'élégance désuète. On ne vivait que dans la cuisine enfumée, où la poutre maîtresse supportait des marmites et des pendoirs qu'on utilisait constamment, tout comme la table en bois de construction grossière avec des nœuds où on posait les coudes. Dans la partie chic de la maison régnait un silence d'autant plus impressionnant que quantité de sons se déclenchaient dès qu'on avait l'audace de poser un pied sur le plancher. Les seuils, les parquets et les meubles saluaient le moindre mouvement d'une salve de bruits secs. Personne n'ayant envie de ces craquements, dans ces pièces on respirait moins la fumée que la poussière.

Von Bötticher a pénétré à grands pas dans le hall, suivi par les chiens.

– Accompagne la jeune fille jusqu'à la chambre du grenier, et emmène ces deux-là, avec Gustave, dans mon bureau.

– Gustave, je n'arrive pas à l'attraper, monsieur.

– Essaie avec un biscuit. *Kaninchen sind verrückt danach*, les lapins en raffolent.

Avais-je bien compris ? Je devais ma connaissance de l'allemand aux étés passés chez ma tante à Kerkrade. Un Allemand, là-bas, on l'appelle un Prussien. Ma tante avait une boutique volante de grains de café dans une rue que deux pays se partageaient sur toute sa longueur. Notre moitié de rue s'appelait Nieuwstraat, l'autre Neustrasse. Ses clients avaient les pieds en Allemagne quand leurs mains faisaient leurs achats aux Pays-Bas. On n'avait pas à tracer de frontière linguistique. Tout le monde parlait le dialecte des Francs ripuaires qui, au ve siècle, avaient traversé la Rhénanie dans des caravanes de sons traînants.

J'avais cinq ans. Dans mon tablier, je portais un jambon cru pour un Prussien qui avait demandé un *sjink*. « Tu ne traînes pas, hein ? » Je me souviens qu'il y avait foule. Le jambon était de plus en plus lourd. Deux gueules noires, passablement ivres, s'étaient esclaffées en montrant mon ventre du doigt. Si jeune et déjà un polichinelle dans le tiroir… Je m'étais perdue. On m'a retrouvée trois heures plus tard dans un jardin allemand, avec le *sijnk*. L'habitante m'avait vue jouer d'un air sérieux. Qu'est-ce qu'une gamine peut faire d'autre dans une telle situation ? Quand la femme m'a interpellée, je me suis jetée dans ses bras. Elle parlait le dialecte de ma tante, le limbourgeois qui, par sa tonalité, donnait l'impression qu'on avait affaire à un locuteur indigné : « *Ey, doe kling engelsje… weë bis doe dan ?* Hé, toi, petit ange… mais qui es-tu ? » Depuis cette excursion au-delà de la frontière, quand je rentrais à la maison, après les vacances d'été, je parlais le franc ripuaire, au grand dam de ma mère, qui changeait tout mon germanisme en gallicisme maastrichtien.

Kaninchen sind verrückt danach. Je savourais les mots en suivant Heinz jusqu'au grenier. L'escalier nous supportait d'un palier à l'autre en gémissant comme une vieille bête de somme. Le domestique s'arrêtait sur chacun d'eux, posait ma valise, saisissait la rampe suivante puis repartait, faisant craquer les marches l'une après l'autre.

– Il y a longtemps que vous pratiquez l'escrime ?

– Depuis les Jeux olympiques.

Heinz s'est retourné, les sourcils froncés. Il pensait à ceux de Berlin, qui s'étaient achevés quelques semaines plus tôt.

– Ceux de 1928, à Amsterdam.

– *Ach so.* Vous auriez dû voir les nôtres. La crème des Jeux. Il y avait une course de relais avec la flamme olympique, et pour les escrimeurs une nouveauté : un système électrique qui permettait de voir si on marquait un point.

J'ai cherché la lumière du jour à tous les étages, mais il n'y avait que des couloirs flanqués de portes fermées. Plus nous montions, plus on percevait une odeur étrange, pas mauvaise, mais insolite, l'odeur des espaces inoccupés. Cette maison avait jadis été construite pour recevoir la vie, assez pour remplir dix chambres, une cuisine et une salle de bal. Le jeune maître des lieux avait monté l'escalier son épouse dans les bras, des enfants avaient glissé sur la rampe, mais les décennies avaient passé, l'escalier avait été monté et redescendu, parfois avec un corps sans vie, une chambre s'était obscurcie, un étage assombri, puis un autre, puis celui du dessous et, finalement, le silence s'était installé jusqu'à la dernière marche. Cette demeure avait longtemps été désertée, je le sentais. Certaines ne s'en remettent jamais. Une nouvelle couche de peinture n'y changerait rien, de même qu'un maquillage soigné n'a jamais pu cacher le désarroi d'une femme abandonnée. Mieux valait la laisser telle quelle, avec ses lézardes, ses taches, ses empreintes de mains graisseuses qui, dans l'empressement entre le dîner et le bal, avaient cherché un appui, le loquet branlant d'une porte qu'on avait claquée. Sous les combles, le papier peint était arraché. Un chat, un enfant qu'on avait enfermé ? Une chaleur moite emplissait l'espace.

– Von Bötticher habite ici depuis longtemps ?

Heinz avait posé ma valise contre une petite porte et cherchait ses clés.

– Non. Il est originaire de Königsberg. Après la guerre, il est d'abord allé à Francfort, puis il est venu ici. Mais à vrai dire ce ne sont pas vos affaires.

La chambre était correcte, ensoleillée, elle avait un petit balcon, un papier peint vert olive, un lit surélevé, plutôt large pour une personne, un bureau avec une paire d'encriers et un poêle à pétrole. Tout près, des roucoulements se faisaient entendre. Heinz a ouvert la porte-fenêtre, deux pigeons se sont envolés.

– Excusez-moi, mais j'ai à faire, a-t-il dit en quittant la pièce à reculons. Ma femme vous apportera à manger plus tard. Vous trouverez de l'eau pour vous laver au bout du couloir.

Il a descendu l'escalier à grand bruit, me laissant seule avec les oiseaux. J'ai commencé à défaire ma valise. L'armoire à linge était couverte de poussière, j'ai sacrifié une chaussette pour l'en débarrasser. Il fallait que j'étale mes quelques affaires dans cette pièce, sinon je ne tiendrais pas le coup. Une mouche desséchée sur la table de nuit, morte au cours d'un périple insensé : poubelle. *Guerre et Paix* à la place et mon sac d'escrime dans un coin, manteau au crochet. Au fond de ma valise, il y avait l'enveloppe. Carton épais, grand format. Sur le devant, seulement le nom du destinataire : Herr Egon von Bötticher, un nom comme un coup de poing. Je l'ai soumise à la lumière du soleil, mais le carton ne laissait rien transparaître.

J'y ai pensé, bien sûr. Si j'avais alors lu la lettre, les choses se seraient peut-être passées autrement. Mais l'expérience nous apprend que la découverte ne vaut souvent pas le mal qu'on s'est donné pour la faire. Toute l'excitation, tout ce qu'on imagine en passant l'enveloppe à la vapeur, cela retombe quand on a la lettre sous les yeux. Quelques détails sur la vie insipide d'un autre, quel intérêt ? Ensuite il faut recoller l'enveloppe et puis il y a les bords déchirés, l'énervement, la honte. J'ai mis la lettre de côté.

Un juron étouffé a retenti dans le jardin. L'ombre d'un homme a glissé sur le gazon. Il tenait attaché au bout d'une corde une chose qui ressemblait à un ballon, mais qui refusait de rouler. C'était Heinz avec le plus gros lapin que j'aie jamais vu. J'ai regardé à nouveau pour m'en assurer. Oui, c'était vraiment un lapin. Des oreilles absolument énormes, des pattes énormes, incapable d'avancer, se contentant de faire un saut en arrière ou de côté de temps à autre. Heinz manquait visiblement de patience. Après avoir jeté un coup d'œil alentour, il a gratifié l'animal d'un coup de pied. Je commençais à me demander si dans cette maison les choses pouvaient se dérouler normalement, les gens se montrer loyaux ou du moins obligeants, quand on a frappé à ma porte. J'ai ouvert, et nous avons sursauté toutes les deux, la femme du couloir et moi. Non, ce n'était pas elle : son nez était plus large que celui de ma tante et ses yeux étaient bleus. Pour le reste, je lui serais tombée dans les bras si elle n'avait pas été chargée d'un plateau bien fourni. Je me moquais de ce que l'avenir pourrait m'apprendre sur elle, à ce moment-là j'avais décidé qu'elle était aimable.

– Bonjour, mademoiselle, je suis Léni.

Elle a fermé la porte d'un coup de pied et posé le plateau sur la table. J'ai lorgné les petits pains à la saucisse et les *Knödel* saupoudrés de sucre fin sans oser attaquer. Léni a pris une chaise et est allée s'asseoir devant la fenêtre, les mains appuyées sur ses gros genoux. Elle a poussé un long soupir.

– Vous voilà donc reléguée au grenier, comme une vieille nippe.

– La chambre est agréable.

– À d'autres ! Elle pue la fiente de pigeon. C'est très malsain cette odeur.

– Je ne sens rien.

– Alors dépêchez-vous de manger, avant que l'odeur vous en empêche.

Quand elle riait, tout son corps était pris de secousses – les joues, les seins, le ventre et les avant-bras, qui sortaient de ses manches remontées. Ses fesses auraient ri elles aussi, si elle n'avait pas été assise dessus. Je me suis mise à manger.

– Le patron est un drôle d'oiseau, a-t-elle dit de but en blanc. Ne prenez pas cet air-là, vous avez bien dû vous en apercevoir. Quand il a acheté le domaine, cela faisait six saisons que nous étions sans travail. Nous avions toujours travaillé chez Lambertz, celui des biscuits. Quand on s'est retrouvés à la rue, on espérait que Philips allait ouvrir une usine. C'était, en tout cas, une rumeur qui courait depuis cinq ans. Alors Heinz a décidé qu'on n'allait pas attendre plus longtemps. Depuis, on a pris du service chez von Bötticher. Un drôle d'oiseau !

Elle s'est levée et a chuchoté :

– Vous avez vu sa joue ? Il est amoché de toutes parts. Il y a deux plaies. Une de la guerre, l'autre de ces choses dont il s'occupe. Regardez-le bien, vous verrez la chair qui pendouille. Et je ne parle même pas de sa jambe !

J'ai éclaté de rire. On aurait dit quelqu'un à qui on sert un plat qu'il n'a pas commandé.

– Ce n'est pas bien beau à voir, on est d'accord ?

– J'ai une lettre pour lui. De mon père. Vous pourriez la lui remettre ?

Elle a pris l'enveloppe en fronçant les sourcils.

– Elle est bien grosse. Qu'est-ce qu'elle dit ?

J'ai haussé les épaules. Elle a reposé le courrier sur la table.

– Attendez donc un peu avant de la lui remettre. La dernière lettre de votre père l'a mis dans tous ses états. Il n'était plus lui-même. Il déambulait triomphalement dans la maison, puis il s'emportait pour un rien. Le télégramme aussi, qui le prévenait de votre arrivée, ça l'a mis hors de lui. Je n'ai pas besoin de connaître les détails. Il a le droit d'être de mauvaise humeur, même si Heinzi et moi en faisons les frais. Mais si vous voulez que les leçons se passent bien, en bonne intelligence, gardez donc la lettre encore un peu ici.

En prononçant ces dernières phrases, sa voix avait produit une modulation, une inflexion singulière du haut vers le bas. J'ai compris que, si je faisais confiance à cette femme, ce n'était pas uniquement à cause de son physique. Elle parlait la langue francique à la tonalité indignée des régions frontalières. S'il devait m'arriver quelque chose au Raeren, je m'accrocherais à elle comme une enfant perdue. Toutes deux, nous avons fixé les pattes de mouche de mon père, cette écriture désinvolte avec laquelle les médecins généralistes gribouillent leurs suppositions, comme pour escamoter le verdict.

3

Mon père aimait prendre des notes. Il avait toujours des crayons sur lui pour annoter ses journées. Sur la facture du boulanger : *Que des nombres premiers jumeaux ?!* Sur le journal : *Argumentum ad misericordiam.* Sur le réservoir de la chasse d'eau : *Vider à moitié est suffisant.* « Voyons voir… », disait-il souvent.

Puis il se levait d'un bond, d'excellente humeur. La plupart des découvertes de mon père ont été inaugurées par des « Voyons voir… ». Pour donner un exemple, il commençait par réparer notre radio et finissait par réinventer le cornet acoustique. Ou, se promenant sur la montagne Saint-Pierre, du côté de Maastricht, il découvrait le fossile d'une nouvelle espèce de Bryozoaire qui, après examen, s'avérait être une moitié d'un spécimen déjà connu. En tant qu'adepte de la logique non monotone, la plupart du temps il se corrigeait lui-même. Notre maison se remplissait de cacographies. Un éclaircissement était ajouté dans les toilettes : = *circa deux secondes.* De l'extérieur en effet, on ne pouvait pas voir quel était le niveau de l'eau. Il ne chicanait pas, il avait seulement découvert que le réservoir de la chasse était trop grand et contenait plus d'eau qu'il n'en fallait. Il passait des soirées entières à écrire et barrer dans des piles chaotiques de petits cahiers qui ne lui manquaient pas quand ils disparaissaient. « Voilà encore quelques problèmes de réglés », disait ma mère quand le papier brûlait dans la cheminée. Elle avait un avis sur toutes les choses de la vie. C'est l'avantage qu'ont les croyants sur les scientifiques. On se demande ce que ces deux-là ont bien pu se trouver. Ma mère ne serait devenue aussi dévote qu'après ma naissance. Après l'accouchement, elle était restée éveillée une semaine entière, persuadée de n'avoir plus besoin de dormir parce qu'elle était déjà morte. Elle refusait de s'occuper de son enfant. Quand on me mettait dans ses bras, elle paniquait, craignait de me contaminer, que j'attrape la mort. Quand on lui tirait le lait, elle avait la nausée. « Vous ne sentez donc pas ? hurlait-elle à la jeune fille ébahie qui s'occupait d'elle. Ce lait est périmé depuis longtemps ! » Ma tante avait fini par faire appel au curé qui avait endormi ma mère à force de prières. « À partir de ce moment-là, a dit mon père, je me suis réveillé auprès d'une parfaite inconnue, qui incidemment était aussi ta mère. »

Ce mariage était une catastrophe. Les bonnes venaient et repartaient. Les pleurs de ma mère accompagnaient toujours leur départ. Lorsque je l'entendais se lamenter, je savais qu'une nouvelle bonne allait arriver. Mon père n'était pas en reste. Les voisins l'ont vu plusieurs fois quitter la maison avec une énorme valise. Il la balançait dans les airs avec un tel soulagement qu'on ne pouvait se dire qu'une chose : elle était vide. C'était de la frime : « Ta mère et moi, nous allons divorcer. » Finalement, cette valise, c'est moi qui l'ai prise quand on m'a envoyée à Aix-la-Chapelle. Mais, la première fois qu'il s'est tenu sur le seuil de la maison avec sa valise vide, je l'ai rejoint et, au cours de la promenade que nous avons faite, il m'a parlé de la guerre.

En 1914, il avait interrompu ses études à l'université municipale d'Amsterdam pour se mettre au service de la Croix-Rouge de sa ville natale. Il ne s'en faisait pas une gloire. Soigner les blessés de guerre était une occasion unique de s'exercer à la pratique et lui permettait d'échapper à la mobilisation. Cependant, le front se déplaçait si vite vers le sud que dans les hôpitaux d'urgence de Maastricht on commençait à s'ennuyer. Six mois plus tard, mon père reprenait le train pour Amsterdam, où il devait terminer ses études et obtenir son diplôme de médecin, à l'époque le plus haut diplôme qu'on pouvait décrocher après le secondaire. Il aurait aimé faire un doctorat, avec examen d'État à la clé. Mais c'est à ce moment-là que je suis arrivée. Un cabinet doublé d'un logement de médecin s'était libéré dans un quartier du centre de Maastricht. La grippe espagnole est apparue puis a disparu. Ensuite, il y a surtout eu des accidents de la route. Dans la ville sans feux de signalisation, le nombre de véhicules à moteur doublait presque chaque année. Les gens faisaient n'importe quoi. Les compagnies d'autobus, en concurrence non seulement avec les entreprises de tramways, mais aussi entre elles, prenaient des risques inconsidérés. Les horribles blessures rappelaient celles de la guerre. En tant que généraliste, il ne prenait en charge que les soins post-opératoires. M. Bonhomme s'était fait renverser par une Studebaker des frères Kerkhoff et se saoulait au café pour oublier son membre fantôme. Mon père est allé le chercher quand le tenancier s'est plaint de l'odeur.

– Papa ?

– Mmmm…

– Quand est-ce qu'elle va repousser, la jambe de M. Bonhomme ?

– Jamais. Et il pourrait bientôt perdre l'autre.

– Jacq ! Fais attention à ce que tu dis.

Sans ma mère, je serais sans doute devenue une enfant bizarre. Elle était la gardienne de la paix et de la stabilité dans la maison. Il ne se passait pas une journée sans que mon père ait une nouvelle idée farfelue. Organiser une grande braderie d'été à Beek, faire ses propres poteries dans le couloir des Dominicains, attendre les passants derrière la Porte de l'enfer et crier hou ! hou ! À Noël, il m'avait offert une petite statue d'un moine qui faisait pipi quand on lui appuyait sur la tête.

Le sport ne l'intéressait pas. Je ne sais pas pourquoi il m'a emmenée aux Jeux olympiques d'Amsterdam. Nous logions chez une tante qui ressemblait à Clara Bow. Dans la rue, elle portait une casquette sur sa tignasse noire et fumait cigarette sur cigarette entre des lèvres écarlates. Mon père, ravi, marchait entre nous deux. Devant un étal il nous a offert un Coca-Cola, non sans l'avoir goûté auparavant avec un air sceptique : qu'est-ce qu'il y avait là-dedans, était-ce bien recommandé pour des demoiselles ? Tante Clara a alors insisté pour que nous allions voir l'escrime. Mon père trouvait que c'était une très mauvaise idée. Les épreuves ne se déroulaient pas dans le stade mais devant, dans le hall où, plus tard, une bagarre s'est déclarée quand les spectateurs d'un combat de boxe se sont mis eux aussi à jouer du poing. Une dispute a également éclaté dans la salle d'escrime. « Vous voyez bien, a dit mon père, les sports de combat sont contagieux, le public éprouve lui aussi le besoin de frapper et voilà bien la preuve qu'il ne s'agit pas de sport, mais de castagne. » Tante Clara Bow lui a claqué un baiser sur la joue, ce qui a suffi à le pousser vers l'entrée. Elle savait qu'une sportive extraordinaire participait aux épreuves d'escrime : Hélène Mayer. Les Allemands la surnommaient « *die blonde Hee* ». Elle avait l'air d'une star de cinéma, comme tante Clara.

Lorsque j'ai vu Mayer pour la première fois, j'ai ressenti cette sorte d'admiration qui fait chavirer les petites filles. J'avais dix ans, elle en avait dix-sept. Hélène était une demi-déesse, la presque femme indomptée qui chassait du podium toutes les adultes. Les femmes participaient aux Jeux pour la seconde fois. Quel autre modèle aurais-je pu prendre ? Celles qui couraient dans leur pantalon bouffant pour terminer, malades de fatigue, les huit cents mètres sur les rotules ? Dans les tribunes, contre son gré, mon père assistait au duel mais aussi à la fièvre qui s'emparait de sa fille. Il pensait pouvoir encore m'influencer. On peut dire ce qu'on veut, ces dames feraient quand même mieux d'utiliser leur souplesse dans des activités plus féminines, la danse classique, le patinage artistique ou la gymnastique. Leur beau visage mis en cage dans un masque, elles crient comme des bêtes féroces chaque fois qu'elles sont touchées. Pas de douleur : de cela, leur costume ridicule s'en charge, mais de peur. Est-ce que je me souvenais de l'histoire de M. Coq, qui s'était échappé et que mamy Bomma avait attrapé par les pattes ? Il hurlait lui aussi, à s'en crever les poumons, croyant que sa dernière heure était arrivée – nous avions trouvé cela bien triste, n'est-ce pas ? Il était ce qu'on appelle « mort de peur ». Ce n'est peut-être pas douloureux, n'empêche, on ne joue pas avec ça. Je n'écoutais pas. Je ne connaissais pas les règles du jeu, mais je ne perdais pas une miette du spectacle. Pour un profane, les matchs d'escrime sont presque impossibles à suivre, l'arbitre lui-même ne sait pas où donner de la tête et doit, le cas échéant, pouvoir compter sur ses témoins. J'étais bouche bée devant Hélène Mayer, la gagnante. Mon père, comme toujours, ne voyait que des victimes. Il parlait d'échafaud et de foules assoiffées de sang. Mais, entre Hélène et mon père, Hélène pesait plus lourd dans la balance. Plus tard, elle apparaîtrait sur la grille de mon masque avant un assaut. En attaquante, elle était incomparable. Du talon d'Achille à la pointe de son arme, tout son être s'efforçait, avec son mètre soixante-dix-huit et une lame de quatre-vingt-dix centimètres, de réussir une attaque de trois mètres au moins.

Avant notre retour dans le Limbourg, tante Clara Bow avait tressé mes cheveux à la manière d'Hélène. La raie au milieu, deux nattes repliées sur les oreilles et un bandeau pour tenir le tout. Ainsi, le visage reste dégagé et le masque peut facilement s'enfiler. Au cours du match contre Olga Oelkers, les nattes de Mayer s'étaient défaites et étaient tombées comme un lacis d'or sur ses épaules. Évidemment, cette Teutonne à moitié sauvage ne pouvait pas perdre. Moi, j'étais gracile, plus petite d'une tête – pas un avantage pour une escrimeuse – et brunette. Par la suite, je n'ai plus jamais changé de coiffure. Ridicule, vieux jeu, disaient mes copines qui, pour rester dans le vent, se faisaient rafraîchir la coupe tous les mois.

Après les Jeux, mon père avait fini par capituler devant ma morosité. Mes reproches n'avaient pas été bruyants, je n'avais pas versé de larmes, mais j'avais été de mauvaise humeur pendant presque toute une année. Je me réfugiais sous les couvertures avec Alexandre Dumas et des biscuits de ma fabrication. Tous les soirs, je disparaissais à l'étage avec une fournée de gâteaux secs ; les livres, à mon contact, grossissaient de toutes les miettes qui s'amoncelaient entre leurs pages. Quand mon père a fini par me convoquer, il avait une veste d'escrime sur les genoux. « Pour mon petit mousquetaire en colère. »

Mon père, médecin avant tout : la protection d'abord, une veste évoquant un plâtre médical. Il avait dégoté des cours d'escrime en ville. Les frais d'adhésion étaient raisonnables et les débutants pouvaient louer le matériel. Le maître s'appelait Louis. Je ne sais pas s'il était habilité à porter ce titre, il n'avait pas de diplôme, était encore très jeune et flirtait avec la caissière du cinéma Le Palace. Il m'avait prêté un fleuret pour enfant qui était rouillé. Dans cette classe, nous nous exercions tous avec du matériel rouillé, une bonne raison de ne pas se laisser toucher si on voulait éviter les taches brunes sur sa jolie veste. Mon premier fleuret d'adulte, je l'ai eu pour mes seize ans. Après la leçon, alors que tout le monde quittait la salle, Louis m'a retenue auprès de lui et, d'un mouvement vif, a fait apparaître une arme ravissante. Fini l'amateurisme ! La lame était neuve ; brillante et souple. Louis a écarté les doigts et j'ai vu une poignée en cuir strié.

– Tiens.

Je lui ai pris le fleuret des mains. Juste ma taille. La poignée arrivait jusqu'à mon artère radiale, qui battait très fort.

– Pas trop grand ?

– Non, parfait, ai-je murmuré.

– Il doit encore se faire à ta main. La lame est trop rigide. Je vais la courber un peu.

Je l'ai regardé, un peu nerveuse, mettre la lame sous sa semelle et la courber.

– Voilà qui est mieux. Si ton père accepte de me rendre un service, ce fleuret est à toi. Tu dois lui en parler tout de suite, c'est important. Cela doit se faire sans tarder et en toute discrétion. Donc toi aussi : silence et bouche cousue.

Mon père a froncé les sourcils quand je lui ai rapporté le message. Évidemment, je me suis demandé s'il s'agissait d'un avortement. Pour la copine de Louis, du cinéma Le Palace, si elle devait se faire enlever quelque chose ? Mon père, choqué, a repoussé cette éventualité. Sans parler du fait que je sois au courant de ce genre de chose ! Cela dit, je n'étais pas encore assurée de devenir la propriétaire de cette arme, quel que soit le service demandé en échange. Louis pouvait bien dire ce qu'il voulait. Il avait un autre cadeau en tête pour mon anniversaire, pas une arme, bonne Vierge ! C'est alors que j'ai tout expliqué à mon père, le pacifiste, dont le métier était de guérir les blessures. Qu'un fleuret n'est pas fait pour tuer. Qu'il s'agit d'une arme d'entraînement, d'une invention sportive. Qu'il n'a jamais été conçu pour le champ de bataille. Que la lame se courbe pour prévenir les coups mortels et ne peut en aucun cas arracher un membre, que seul le tronc peut être touché, qu'il doit son nom à la mouche placée à son extrémité, qui ressemblait autrefois à une petite fleur. C'est la première fois que mon père a pris mon avis au sérieux. Avec cette arme, mon cher fleuret, je suis devenue adulte.

Comme j'étais enfant unique, j'étais l'idole de mon père, mais mon idole à moi était Hélène Mayer. Pendant des années j'ai rêvé que je me battais contre elle. À Berlin, la « jeune fille bien bâtie de la Rhénanie » s'était tenue comme une statue sur le podium olympique, solennelle dans sa veste d'escrime boutonnée haut, son pantalon de flanelle blanche, la swastika comme une broche sous l'épaule gauche et la main droite tendue en avant. Une marche plus haut il y avait la Hongroise avec la médaille d'or et un petit chêne dans un pot. D'avoir dû se contenter de l'argent, Mayer s'en fichait, mais ce petit arbre l'a émue aux larmes. Elle aurait tant aimé emporter ce souvenir de la terre allemande dans sa nouvelle patrie, l'Amérique ! Elle a quitté l'Allemagne au moment où je m'y suis installée, ai-je appris par la suite. Un rendez-vous manqué. Et c'était peut-être mieux ainsi. D'après von Bötticher, les bons escrimeurs n'avaient pas d'autre idole qu'eux-mêmes.

4

La première nuit au Raeren, les pigeons sont entrés dans ma chambre. J'ai rêvé qu'ils me grimpaient dessus avec leurs griffes ridées. Un vieux pigeon au jabot gonflé essayait de me becqueter un grain de beauté dans le cou. Comme la chaleur était étouffante, j'avais laissé la porte du balcon entrouverte et je n'osais pas me lever pour la fermer. J'avais l'impression qu'ils sautillaient partout autour de moi. Une silhouette s'épuçait les ailes sur une chaise. La lune n'éclairait la pièce que par à-coups au gré de l'ondulation des rideaux et, trop fatiguée pour chercher l'interrupteur, j'ai tiré les couvertures jusqu'à mon menton. Le matin, au réveil, l'odeur du ravage engendré par les oiseaux m'a sauté au visage. De la fiente crémeuse sur le tapis, un duvet tourbillonnant quand je suis sortie du lit. Le balcon avait des airs de champ de bataille, les pigeons avaient fait des va-et-vient vers la chambre, piétinant vigoureusement leurs excréments et semant des couches de plumes derrière eux. Que cherchaient-ils ? Maintenant tout était silencieux sur le toit.

– C'est à mourir de honte, a dit Léni quand elle est venue m'appeler pour le déjeuner. La fiente de pigeon peut provoquer des infections bactériennes. On peut attraper une pneumonie avec ça, je l'ai lu dans *Die Woche*. Je vais demander à Heinzi de poser un grillage. On pourrait aussi essayer de meubler une chambre à l'étage du dessous.

Elle a attrapé le broc à eau sur la cuvette et l'a vidé sur le balcon. Elle est ensuite allée récupérer un balai dans le couloir puis, penchée en avant, les jambes écartées, elle s'est mise à frotter énergiquement en proférant des jurons.

– Vous autres n'avez pas idée du nombre de crottes que j'ai dû ramasser aujourd'hui. Ce n'est pas pour ça qu'on a été engagés. Nous ne sommes pas des ramasseurs de fumier. Avant, on travaillait à l'usine de biscuits.

Elle en avait encore pour un moment, je n'avais qu'à me débrouiller pour trouver la cuisine : descendre l'escalier jusqu'au hall, prendre la porte à droite du miroir, aller tout au fond du couloir, encore un petit escalier, je ne pouvais pas me tromper. Et ne t'inquiète pas, le patron est de très bonne humeur. Il avait fait une promenade, tué un jeune lièvre et préparait lui-même le déjeuner. Et, ah oui, elle devait dire, de sa part, qu'il se réjouissait à l'avance de ma compagnie. Le rouge m'est monté aux joues. Cette invitation galante avait fait réapparaître le comte Bolkonski. J'ai relevé mes cheveux, redressé la tête et je suis allée le rejoindre. J'ai descendu l'escalier en tâchant d'éviter tout craquement. Mais, une fois en bas, mes attentes ont à nouveau été déçues. Von Bötticher ne m'attendait pas à un bout de table devant une nappe blanche, il me tournait le dos et pétrissait de la viande hachée près de l'évier.

Si mes souvenirs sont exacts, j'ai passé toute ma jeune vie à rêvasser. L'assiduité avec laquelle je m'y consacrais en faisait une habitude épuisante. Je n'avais jamais le temps de terminer l'histoire, j'en reprenais le fil quand j'étais à peu près sûre de ne pas être dérangée et j'étais alors confrontée à ses imperfections, car les châteaux en Espagne sont fragiles, ils ont constamment besoin d'être consolidés. Une jeune beauté pouvait s'enfuir avec votre amoureux pendant qu'une vieille mégère brouillait l'image en se mêlant de ce qui ne la regardait pas. Et, d'ailleurs, que faisait le prince de ses journées ? Le temps d'écarter tous les écueils, une bonne heure avait passé. Les rêveries me maintenaient éveillée la nuit, certaines histoires m'ont même accompagnée pendant des années. Elles devenaient de plus en plus détaillées, pouvant aller jusqu'aux motifs des manches de ma robe de mariée. Je suis persuadée que seules les filles sont des rêveuses aussi invétérées. Si tous les jeunes gens idéalisent l'avenir, les filles, elles, idéalisent aussi le présent.

Von Bötticher, donc, et non pas Bolkonski. Il portait une chemise longue aux manches larges, retroussées jusqu'aux coudes, pas de chapeau. Il était déjà grisonnant. Il avait quelques années de moins que mon père. Combien de temps se passerait-il avant que j'en prenne conscience ? Les fantasmes sont plus tenaces que la réalité ; tous les fous, dans leurs moments de lucidité, le savent. L'original hors de vue, les chimères sortent du placard. Comme un amant, et au moins aussi séduisantes. Même si von Bötticher ternissait systématiquement son double idéal, mon imagination avait fabriqué assez de matériel pour m'occuper des nuits entières. Il a tourné sa joue intacte vers moi et fait un signe de tête comme s'il devinait ce qui m'occupait. Il n'a pas demandé si j'avais bien dormi, c'était le cadet de ses soucis.

– Où est Léni ?

– Elle nettoie la fiente des pigeons dans ma chambre.

Von Bötticher a fait semblant de ne pas entendre. Il a sorti des lambeaux blancs de lard gras du hachoir, les a mélangés à la farce puis a arrosé le tout de cognac. C'étaient des odeurs que je ne connaissais pas. Ma mère faisait de la *zoervleisj*, de la viande macérée dans du vinaigre, comme il se doit. On ne mettait sûrement pas de vin dans la nourriture, on n'en buvait qu'une fois par an.

Quant aux spiritueux, ils n'entraient pas dans notre maison. Une fois, pendant une bataille de boules de neige, dans la rue, le voisin m'avait fait goûter un Elske, un bitter aux herbes aromatiques. Ça l'amusait beaucoup de me faire croire qu'il s'agissait de jus de pommes. L'odeur qui se répandait ce matin-là dans la cuisine du maître était sans doute celle des ingrédients pour le pâté en croûte : lard, cognac, tranches de porc persillées, foie de veau, rognons, cèpes marinés et, bien sûr, la pâte aux œufs. Elle levait sous un torchon sur le rebord de la fenêtre grande ouverte qui laissait entrer des senteurs de campagne ; celles des légumes montés en graine dans le potager et de la luzerne que les bêtes broutaient dans les champs. De la luzerne, il y en avait aussi dans l'estomac du lièvre qui venait d'être abattu et gisait sur la table, attendant les oreilles pendantes d'être suspendu par les pattes arrière. Dans quelques jours, ses boyaux seraient rincés et la puanteur qui s'en dégagerait ferait fuir tous les animaux domestiques. À présent, il avait encore l'odeur du sable éparpillé dans sa fourrure et de l'herbe entre ses orteils. Tout comme Gustave, le lapin bien vivant qui sautillait sous la table. Cette bestiole beaucoup trop grosse se moquait de tout, y compris, assurément, de ce qui se passait au-dessus de sa tête. Elle faisait ses crottes dans un coin, comme on le lui avait appris, mais mordait dans tous les meubles qu'elle rencontrait. Secouait la tête, se balançait sur ses grosses pattes arrière et se lavait les oreilles avec les pattes avant. Mon étonnement ne s'arrêterait pas là : von Bötticher lui a tendu un bout de lard qui a disparu peu à peu entre ses mâchoires.

– Vous ne le saviez pas, je vois ? Les lapins mangent de tout, même de la viande, a dit le maître. Comme les bovins, qui nettoient les cadavres pour se procurer des minéraux. Jamais vu une vache avec un lapin dans la gueule ? Elles ne rechignent pas à rogner un os pour le calcaire. La nature, c'est manger et être mangé. C'est comme ça. Tout est nettoyé. Quand une bête meurt, les insectes sont les premiers à intervenir. Les mouches et les mites sentent ce lièvre à des kilomètres à la ronde. Ensuite viennent les rapaces, qui arrachent la peau pour que les renards et les blaireaux se régalent des viscères. De toute façon, au bout de quelques jours, la pourriture ouvre le cadavre.

Il a caressé la fourrure du lièvre puis senti ses mains.

– Celui-ci doit être immédiatement porté à la cave. Qu'est-ce qu'elle fout, Léni ?

– Vous allez manger Gustave aussi ?

– Et comment ! Avec des airelles ou frotté avec de la crème, mijoté dans du riesling, servi avec des panais. Ou mariné une nuit dans du babeurre et rôti dans un manteau de lard. J'en prendrai grand soin. Léni, enfin !

À peine entrée, Léni a balancé un coup de pied à Gustave, qui ne s'en est pas ému.

– Cette horreur a rongé les franges de tous les tapis. Et qu'est-ce que je vois : des crottes, encore et toujours. Monsieur, je vous le demande, je vous en conjure à genoux sur mes jambes usées, laissez-le dehors une petite semaine, ça m'évitera bien du travail et les nuits sont encore assez chaudes.

– Et moi alors ? Un homme seul comme moi, qu'est-ce qui le réchauffera ?

Léni a ouvert grand les bras.

– Vous, vous resterez seul encore longtemps si vous enfermez les femmes qui viennent vous voir dans le pigeonnier !

Irrité, von Bötticher lui a balancé le lièvre mort dans les mains.

– Attrape et porte-le vite fait à la cave.

Heinz est entré dans la cuisine et s'est assis, attendant que von Bötticher ait coupé un saucisson en fines rondelles. Apparemment, c'était le rituel du matin. Le patron faisait bouillir les œufs, sortait un fromage frais de son eau, servait de la crème avec un panier de groseilles non égrenées, posait un pain tressé sur la table. Son domestique ne remuait pas même le petit doigt. Il a rapproché la chaise de sa femme de la table et tous deux se sont mis à prier en silence. J'ai vu, à travers mes cils, que Bötticher fixait sans vergogne leurs yeux clos. Ça l'amusait, je pense, l'idée qu'après leur moment avec Dieu la première chose qu'ils verraient serait cette trogne, sa gueule cassée. Après la prière, il s'est assuré que la nourriture disparaissait bien dans notre estomac, comme si nous étions des chiens errants. Lui-même ne mangeait presque rien. Quand les assiettes ont commencé à se vider, il a solennellement brisé le silence en faisant une annonce domestique. Ce premier matin, il a dit :

– Bon, Janna. Vous n'avez rien pour moi ? Quelque chose que votre père vous aurait remis, peut-être ?

Les yeux de Léni ont lancé des flammes mais son mari, lui, continuait à mâcher tranquillement ; il avait tendance à livrer ses commentaires à tort et à travers, mais une lettre, bof, apparemment ça n'en valait pas la peine. J'ai posé mon couteau sur mon assiette.

– Il y a une enveloppe, maître. Je suis désolée, je voulais vous la donner, mais je n'ai pas osé vous déranger.

– Une enveloppe, évidemment. Une lettre. Une de plus. Eh bien, où est-elle ?

Von Bötticher a fait un geste comme en font les adultes aux enfants qui hésitent à montrer un dessin. J'ai obéi sur-le-champ. J'ai remonté l'escalier quatre à quatre, voltigeant autour des barres verticales. J'étais puérile. De nos jours les filles sont à la page, indépendantes, mais à mon époque elles ne quittaient l'aile de l'un que pour passer sous celle d'un autre. À condition bien sûr d'être capables d'assumer les tâches qui leur incombaient. Ce n'était pas mon cas : j'aimais qu'on prenne soin de moi, cela me permettait de folâtrer en toute sécurité. Je n'avais pas envie de me transformer en femme. Non pas parce que j'étais un garçon manqué, une sauvageonne ou autre ; je préférais que les choses restent telles qu'elles étaient. J'ai détesté voir pousser mes seins à quinze ans. Ces petites collines autour de mes tétons, ce n'était pas moi. Elles me donnaient une sorte de vague à l'âme qui a heureusement fini par s'estomper. Hélène Mayer ne portait pas de protège-poitrine, donc moi non plus. Si on met un truc pareil sous sa veste, c'est qu'on pense que l'adversaire peut nous toucher en pleine cible. En tout cas, on le tient pour possible, et c'est lui faire trop d'honneur. Comme je n'en mettais pas, mes parades étaient devenues très fortes, surtout la quarte et la sixte. Quand ma poitrine était touchée au cours d'un combat, ça me donnait la nausée ; aucune envie de sentir ces glandes mammaires, ces trucs de femme. D'ailleurs, je n'avais pas l'intention d'enfanter. Pas plus qu'Hélène. Ce n'était sûrement pas un hasard si mon idole portait le nom de la plus belle des déesses grecques, la protectrice des jeunes vierges, celle qu'on avait enlevée, l'éblouissante. Nous étions des filles de Sparte. Notre combat, c'était de ne jamais devenir adultes. Nous n'en étions pas moins passionnées pour autant. Dans mes rêveries, j'étais de plus en plus souvent convoitée. La nuit, les scénarios que j'avais soigneusement échafaudés au cours de la journée se voyaient évincés par des fantasmes troubles et agités qui me laissaient essoufflée et pantelante. S'ils m'avaient échappé, je leur avais échappé moi aussi.

Les escrimeurs sont souvent un peu infantiles, ils jouent les mousquetaires en se laissant pousser les cheveux, en buvant le vin au goulot, en faisant résonner leurs bottes et en tapant du poing sur la table. Mais quand ils sont sur la piste, là, c'est du sérieux. Von Bötticher lui-même était joueur à sa manière. Son imagination se concentrait sur les animaux, auxquels il enseignait des comportements humains. Quand il y arrivait, il était heureux comme un gosse. C'est Gustave qui a eu l'honneur d'ouvrir l'enveloppe. On a eu droit à un véritable spectacle : voyez un peu ce que mon lapin sait faire et combien je me soucie de la lettre de votre père. L'animal s'est mis à rogner les bords de l'enveloppe avec une application mécanique. Arrivé au coin, il a donné un coup brusque pour que la bande pointillée se détache et puisse être absorbée. Un coupe-papier n'aurait pas fait mieux. Von Bötticher a enfoncé la main dans le carton et en a retiré la lettre, qui comprenait trois feuillets. J'osais à peine respirer pendant qu'il les lisait. Tendue, je fixais ses yeux comme si les mots écrits pouvaient s'y refléter, mais ils couraient sur le texte et, ainsi que Léni l'avait craint, ils exprimaient de plus en plus la colère.

– Je voudrais pouvoir vous la lire, mais ce serait trop gênant. Vous êtes sa fille et je ne me sens pas le droit de ternir l'image que les filles semblent se faire de leur père. Je préfère donc me taire.

Il a replié la lettre et l'a replacée dans l'enveloppe, qui contenait quelque chose d'autre.

– Mais qu'est-ce que nous avons là ?

C'était une feuille de papier jaunie avec un dessin. J'étais malade de curiosité, mais von Bötticher s'est dirigé vers l'évier et a tout fait disparaître entre les pages d'un volumineux livre de cuisine sur lequel il a frappé un bon coup après l'avoir refermé.

– Bien. On verra qui finira par avoir raison, a-t-il lancé avec condescendance. Soyez prête dans une demi-heure pour votre première leçon.

La salle d'escrime était une ancienne salle de bal. Le parquet s'était usé en son milieu au fil des siècles où les danses avaient décrit des cercles. Désormais, à l'endroit où les souliers de satin avaient suivi les bottes des officiers, on se déplaçait encore en avant et en arrière, mais plus jamais en rond. Trois pistes avaient été dessinées à la peinture noire, une chorégraphie très stricte : quatorze mètres de long, deux mètres de large, deux triangles au milieu avec, de part et d'autre, à deux mètres de distance, les lignes de mise en garde ; trois mètres plus loin les lignes d'avertissement pour les sabreurs et les épéistes ; une longueur d'arme plus loin celles pour les fleurettistes ; un mètre encore et pas un pas de plus, les lignes de fond. Seuls les rideaux qui se gonflaient comme des voiles devant la porte entrouverte du balcon rappelaient le tulle bruissant des robes de bal. Il faisait chaud. J'ai desserré le col de ma veste capitonnée et je me suis regardée dans le grand miroir. L'escrimeuse. Mon visage et mes mains hâlés ressortaient sur le blanc de ma tenue, que ma mère avait mise à tremper dans du bleu de méthylène avant mon départ. J'ai pris mon fleuret préféré, mis mes gants, mes pieds en équerre. Salut. Au même instant, Bötticher est entré dans la salle. Il boitait. C'est dans le miroir que je l'ai remarqué pour la première fois.

– C'est bien. Saluez-vous vous-même. Pour le moment, vous êtes votre seule adversaire. Un adversaire redoutable, comme tout escrimeur le sait.

– Quand est-ce que les autres élèves arrivent ?

– Deux jeunes sabreurs. Vous devrez vous en satisfaire. Mais ne vous inquiétez pas j'ai l'intention de les remettre au fleuret. Deux jeunes crâneurs comme vous en avez sûrement déjà rencontré, incapables de placer une riposte convenable et qui veulent déjà jouer avec les armes des grands. Vitesse et endurance, ce sont les armes de la jeunesse ; elle n'a rien d'autre à offrir. Ils auraient dû arriver la semaine dernière, mais il y a deux jours leur mère m'a prévenu par télégramme qu'ils avaient été retardés. Encore un peu de patience. Entre-temps je voudrais voir si vous êtes aussi bonne que le dit votre père.

Il s'est approché en traînant la jambe, irrité.

– Je ne marche pas toujours comme ça. Ça dépend des jours. Montrez-moi votre arme.

J'ai saisi mon fleuret par la pointe et lui ai fièrement tendu la poignée. Un mot de travers sur cette arme et nous n'aurions aucune chance de devenir amis. Von Bötticher a trituré le cuir, tendu le bras et inspecté la lame sur toute sa longueur, fait basculer le fleuret entre le pouce et l'index, trituré à nouveau le cuir, fait pivoter son poignet et hoché la tête.

– Bien. Montrez-moi si vous êtes digne de cette arme. *Stellung !*

– Sans arme ?

Il m'a tout de suite touchée en pleine poitrine.

– Quelle idiote ! Vous entendez « *Stellung* », vous vous mettez en garde, compris ? Ou dois-je le dire en français ? *Stellung !*

Je me suis mise en garde, avançant la paume dans un gant vide.

– Qu'est-ce que c'est que ça ?

Il a donné un coup sur ma main gauche, que je tenais en l'air derrière moi.

– Moins contractés, les doigts ! Détendus, vous n'êtes pas en train d'arrêter un cocher !

Ensuite, il a mesuré la distance entre mes pieds, donné un coup contre mon talon, qui s'écartait peut-être d'un pour cent de la ligne qu'il avait en tête.

– Pff… Développement !

Il m'a laissée un bon moment dans cette position, me corrigeant au millimètre près jusqu'à ce que mes cuisses tremblent. Je savais que d'un moment à l'autre il pouvait se mettre à crier « Retour en garde ! ».

J'ai obéi promptement. Le maître m'a rendu mon arme et s'est frappé la poitrine.

– Donne-moi un beau développement, s'il te plaît.

– Vous ne portez pas de veste.

Il a fermé un bouton, un coquillage d'un demi-centimètre.

– Ce bouton, c'est la cible. Occupez-vous de l'impression que votre attaque fera sur moi, pas de la marque qu'elle me laissera.

Je commençais presque à regretter maître Louis, qui n'était peut-être pas un vrai maître, mais qui lui au moins m'admirait. Louis qui frappait du pied sur le sol de contentement quand je marquais un point. J'étais sa meilleure élève ; il aurait préféré me voir partir à l'Académie de Paris plutôt que chez un obscur militaire en Allemagne. Les officiers ne comprennent rien à l'escrime féminine. Lorsque, au bout d'un quart d'heure, von Bötticher a jugé qu'il en savait assez, j'ai craint que Louis n'ait eu raison. Mon corps avait été examiné de la plante des pieds au bout des doigts, selon lui c'était un assez bon instrument, on pouvait en faire quelque chose, mais ma réactivé, ma vitesse, ma tactique, bref, tout ce qui me valait des compliments à Maastricht, il n'avait pas le temps de s'en préoccuper pour l'instant. Il avait autre chose à faire. En attendant, je devais me battre contre mon reflet dans le miroir. J'espérais qu'il regarderait quand même en douce depuis la plate-forme du perron. Les rideaux claquaient au vent, la porte s'est refermée à grand bruit. La glace me présentait ma redoutable adversaire. Elle me faisait douter de moi, or le doute peut être fatal pour un escrimeur. Elle se tenait là, avec une arme dont elle n'était peut-être pas digne et pas assez de longueur de corps. Pas laide, certains la trouvaient même jolie, mais les goûts et les couleurs… Je n'étais pas à mon goût. J'aimais le type aryen, ce qu'on ne pourrait plus dire dix ans plus tard, mais j'aimais vraiment les blonds aux yeux bleus, robustes comme des choux sur un sol glacé. Certains garçons tombaient amoureux de moi pour ma peau qui avait la couleur des noix fraîches, mais ils ne m'intéressaient pas. Dans mes rêveries j'étais très différente. À Maastricht, une escrimeuse m'avait confrontée à la réalité.

– Tu es beaucoup plus belle dans le miroir ! s'était-elle exclamée avant d'ajouter très vite : Enfin, je veux dire, tu vois, non ?

Le mal était fait. J'étais exclue pour de bon. La Janna du miroir avait intérêt à mettre un masque, et alors tout allait mieux. Avec un masque je gagnais le match, y compris contre l'autre jalouse. Au Raeren, les masques étaient posés sur des étagères murales. L'un d'eux m'allait bien, mais personne ne me regardait. La voix furieuse de von Bötticher est montée du jardin. Heinz se faisait sonner les cloches. Une histoire d'étang et de poissons morts. J'ai remis le masque à sa place, j'ai posé mon arme et je me suis faufilée hors de la salle.

Dans la cuisine, je n'ai pas eu à chercher longtemps. Le livre était sur le billot. Sur la couverture : *Gastrosophie. Ein Brevier für Gaumen und Geist*[1]. À l'intérieur, de nombreuses planches qui ressemblaient à des photographies colorisées. Un poisson grimé de couleurs pastel. Un cochon de lait les pieds dans un plat de lentilles. Sur les pages du milieu, des paysages de viande d'un rouge foncé, un couteau de boucher montrant dans une main pâle comment trancher l'échine d'un agneau, désosser une cuisse de porc, parer un filet de bœuf. Les illustrations me rappelaient celles du cabinet de mon père, des corps humains écorchés de façon à rendre les muscles, les organes et les os visibles. Enfant, je ne parvenais pas à croire qu'une telle tête de mort se cachait dans ma propre tête. C'est ainsi qu'on sépare l'épaule d'une patte avant, disait la main du boucher. L'enveloppe n'était plus dans le livre.

1. « Gastrosophie. Un bréviaire pour le palais et l'esprit. »

5

Au Raeren, pratiquement rien ne franchissait la grille. Seule la clématite poussait par-dessus l'enceinte derrière laquelle on entendait, parfois, le grincement d'une charrette descendant le chemin pentu. Il semblait ne rien se passer qui puisse justifier de quitter l'enclos. Il viendrait peut-être un moment où l'angoisse et la panique me pousseraient à faire le mur, je ne l'excluais pas, mais les premiers jours j'avais encore trop à explorer. Dans la pommeraie, j'avais remarqué une échelle posée comme une promesse contre un arbre plein de grosses boules vertes. Heinz avait beaucoup de travail au jardin. Le lierre proliférait dans la roseraie et les parterres de fleurs, et dans le potager, les légumes avaient pris des formes grotesques. Ce foisonnement frisait la démence. Avant de pouvoir ne serait-ce qu'y jeter un coup d'œil, Heinz avait été occupé toute la matinée derrière la maison. C'est là qu'étaient les animaux. Les chevaux ruaient dès six heures dans leur box, les poules caquetaient et les lapins s'agitaient dans les cages. Je le voyais du perron, notre jardinier de la fabrique de biscuits. Il jurait contre quelque chose à hauteur de genoux dans un clapier :

– Viens là, sale bête, que je te fourre le nez dedans, attends un peu, tu vas voir !

Mais il n'arrivait pas à l'attraper, cette chose qui courait en rond en poussant des cris stridents. Il a dégagé sa fourche et s'est remis au travail. Il avait à nouveau abdiqué. Son extravagant patron traitait les animaux avec plus de considération que le personnel, mais surtout il ignorait leur merde, comme les adolescentes ignorent les vilains boutons de leur amoureux. Cette utopie à propos des animaux était un pur mensonge, personne ne le savait mieux que Heinz. C'était lui et nul autre qui pataugeait jusqu'aux chevilles dans toute cette « noblesse » que les animaux apportaient à cette terre, nom de Dieu de bon Dieu, ça il pouvait en parler. Les vaches, sur le coteau, étaient les seules dont il n'avait pas à s'occuper. Elles appartenaient à un fermier qui vivait un peu plus loin, un homme taciturne toujours entouré d'une nuée de mouches, comme son bétail. Quand il faisait chaud, les vaches se reposaient, les pattes repliées sous elles. Si on s'approchait, elles se relevaient et on entendait gargouiller et clapoter la machinerie bien huilée de leur grand corps. Elles ne se laissaient pas caresser, mais leur langue souple s'enroulait autour des chevilles pour y laisser des traînées de bave et d'herbe à moitié digérée. Parfois, on ne les voyait plus : le fermier les avait emmenées vers les bois pour permettre à l'herbe de repousser. Ainsi allaient les choses depuis des années ; il n'y avait rien à y redire.

Pendant quatre longues matinées solitaires, j'ai fait mes échauffements sur la plate-forme du perron. Le maître avait tout noté sur l'emploi du temps accroché dans le couloir. Sept heures : entraînement matinal. Huit heures : hygiène personnelle. Huit heures et demie : petit déjeuner. Neuf heures et demie : promenade et enseignement. Une heure libre après le déjeuner, puis entraînement. Après dix-huit heures, obligations domestiques. Dans la semaine, les élèves, si élèves il y avait, devaient passer la soirée dans leurs chambres. Léni avait décroché les horaires du couloir pour les apporter dans ma chambre. Si je pouvais les recopier dans mon cahier. Elle, elle n'avait pas besoin d'emploi du temps, disait-elle. Elle avait de quoi faire dès le moment où elle ouvrait les yeux le matin. Quand elle avait passé la serpillière dans les pièces du bas, il lui restait une heure exactement pour faire les chambres avant d'avoir faim et que ce soit l'heure du petit déjeuner. Les horaires, c'était fait pour les patrons et autres fainéants. Fallait pas s'imaginer que ça tournait bien rond dans la tête de Herr von Bötticher. Un malheureux, voilà ce qu'il était. Autrefois, quand il avait emménagé au Raeren et les avait engagés, il n'avait pas de routine. Quand la lune était pleine, il restait éveillé toute la nuit, et le lendemain il était malade à crever et passait la journée au lit.

– Tu ne me crois pas ? disait-elle. Les premiers jours, il restait debout comme s'il avait peur des meubles, parce qu'ils n'étaient pas à lui, ils étaient déjà là. Lui, il n'avait apporté que quelques caisses remplies d'armes et de livres. Je le voyais toujours debout devant la fenêtre, contre le mur ou dans le jardin, qui d'ailleurs à l'époque était une jungle. S'il est à peu près potable aujourd'hui, c'est grâce à Heinz. Nous avons fait en sorte que les choses redeviennent normales au Raeren. Ma mère disait toujours : « Sans régularité, on n'est pas grand-chose. Juste un tas de souffrances et de besoins. » Et elle avait raison.

Plus qu'un tour. J'ai augmenté le tempo. Un tintement de cloche porté par le vent me parvenait d'un village lointain. Quelque part, donc, des gens étaient appelés à couvrir leurs enfants d'un manteau et à les envoyer dehors. Mais le carillon s'est arrêté et je n'ai plus entendu que les battements de mon cœur. Tous les bruits décourageants de l'intérieur, le sang pompé, les articulations qui craquent, le halètement ; avec pour seule compagnie un corps qui rechigne, l'athlète se sent bien seul. J'allais arrêter quand les portes de la salle se sont brusquement ouvertes et que le maître est entré. Il portait un gilet d'instruction, de ce cuir si rigide qu'il tombe droit autour du tronc. Il faut avouer qu'il le portait avec élégance.

Pas comme Louis, qui, dans sa cuirasse, continuait à marcher les bras ballants et le dos vouté, tel un scarabée retourné.

– Continue à avancer, m'a-t-il dit. Sur la pointe des pieds, bras tendus, aussi haut que tu peux. Plus haut, plus vite. Hop, hop ! Maintenant sur les talons, genoux levés, relax.

Il consultait sa montre après chaque exercice. Je devais prendre mon arme, faire trente marche-fente sur toute la longueur de la plate-forme du perron et parer toutes les attaques qu'il lançait contre moi.

– Tu as un quart d'heure pour m'améliorer ce cafouillage.

Il m'a donné une tape sur le derrière avec son fleuret. Un geste frivole : les fesses ne doivent pas être touchées. La cible du fleurettiste commence sous la gorge et finit à l'entrejambe. C'est la portion de corps dont il doit se satisfaire, celle d'un dieu grec déterré avec désinvolture. J'ai secoué l'avant-bras, sautillé sur place avant de me mettre en garde, j'ai fait basculer mon arme jusqu'au gras de la main, fixé la pointe de son fleuret, ses yeux. Oh, si seulement il avait porté un masque, je suis sûre que j'aurais réussi !

– Tu comprends maintenant pourquoi je t'ai demandé hier si tu pouvais te battre contre toi-même ? a-t-il dit en repoussant mon arme d'une rapide parade circulaire. Je sais ce que tu vas faire avant même que tu l'aies décidé.

Je ne crois pas à cet entraînement dans le miroir. Comme si on pouvait avancer vers soi sans rien deviner de ses propres intentions. Le reflet dans la glace se restaure en une fraction de seconde, mais retire le miroir et la faute revient comme un voleur la nuit. Certains comparent l'escrime à un jeu d'échecs à grande vitesse. Le spectacle n'est rien comparé à l'effort fourni derrière le masque. Si on l'enlève pour mieux voir, on s'aperçoit que ce n'est pas la grille qui voile la vue, mais les pensées qui accélèrent ou retardent les assauts. Un moment, tout est encore clair : l'adversaire est là, à distance d'attaque, il compte tendre son bras armé en avançant d'un pas. Est-ce qu'il ne sera pas trop près ? Comment pourra-t-il encore toucher à cette distance ? Ce n'est pas logique, il ne va pas s'approcher davantage. Il va probablement… trop tard ! Trop réfléchi. D'après von Bötticher, on ne peut pas faire confiance à ses yeux, ils ruinent les images que conçoit le cerveau. Il y a quelque chose de plus fort, difficile à saisir, un souvenir vague, mélancolique, de forces anciennes qui vous remuent l'estomac et en appellent à votre instinct. Ou ce qu'il en reste. Chez les animaux, c'est l'odeur qui vient en premier, chez nous, elle est reléguée au fin fond du cerveau. C'est ce qui se passe quand on se met debout. D'abord voir, ensuite prendre, on fait ça depuis des millions d'années. Mais quel escrimeur n'éprouve pas un étonnement euphorique quand son arme, comme par automatisme, en moins d'un clin d'œil et sans résistance apparente, touche le corps de l'adversaire ?

– Les chiens mordent leur maître avant de pouvoir le regretter, a dit von Bötticher. On peut sentir une proie de même qu'on peut sentir que l'attaque est dans l'air. Mais la seule question est : qui ? qui va attaquer ? Si tu es portée par l'émotion, tu seras rapide. La motivation, c'est bien aussi. La conscience de la récompense et de la punition est rapide comme l'éclair. La peur, la jouissance, la faim, la soif : prends toujours la route la plus courte. Tu veux me toucher ? Tu as peur de moi ou au contraire tu me trouves sympathique ?

Je l'ai touché de plein fouet sous une côte grâce à une feinte en direction de sa joue meurtrie. Il a chancelé et s'est très vite remis à discourir, s'est avancé en boitant.

– C'est bien, j'admets. Tu es irritée, tu attaques. Mais attention : se fier à son intuition ne veut pas dire qu'on peut laisser la technique de côté. Les mouvements doivent être parfaitement rodés. Tu as déjà fait du cheval ? a-t-il ajouté en saisissant des deux mains une bride imaginaire.

J'ai fait en même temps oui et non de la tête. Ma grand-mère avait un cheval de trait au poil pelucheux et grisonnant, ce qui rend les vieilles bêtes si attendrissantes. Il supportait mes jambes gigoteuses mais ne leur obéissait pas. Rien n'était plus apaisant que ces promenades, de cour de ferme en cour de ferme, sur le dos d'un être dénué de parole qui se traînait depuis bien plus longtemps que moi sur cette terre.

– Je vais demander à Léni de préparer quelques tenues d'équitation, a dit Bötticher. Je t'attends pour le petit déjeuner dans une demi-heure. Ensuite, je veux te voir monter. Tu n'as rien à craindre, je te mettrai sur le plus paisible de mes chevaux et je le tiendrai à la longe. C'est édifiant, tu verras. Tout ce que je t'ai dit aujourd'hui deviendra clair comme de l'eau de roche. Allez, c'est parti.

J'avais passé cinq nuits au domaine. On me tutoyait à présent, ma vie entière était entre les mains du maître. Mon lit était sous son toit et il décidait du temps que j'avais à consacrer à mon « hygiène personnelle » : une demi-heure avant que ma part de sa nourriture passe par ma bouche. Obéissante, je me tenais les pieds dans une bassine devant la porte-fenêtre de ma chambre, au grenier. Heinz l'avait barricadée ; derrière le grillage un pigeon ramier sommeillait. Il avait ouvert ses yeux jaunes et ronds lorsque j'avais fait couler l'eau. Le matin, en me levant, j'avais rempli un broc d'eau dans la buanderie pour remplir ma bassine que j'avais laissée chauffer au soleil même si Léni pensait que je devais me laver en bas, où il y avait un chauffe-eau. Je n'avais pas confiance, je préférais me faire lorgner par un pigeon. Mon triomphe me tenait chaud et des frissons brûlants descendaient de mon nombril quand je pensais à la pointe de mon fleuret, imperturbable, sur la veste de von Bötticher. Une feinte exécutée à la perfection sous son arme. Il avait voulu sauver les apparences, simuler l'indifférence, mais une moitié de son visage n'avait pas joué le jeu.

Combien de temps dure la gloire d'un invalide de guerre ? Six mois au plus. Ensuite, sa blessure n'inspire plus l'admiration mais la pitié, et l'excès de pitié se change en irritation. Il y avait autrefois un Belge aveugle et cul-de-jatte qui mendiait au marché. Il prenait l'argent sans merci ni rien ; on comprenait qu'on ne donnerait jamais assez, que cette dette ne serait jamais épongée. Quand il a été clair que toute velléité de contact se brisait contre ses yeux vides et ses moignons nus, on l'a évité : un mémorial de la guerre dont on se passait volontiers dans un pays fatigué du spectacle. Sûr, ces quelques sous ne pesaient pas grand-chose comparés aux millions réclamés à la Belgique après le conflit pour l'accueil des réfugiés, et cela alors que l'empereur, lui, se voyait offrir des châteaux[1]. En tout cas, tout le monde a été soulagé quand le vétéran ne s'est plus montré sur la place. « Une bonne chose de faite, a dit mon oncle Sjefke. Bon vent et bon débarras. » La guerre était déjà terminée depuis dix ans et il était peut-être temps que les Belges arrêtent de geindre. Car pas un seul Maastrichtien n'avait oublié ces faux jetons friqués, ces soi-disant réfugiés qui avaient fait monter le prix des loyers en 1914 et leur faisaient une concurrence déloyale en travaillant à prix bas, ce qu'ils pouvaient se permettre vu l'allocation qu'ils recevaient de toute façon. Et qui sait si ce rebut aveugle n'était pas l'un de ces ingrats qui se plaignaient de la nourriture de leur famille d'accueil, un de ces ivrognes qui s'étaient rendus au front par désœuvrement, pour jouer les héros ? D'abord, est-ce

1. À l'orée de la Première Guerre mondiale, lorsque la Belgique a été envahie par l'Allemagne, les Pays-Bas, neutres, ont accueilli des centaines de milliers de réfugiés civils et militaires belges. Après la guerre, les Pays-Bas ont réclamé 53 millions de florins de dédommagement à la Belgique pour avoir entretenu les internés militaires belges. L'empereur allemand Guillaume II, qui avait trouvé refuge lui aussi aux Pays-Bas, a réclamé avec succès la restitution de ses biens, dont des châteaux, au nouveau gouvernement en place en Allemagne.

qu'il avait été un héros ? C'était peut-être un contrebandier qui avait réussi à passer sous la clôture électrique[1]. Son corps avait survécu à la baffe des deux mille volts, mais ses jambes avaient été carbonisées comme du petit bois. Ben oui, ce ne serait pas la première fois ! Ma mère avait sifflé entre ses dents, il y avait des enfants, mais l'oncle Sjef avait reniflé bruyamment en se croisant les bras. C'était dit. Lui, en tout cas, il n'avait pas l'intention d'avoir pitié de qui que ce soit. Il fallait se méfier de la pitié, elle avait vite fait de vous rendre redevable.

Je me suis accroupie dans la bassine jusqu'à ce que mes fesses touchent la douceur savonneuse. Je n'avais pas peur de von Bötticher. Et je ne le trouvais pas aimable non plus, qu'est-ce qu'il s'imaginait ? Je pouvais essayer d'avoir pitié de lui, mais la pitié était une émotion sans utilité pour un escrimeur. On peut avoir pitié quand on a dix points d'avance et perdre ensuite 15-10 à cause de cette pitié, après quoi l'autre retire triomphalement son masque pour vous remercier sans le moindre remords. Pas de pitié, donc, mais quoi alors ? Quelle attitude adopter ? Et ces leçons d'équitation à présent ! Si une demi-heure d'hygiène personnelle bâclée n'avait pas encore entamé ma dignité, elle en a en revanche pris un coup sur le dos de ce cheval dont von Bötticher tenait la longe avec fermeté. Pour commencer, la bête n'était pas aussi paisible qu'il l'avait affirmé. C'était un Barbe gris souris, une de ces arrogantes juments du désert. Von Bötticher avait été séduit par la réputation belliqueuse de la race.

– De nombreuses batailles ont été remportées à dos de ces chevaux, a-t-il dit alors que nous nous dirigions vers le pré.

1. En 1915, le gouvernement allemand en Belgique avait installé à la frontière entre la Belgique et les Pays-Bas une clôture électrique appelée « fil » ou « fil de la mort » pour empêcher les réfugiés belges de fuir vers les Pays-Bas, neutres.

Cela m'a fait perdre tout courage dans mes bottes trop grandes.

– Le prophète Mahomet, le roi Richard II et Napoléon ne juraient que par eux. Napoléon a dû se séparer de Marengo à Waterloo. Le cheval avait alors pas loin de trente ans, mais il a galopé des années encore pour l'ennemi. À titre posthume, un de ses sabots a été installé sur le guéridon de fumeur du général Angerstein, où il servait de tabatière.

Il a suffi que von Bötticher pointe le doigt vers elle pour qu'elle le rejoigne au trot. Elle n'était pas grande, toujours ça de gagné, et elle m'avait à peine reniflée qu'elle me montrait son derrière.

– Loubna, gentille, a dit von Bötticher tout mielleux.

Elle a dressé l'oreille, lorgné son maître d'un œil. De la part d'un humain, cette conduite aurait été intolérable, mais von Bötticher avait toute la patience du monde.

– Allez, viens.

Après avoir fait un lancer de drapeau de la queue, elle a daigné s'approcher. Il a appuyé sa joue contre sa tête en lui mettant le mors puis a passé ses doigts sous la muserolle pour s'assurer qu'elle n'était pas trop serrée. Ensuite, il a posé la selle avec une telle précaution et une telle précision que je me suis demandé si cette dame allait accepter de me porter. Je me suis vue dans son œil pendant qu'il la sanglait. Un visage rond et pâle. Gênée, j'ai tourné la tête.

– Ce n'est pas une beauté, peut-être ?

– Elle ne veut sûrement pas que je la monte.

– Ce n'est pas une chose à dire en présence d'un cheval. C'est le meilleur moyen de gâcher votre relation d'emblée.

J'ai éclaté de rire, mais von Bötticher était très sérieux.

– Qu'est-ce que je t'ai dit ce matin ? Ils comprennent tout. Elle a tiré sa conclusion avant même que tu n'exprimes tes doutes.

C'est fichu d'avance, alors, ai-je pensé, découragée. Je ferais sans doute mieux de ne pas monter ? J'avais encore tout un tas de doutes en réserve.

– Avec les chevaux, il faut prétendre, continuait-il. Jouer la comédie, faire comme si tu étais la meilleure cavalière d'Aix-la-Chapelle. Fais travailler ton imagination.

Facile à dire : mon imagination me laissait en plan. Le cheval marchait au bout d'une corde et le cavalier, jambes écartées, se tenait sur le champ de sable. Moi, la poupée de son en selle, je comptais pour des prunes. Après quatre tours de piste, j'ai dû serrer la bride et mes mollets contre les flancs de Loubna, mais elle n'a pas réagi ; elle n'était pas folle.

– Tiens tes jambes tranquilles. Tu n'as pas besoin de la talonner, tu dois la prendre comme elle est.

– Ça ne marche pas.

– Tu te laisses décourager trop facilement. Surveille ton assiette, respire tranquillement. Tu es la meilleure cavalière d'Aix-la-Chapelle, et maintenant tu vas partir au trot. C'est ce que tu as décidé, point.

Il ne s'est rien passé. Le cheval n'était pas impressionné. Von Bötticher a tenté de détourner notre attention en parlant du temps. C'était une journée suffocante, en effet. Les arbres étaient immobiles, les oiseaux muets, la sueur dégoulinait de dessous mon casque. Bien trop grand, ce truc, comme mon accoutrement. J'avais l'impression d'être la simple d'esprit à qui on faisait faire un tour de piste devant un public au sourire forcé.

Et, soudain, un nouveau bruit s'est fait entendre. Loubna a été la première à le détecter. Le bruit de plus en plus fort d'un moteur derrière le portail. Von Bötticher s'est hâté d'enrouler la longe, nous a détachées, et je l'ai perdu.

– Ne t'inquiète pas. Tu t'en sors très bien.

Il parlait au cheval. À moi, pas un mot, pas même un sourire. Le bourdonnement du moteur n'avait pas cessé. J'ai raccourci la bride et, par-dessus mon épaule, j'ai vu von Bötticher, singulièrement souple tout à coup, passer sous la barrière et courir, en sautillant et boitillant, sur l'allée principale. Il a ouvert le portail et un cabriolet beurre frais a déboulé. Le miroitement du pare-brise m'empêchait de voir le conducteur. Lorsque nous avons disparu au coin de la maison, j'ai essayé de talonner Loubna. Elle allait déjà un peu plus vite, des soubresauts inconfortables. Le moteur s'est tu. Une voix de femme comme un chant d'oiseau. Elle était debout près de l'auto. Mèches blondes en voiles et robe-manteau rouge cerise. Malgré ses talons hauts, elle s'est mise sur la pointe des pieds pour embrasser von Bötticher. Loubna a tiré brusquement sur la bride.

– Tranquille, ai-je murmuré. Il va revenir. Il revient toujours vers toi.

Nous trottions à présent. Je m'étais enfoncée plus profondément dans la selle et j'avais tendu les mollets. Von Bötticher a dit quelque chose qui a fait beaucoup rire la blonde. Elle tournoyait autour du cabriolet. Il y avait deux garçons à l'intérieur, ils n'en avaient pas bougé pendant tout ce temps. Les sabreurs, sûrement, ai-je pensé. Les crâneurs avec leur sabre. Ils étaient immobiles sur la banquette arrière pendant que leur mère, pépiant et chaloupant, perdait son foulard. Von Bötticher s'est immédiatement agenouillé. C'est donc à cela que servaient les foulards, à mettre les hommes à genoux. Il avait l'air très jeune tout à coup. Pourquoi ne nous regardait-il plus ? Loubna a étiré son dos. Nous trottions presque sur place. Je n'avais rien à faire ; si je me détendais, le balancement allait de soi. Heinz est soudain sorti pour garer la voiture, et Loubna n'a fait ni une ni deux. Une force immense s'est déployée sous moi. Comme un petit bateau sur une déferlante, j'ai cherché où m'accrocher. Pleine d'effroi, je regardais l'encolure du cheval qui donnait de grands coups en avant pour stimuler la tempête. L'auto a démarré. Loubna a foncé à travers la piste, fait un saut de côté des quatre sabots en même temps et s'est immobilisée dans un bruit sourd. J'ai été projetée de l'avant vers l'arrière et je me suis accrochée tant bien que mal à la jument. J'ai replacé le casque sur ma tête en espérant que personne ne nous avait vues. Pas maintenant. Pas après notre formidable trot. Mais le cheval s'est mis à hennir bruyamment, par saccades. Von Bötticher et la blonde, bras dessus bras dessous sur l'allée, se sont arrêtés. Il m'a regardée avec son visage grimaçant.

– Descends, Janna. Amène le cheval dans le pré et attends Heinz.

Je me suis laissée glisser jusqu'au sol sur le flanc de Loubna puis l'ai guidée sur le sable fin. Heinz a garé la voiture. Les jeunes sabreurs étaient toujours sur la banquette arrière. De près, j'ai vu qu'ils étaient tout à fait identiques.

6

La mère avait dû être très belle. Maintenant, elle n'était plus aussi sûre de son fait. Ça ne l'empêchait pas de battre des cils en buvant une gorgée de vin et de tenir sa tête comme un petit bijou de porcelaine sur un cou à la peau grêle et tendue. Un fume-cigarette vide entre les doigts, ses talons hauts abandonnés dans l'herbe, et ses jambes gainées de bas sur les genoux de von Bötticher.

– Le temps ne se rafraîchit pas, a-t-elle dit, je devrais peut-être moins me couvrir.

Très présent dans ses bottes d'équitation, von Bötticher fumait un cigare, le regard tourné vers la cuisine, d'où parvenaient des bruits de plus en plus forts de poêles et de casseroles, de placards qu'on referme. Quelqu'un s'affairait là-bas.

– Mais qu'est-ce qu'elle fabrique, Léni ?

– Laisse donc cette pauvre femme tranquille.

La blonde s'est étirée dans la chaise de jardin et les pans de sa robe-manteau se sont écartés. Elle les a laissés ainsi.

– Tu as faim, déjà ?

Von Bötticher avait toujours le regard perdu du côté de la cuisine et l'air renfrogné. La femme a poussé ses orteils contre son ventre.

– Mon grand grognon est donc bien affamé ?

Comme si je n'étais pas là. Il aurait peut-être fallu que j'aille sur le gazon moi aussi, à l'instar des sabreurs. Ils couraient en rond, les chiens sur les talons. Ils étaient grands pour des jumeaux, mais ils se conduisaient comme des gamins. La mère devait avoir une petite quarantaine. Elle pouvait même être légèrement plus âgée que von Bötticher.

– Egon, tu es gentil au moins avec cette pauvre petite ?

Elle me jaugeait de ses yeux d'un bleu vif. Je portais toujours la tenue d'équitation qui m'avait été attribuée. Dieu sait à qui elle avait appartenu ; j'espérais que ce n'était pas à elle, ç'aurait été le pompon que je me balade dans ses vieilles nippes, la mue de ce serpent. Sans vraiment savoir pourquoi, j'avais une véritable aversion pour elle. Von Bötticher s'apprêtait à repousser ses pieds, mais il est resté assis, les mains sur ses chevilles, et elle a souri. D'accord, elle était toujours belle.

– Alors, tu es gentil avec elle ? Tu es tellement ours parfois.

Je me suis levée.

– Je peux m'en aller ? Je voudrais me changer.

– Fais vite alors, a dit von Bötticher sans se retourner. Le repas est presque prêt. Si tu vois Heinz, dis-lui de venir.

En haut, je l'entendais encore glousser. Von Bötticher n'était probablement drôle que quand je n'étais pas là. Je ne risquais pas de m'éterniser : j'avais le choix entre deux robes d'été. En fait, je n'en avais qu'une ; l'autre, en satin doré, était plutôt une combinaison. Je pouvais aussi enfiler ma tenue d'escrime et réclamer mon après-midi d'entraînement. D'après l'emploi du temps, il aurait dû commencer depuis un moment. Mais, apparemment, tout était annulé quand elle montrait le bout de son nez. Celle qui savait le faire rire. Maintenant, ils riaient tous les deux. J'ai fermé la porte du balcon. La combinaison seule, non, ce n'était vraiment pas possible. Le satin statique me collait aux jambes. En un éclair je me suis vue m'asseoir à la table, scintillante comme une Isis plaquée or. Des bouches bées d'étonnement, tout le monde voit à quel point elle est belle, notre vierge sacrée ; comment ont-ils pu ne pas le remarquer auparavant ? Quand même, la robe en coton par-dessus. J'avais des grains de sable dans les cheveux. Cette saleté de jument du désert m'avait enveloppée d'un nuage de poussière qui en était plein. Est-ce qu'on allait remarquer que j'avais défait mes tresses ? Ce serait la honte si on pensait que je m'étais pomponnée pour plaire, si quelqu'un disait : « Dis donc, tu t'en es donné du mal. » C'était une robe d'été à rayures, toute simple, rien d'extraordinaire. L'autre était trop chaude, ma jupe était sale ; pas la peine d'aller chercher midi à quatorze heures, je ne pouvais quand même pas me balader tout le temps en tenue d'escrime. Je me ferais discrète et me faufilerais à l'extérieur, comme un lézard. Raté ! Léni me précédait avec la desserte, les petites roues ont buté sur le gravier, elle s'est retournée et a aussitôt caqueté :

– Magnifique ! Tu ne vas pas attraper froid tout à l'heure, quand le soleil se couchera ? Va vite prendre ta place parmi le très honoré public. Et profites-en pour dire à la mère d'appeler ses rejetons louftingues. On n'est pas au festival d'Öcher Bend. Ah, ben elle y va. Sur ses bas dans l'herbe ? Mais oui, pourquoi pas ? Plus rien ne m'étonne.

À table, les sabreurs ont englouti leur repas sans jeter un œil sur la nourriture. Ce sont les bébés qui font ça, parce qu'ils n'ont pas encore appris à se méfier. Une bouchée pour papa et ils regardent autour d'eux en souriant jusqu'à avoir goûté et puis leur visage se renfrogne. Ces deux-là ne faisaient pas la différence : bon ou mauvais, ils ne s'intéressaient qu'à eux-mêmes. Ils n'ont pas touché aux asperges, mais ils se sont mis l'un l'autre les œufs mimosa dans la bouche, ce qu'apparemment j'ai été la seule à trouver écœurant. La mère ne leur a fait aucune remarque, et von Bötticher a secoué les verres pour en chasser les dernières gouttes puis les a remplis à nouveau à ras bord. Quand il s'est mis à tacher la nappe elle a redressé la bouteille.

– Ça va, tu t'amuses bien ? Tu ne vois pas que tu verses du vin sur la table ?

Elle m'a adressé un signe de connivence.

– Il ne le voit pas. Vous pensez, vous aussi qu'il ne voit pas la profondeur ? Avec cet œil ?

– Mon œil voit très bien.

Von Bötticher a écarté un peu sa chaise.

– Mon œil voit très bien. Il n'a pas été touché, pour le cas où tu ne l'aurais pas remarqué.

Heinz est arrivé, en tablier de maréchal-ferrant, et son patron lui a montré la bouteille.

– Ce n'est pas de refus, a dit Heinz.

– De qui as-tu paré les sabots ? a demandé von Bötticher.

– Fais donc attention, a dit la mère. Tu vas à nouveau verser à côté. Heinz, vous ne pensez pas, vous aussi, qu'Egon a du mal à évaluer la profondeur ?

Heinz l'a regardée les yeux vides et la bouche béante, comme si du vent soufflait dans sa tête.

– Mégaira. Et j'ai traité la fissure, à l'arrière gauche.

Ils ont trinqué et bu goulument. Heinz s'est empourpré, son visage de papier a pris des couleurs ; il a regardé son verre à moitié vide en souriant bêtement, pris une chaise et mis dans la foulée trois asperges et un œuf sur une assiette. Von Bötticher a acquiessé d'un hochement de tête.

– Merci, graisse les sabots désormais. Mieux vaut prévenir que guérir. Pourquoi tu ne bois pas ?

Cette fois, c'est à moi qu'il s'adressait. Un coup d'œil rapide sur ma robe d'été puis, sévère à nouveau, il a ajouté :

– Allez, bois pour te remettre de ta frayeur.

– Laisse la jeune fille tranquille, a dit la mère. Tu es toujours en train de la chicaner, elle ne sait plus sur quel pied danser.

– Mais fous-moi la paix ! Sinon je te montre, moi, ce que

c'est que la profondeur ! Celle du jardin par exemple. De tous les recoins de mon domaine. Heinz, apporte mon épée, que je chasse cette femme de ma terrasse. Un escrimeur qui ne verrait pas la profondeur, et puis quoi encore ?

Elle n'a pas réagi, a bu en levant les sourcils et en regardant ses pieds dans ses bas sur l'herbe. Elle paraissait fragile et on avait du mal à imaginer qu'elle ait pu supporter un accouchement difficile. Et la suite ! Un enfant, d'accord, on le porte sur un bras et on retient son chapeau de l'autre, mais deux – deux garçons par-dessus le marché –, il avait fallu les nourrir en même temps, comme un animal.

– D'après le maréchal-ferrant, la seime ce n'est pas une question de graissage, a dit Heinz. Mais ne vous faites pas de souci, je l'ai barrée, elle n'ira pas plus loin.

Von Bötticher a haussé les épaules d'un air irrité. Il m'a tendu un verre de vin ; les sabreurs n'ont rien eu. Ils n'en avaient d'ailleurs pas envie. Ils se comportaient comme s'ils venaient juste de faire connaissance. On m'avait brièvement présentée à eux dans le hall. Ensuite, j'aurais été incapable de dire qui était Friedrich et qui était Siegbert. La plupart du temps, l'un des jumeaux est plus grand que l'autre. Pas eux. Et ils étaient coiffés de la même façon. Peut-être que la boucle d'or qu'ils devaient constamment écarter de leur visage était une idée de leur mère. Quand Siegbert a demandé s'il pouvait aller aux toilettes, Friedrich s'est levé d'un bond lui aussi, mais leur mère l'a arrêté.

– Fritz, reste assis.

Sans son frère, il semblait perdu. Les quelques minutes qu'ont duré son absence, on aurait dit qu'il avait la respiration coupée. Je n'osais pas le regarder, je trouvais ça tellement triste pour lui. Il ne s'est remis à manger que lorsque Siegbert est revenu. C'est ensemble qu'ils étaient les plus beaux. Tous deux avaient les yeux bleus de leur mère, une peau saine et une ébauche de duvet au menton.

Quand il y avait des différences, elles ne semblaient pas être le fruit du hasard. Siegbert avait un grain de beauté sur la joue gauche, et Friedrich le même sur la joue droite. Ils avaient un sourire identique, mais il n'étirait pas le même coin de la bouche. Quand ils riaient, je voyais qu'un bout de dent leur manquait : Siegbert à la mâchoire supérieure, Friedrich à la mâchoire inférieure. Ils étaient accordés l'un à l'autre avec une précision chronométrique. Leurs mains pâles bouchonnaient en même temps leurs serviettes. Ils mâchaient de façon synchronique. Si Friedrich voulait de l'eau, Siegbert saisissait la carafe sans qu'un seul mot ait été échangé. Ils étaient très conscients de leur beauté et se tenaient droits dans leur veste rouge, comme les rois de cœur d'un jeu de cartes.

Léni a apporté le second plat, qu'elle a annoncé sur un ton plein de reproches. Son mari n'avait pas compris qu'il devait débarrasser la table. Quel bon à rien, celui-là, il avait bien de la chance d'avoir une femme comme elle, richement pourvue de tout le nécessaire. Il n'avait pas encore fini son second verre qu'il tendait déjà le bras vers la bouteille.

– Versez m'en aussi un autre, a dit la mère.

– Comment va votre époux ? a demandé Heinz.

Léni s'est dépêchée de servir la viande.

– Si ce n'est pas assez, j'en ai encore dans la cuisine. Le boucher en met toujours trop. Il sait, évidemment, que je ne vais pas le renvoyer au portail, c'est comme ça qu'il s'enrichit, ce sale escroc.

– Votre époux était un sportif extrêmement brillant, a dit Heinz en évitant le derrière de sa femme. En saut en longueur, il était le meilleur et de loin. Personne pour l'égaler ! Vous savez où il devrait exercer son talent à présent ?

– Non, dites-moi, a répondu la mère sur un ton glacial.

– À la Kraft durch Freude, la KDF, si vous préférez, la Force par la joie. L'organisation a besoin de gens comme lui. Pour encadrer des sorties et des activités pour les ouvriers. Du sport en plein air et puis, avec les forces nouvelles ainsi forgées, au boulot pour la patrie !

Il a triomphalement abaissé son poing sur son tablier de maréchal-ferrant. Dans le silence qui s'est ensuivi, il a vidé son verre puis a continué à pérorer.

– Car nous ne devons pas nous laisser dépasser. Regardez qui a engrangé les médailles aux Jeux olympiques : des nègres ! Cela n'aurait jamais dû arriver. Qu'est-ce qu'il en pense, votre époux, de tout cela ?

– Aucune idée, je ne le lui ai pas demandé.

– Ma Léni et moi, nous avons raté le coche. La KDF n'existait pas encore, nous étions membres du syndicat. Ah ! ça m'aurait plu, c'est sûr, ces sorties organisées ! Déjà rien que pour le cabaret. Matthias Schmidt m'a dit que le mois prochain le groupe va à la mer Baltique. Vous imaginez ? Et tout ça gratuit, pour rien !

– Matthias Schmidt devrait ménager sa salive, a répliqué Léni. Ici, au Raeren, c'est plus beau que la mer Baltique. J'ai pas raison, monsieur ?

Von Bötticher mâchait ses aliments d'un air renfrogné. D'après moi, il bouillait de colère. Deux papillons de nuit voletaient devant lui, signe que l'obscurité s'annonçait. N'importe qui d'autre les aurait chassés. Von Bötticher, qui les laissait tranquilles – c'était peut-être un vol nuptial –, pouvait passer pour un ami de la nature. Comparé à lui, Heinz semblait plus usé que jamais. Mais ce faiseur de biscuits maladif se permettait bien des libertés envers la dame que son patron recevait à sa table. Elle a placé une cigarette entre ses lèvres, il lui a tendu du feu. Il devait penser qu'ils avaient quelque chose en commun. Le savoir-vivre des grandes villes, quelque chose dans le genre. On ne pouvait plus l'arrêter.

– N'oubliez pas de parler de la KDF à votre époux. Dites-lui que moi, Heinz Kraus, je le lui conseille la main sur le cœur. Parce qu'il en a un, de cœur. C'est pas un de ces moutons qui s'engagent pour faire comme tout le monde. Il a adhéré au parti dès ses débuts. Si vous voulez, je peux demander à l'un de mes anciens coéquipiers à qui il peut s'adresser.

Personne n'a rien dit. Pas même quand les jumeaux sont sortis de table et ont gambadé vers le pré, faisant des bonds souples comme des poulains en liberté.

– Monsieur, je vous l'ai aussi conseillé, vous vous en souvenez ? Des leçons d'escrime pour la classe ouvrière. Le domaine serait l'endroit idéal. Nous avons assez de place pour la KDF.

– La joie, a dit von Bötticher, n'a rien à voir avec l'escrime. L'escrime est un art, c'est autre chose que de regarder qui saute le plus loin dans le bac à sable. Comment vous expliquer cela ? C'est la différence qu'il y a entre ma Mégaira et une bête de somme.

– J'aurais vraiment aimé participer à une de ces sorties. Ne serait-ce que pour le cabaret.

– Du temps libre contrôlé par l'État, ce n'est pas du temps libre.

– Ça vous embête que les ouvriers prennent du bon temps, vieille canaille de casque à pointe ?

Le mot a résonné comme un coup de tonnerre. Je n'avais pas la moindre idée de ce qu'il signifiait, mais Léni a bondi de sa chaise, pris la première chose qui lui tombait sous la main – une fourchette à découper – et l'a remuée sous le nez de Heinz.

– Monsieur, il faut lui pardonner. Vous avez déjà eu l'occasion de vous en rendre compte, il ne supporte pas l'alcool. Regardez-le. C'est un maigrichon, il aboie mais il ne mord pas. Il ne fera jamais rien contre vous, vous le savez bien. Pour l'amour du ciel !

Von Bötticher a poussé un profond soupir.

– Tout va bien, Léni. Je trouve ça fascinant, ces discours communistes. « Vieille canaille de casque à pointe » ! Intéressant ! Pour le cas où tu l'aurais oublié, Heinz, nous nous sommes battus pour ton pays.

– Nous l'avons tous fait. Et je ne suis pas un communiste.

– Communiste, socialiste... Qu'est-ce que tu as fait exactement pendant la guerre ? Je ne te l'ai jamais demandé. Attends, je te ressers. Celui-là, si tu ne l'as encore jamais goûté, c'est un très bon riesling du Rheingau. Le plus grand vin national, très national-socialiste puisque je le partage avec toi, mon ouvrier.

Léni tenait toujours la fourchette à découper. Elle ne regardait pas son mari car il était devenu une chose dont on parlait, et non plus quelqu'un avec qui on parlait, elle aurait voulu que le patron le comprenne.

– Ne le faites plus boire, il ne supporte pas l'alcool, vous le voyez bien, il n'est plus bon à rien.

– Un homme, un vrai, peut quand même supporter un verre de vin. Même les dames y parviennent. Allez, Heinz, dites-nous, où étiez-vous en 14-18 ?

– Vingt-cinquième corps de réserve, Lódz. L'hôpital de campagne compris.

Dans le pré, accrochés aux bras l'un de l'autre, les jumeaux tournaient en rond comme des forcenés. C'est ainsi que nous jouions à la toupie dans la cour de l'école. Quand les dalles du trottoir passaient à grande vitesse sous nos pieds, il fallait serrer les poignets de l'autre presque à les écraser, car freiner n'était plus possible. Le mieux, c'était de fermer les yeux ; on frémissait et se délectait à la fois. Les jumeaux s'étaient abandonnés à la force centrifuge depuis un bon moment. Il ne pouvait rien leur arriver, ils étaient en parfait équilibre.

– Prends exemple sur nous, disait von Bötticher. Nous avons plaisir à nous retrouver dans l'intimité d'une compagnie triée sur le volet. Pourquoi faudrait-il y associer les foules ? Où est le plaisir si tout le monde fait la même chose ? Cette nouvelle politique débouchera sur du neutre. Les masses sans visage.

– Et c'est lui qui le dit, ricana la mère. « Les masses sans visage. »

– La foule anonyme. Qui a envie de se consacrer à cela ? Tout le monde accepterait d'aider son prochain, à condition de pouvoir décider de qui est son prochain. Il ne faut pas nous retirer le besoin naturel d'aider son prochain.

– D'après Matthias, il n'y a plus de grèves dans les usines, a dit Heinz. Ils ont tout retapé, la vie y est meilleure, plus gaie. Des douches, de larges fenêtres. Le Führer a fait tout ça pour les ouvriers. Ah ! Si seulement je pouvais !

Von Bötticher a brisé son verre sur les dalles.

– Mais vas-y donc ! Je ne te retiens pas. Je t'ai donné du travail quand tu étais à la rue et que ton fameux syndicat ne bougeait pas le petit doigt pour toi, et maintenant il faudrait que je supporte tes jérémiades ? Mais retourne donc dans ta ville puante ! Qui sait, il y a peut-être un bon boulot qui t'attend là-bas ?

Heinz en avait assez entendu. Il s'est levé, a déboutonné son tablier de maréchal-ferrant avec un air mélodramatique et l'a jeté loin de lui. Il se faisait probablement une haute idée de ce qu'il était. Celle d'un ouvrier comme en montraient les affiches, le regard tourné vers l'avenir et le soleil se levant derrière de larges épaules. Mais il était saoul, ses yeux étaient ternes, le sang affluait dans les veines qui transparaissaient sous la peau fine de son crâne.

– Un peu que j'y retourne ! s'est-il écrié. Viens, Léni, on n'a plus rien à faire ici.

Léni s'est enfuie en courant. Heinz l'a suivie en titubant. Il s'est penché pour ramasser la fourchette à découper qu'elle avait laissé tomber sur les graviers et le spectacle était tout sauf glorieux.

– Eh bien, quelle soirée ! a dit la mère.

Elle était accroupie sur sa chaise, sa robe-manteau rouge posée sur les épaules. Cléopâtre… qui avait engendré des jumeaux après un flirt avec Marc-Antoine, un homme marié. Et, quatre ans plus tard, elle lui faisait à nouveau la cour. Encore une de ces femmes crampons. Il n'y a peut-être pas grand-chose à materner avec des enfants qui se suffisent à eux-mêmes. Elle leur tournait le dos ; leurs jeux folâtres ne l'intéressaient pas. Ils dansaient dans la clarté rose du couchant, sans musique ni public ; ils n'en avaient pas plus besoin que les oiseaux et les indigènes. Ils se tournaient autour, faisaient des galipettes dans l'herbe, marchaient sur les mains, le nombril à l'air. Parfois ils disparaissaient l'un derrière l'autre, comme dans un jeu de miroirs. La tête m'en tournait. J'ai déposé délicatement mon verre vide sur la table, je l'avais gardé tout ce temps de peur qu'on me le remplisse. On entendait des pleurs et des portes claquer dans la maison. Von Bötticher cherchait sous sa chaise quelque chose qu'il n'a pas trouvé. Il a souri avec une expression tragique, mais pouvait-il le faire autrement ? Sans aucun doute, des nerfs avaient été sectionnés autour de la bouche ; l'air sérieux était encore ce qui lui allait le mieux. Heinz, le visage purpurin, et sa femme exténuée sont sortis de la maison comme des marins après la tempête.

– Monsieur, monsieur, disaient-ils en avançant.

Un spectacle navrant.

– Je suis allé trop loin, acceptez mes excuses, s'il vous plaît. Je voulais juste vous donner un conseil. Mais ce n'est pas mon rôle, je ne suis pas en position. Je ne sais pas ce qui m'a pris, je ne suis qu'un jardinier, votre subalterne, absolument, il n'y a aucun doute là-dessus.

– Excuses acceptées, a dit von Bötticher en pointant du doigt le tablier de maréchal-ferrant qui gisait sur l'herbe. Tu n'es pas digne d'un duel. Et, à partir de demain, les sabots de Mégaira, tu les enduis tous les jours de graisse, compris ?

– Tu dois obéir à Egon, a bafouillé la mère.

Elle s'est extirpée de sa chaise et s'est laissée tomber, la tête sur les genoux d'Egon, le visage enfoui à l'endroit même où, auparavant, elle avait posé ses pieds. Le blond doré n'était pas sa couleur naturelle. Des cheveux châtains lui poussaient dans le cou, comme des racines d'arbres percent le sol au bord d'une rivière.

– Obéis à mon cher hussard. Regarde-moi, hussard chéri, regarde ton petit cheval. Tu peux le monter, si tu veux, vois comme je me laisse facilement monter, *mein lieber Leibhusar*, mon hussard chéri !

– Janna, viens ici ! a sifflé Léni. Une jeune fille bien élevée n'a pas à voir ça.

Elle avait déjà bien trop à faire avec Heinz, qui voulait à tout prix tenir debout. Elle venait d'esquiver une tape comme une mère les menottes du nourrisson qui l'agrippe. Elle en avait profité pour plonger sous l'épaule de son mari, l'avait flanqué d'un geste routinier sur ses hanches, puis traîné dans leur antre derrière la cuisine. Pauvre femme, qui en avait encore pour deux bonnes heures de travail avant de pouvoir se glisser péniblement à côté de lui dans l'alcôve.

Dans ma chambre, je me suis dirigée tout droit vers la fenêtre et, en effet, ils étaient toujours dans le pré, les frères sabreurs. Ils se promenaient, se tenant l'un l'autre avec un air important. Enfin seuls. Les adultes étaient tous rentrés, la porte avait été fermée dans un grondement sourd, un verre était tombé sur les dalles. On avait entendu pleurer ou rire, un chuchotement susurré qui s'infiltrait jusqu'au grenier, mais personne n'avait pensé aux jumeaux. Ils s'en moquaient. Ils m'avaient mise très mal à l'aise. De la part du maître, je commençais à m'y habituer ; la mère, je préférais qu'elle m'oublie. Mais eux, c'étaient des élèves, comme moi, et ils avaient presque mon âge.

Quelques heures plus tard, je me suis réveillée en sursaut. La lune brillait impitoyablement à travers les rideaux. Je me suis levée pour les ouvrir, juste à temps pour voir s'éloigner le cabriolet. Léni, en peignoir, avait refermé le portail et s'en retournait dans ses pantoufles. Je m'apprêtais à me recoucher moi aussi quand je les ai vus, allongés dans l'herbe qui avait poussé autour d'eux, mais cela, je l'ai probablement rêvé. Ils semblaient morts ainsi enlacés, inertes, dans la lumière gris acier.

7

Au Raeren, je suis devenue une voyeuse. Rideaux fermés, lettres étranges, échanges de paroles incompréhensibles m'attiraient comme les coffres-forts les voleurs. Chercher des indices est un jeu excitant, plus encore que la découverte. Mais ce n'était pas un caprice de vilaine petite fille. Le quatrième jour, je me suis réveillée avec la nette impression d'être mise à l'écart. J'étais l'intruse. Rien de ce que je pouvais voir entre les murs du Raeren n'était destiné à mon regard. Certains voyeurs cherchent une image que celui qu'ils épient ne peut lui-même pas voir. Quand ils sont seuls, sans miroir ou lorsqu'ils dorment, ce droit exclusif les fait jubiler. D'autres s'imaginent qu'ils ont quelque chose en partage avec celui qu'ils observent, que ce dernier veut être regardé puisqu'il n'a pas bouché le trou de la serrure. J'étais une voyeuse indignée en quête de preuves. Tout le monde dormait encore. J'étais la seule à voir les jumeaux jouer aux mousquetaires dans la salle d'escrime. Les portes donnant sur la plate-forme du perron étaient ouvertes. Les rideaux se gonflaient et retombaient, laissant voir tour à tour la moitié d'un combat. Les fragments qui s'offraient à moi établirent, pour commencer, que les sabreurs étaient beaucoup plus beaux que les frères Nadi. Égaux comme deux gouttes de sang. Sans masque et sans veste. La nuit passée dans le pré n'avait laissé aucune trace sur leur visage, même leur peau nue était irréprochable. On aurait pu s'en inquiéter, ou pas, puisque les meilleurs escrimeurs sont esquintés. Mes bleus ne m'avaient jamais semblé laids tant qu'ils n'étaient pas sur la cible (j'avais exhibé, tel un dramatique trophée, un hématome impressionnant sur le bras pendant une semaine jusqu'à ce qu'une amie me demande si je n'avais pas froid dans mon chemisier sans manches), mais les corps des sabreurs étaient intacts et cireux, comme si on les avait modelés pour ce spectacle. Soudain, ils se sont attaqués. Leur jeu était grossier ; ils faisaient de grands gestes et le parquet craquait sous leurs pas bruyants. Un lustre a été touché, il a perdu une bougie. Ça allait mal finir. Leurs lames crissaient dans l'air, il y avait trop de bruit de ferraille. C'était une erreur : un bon combat d'escrime s'accorde des silences. Celui qui les brise doit attaquer promptement, comme une araignée après avoir visé sa proie. Sans les silences, un duel n'est qu'une suite de coups aveugles. Une boucherie. Combien de temps peut-on en être spectateur sans se sentir complice ? Pourtant, quelque chose de bizarre m'empêchait d'intervenir. Chaque attaque amenait une riposte, les jumeaux ne s'étaient pas touchés une seule fois alors que les occasions n'avaient pas manqué. Finalement, l'un d'eux a tourné le buste d'un quart de tour, si bien que l'autre, qui s'était élancé, a culbuté sur la piste en criant. Ils ont éclaté de rire. C'était un exercice qu'ils avaient étudié. Du théâtre. Je me suis éclairci la gorge. Ils n'étaient pas étonnés de me voir, ils se sont même fendus d'une révérence.

– Qu'est-ce que tu en penses ? a demandé celui qui était tombé. C'est maman qui nous a appris ce tour. Normalement, on l'exécute avec une chaise. Siegbert sait très bien le faire. Il saute d'abord sur le siège, puis sur le dossier, elle se renverse, il saute. Tu veux voir ?

– Votre mère fait de l'escrime elle aussi ?

– C'est une actrice. Mais maintenant elle est partie. Et le maître est malade. Nous sommes allés le chercher, la porte était ouverte. Quand nous sommes arrivés au pied de son lit, il s'est redressé, comme dans *Le Golem*. Tu l'as vu, ce film ? Très lentement, comme ça, les bras tendus. On a eu une peur bleue. Le Golemmm ! s'est-il écrié en attrapant une chaise pour la porter au-dessus de sa tête en ouvrant grand les yeux.

J'ai éclaté de rire, mais son frère est resté sérieux.

– Je n'ai pas eu peur, toi seul as eu peur, Friedrich.

À présent, une différence essentielle se révélait entre eux : ils parlaient différemment. Lorsque Siegbert s'exprimait, son visage se figeait en un masque glacial. Ça lui donnait l'air vieux. Chez Friedrich, par contre, tout bougeait, même le nez.

– Allez, Siegbert, montre-lui.

– Je m'en garderai bien. Si la chaise casse, nous aurons affaire au Golem. On va plutôt se mettre en tenue et se battre dans les règles. Janna peut faire l'arbitre, je pense.

Je n'aurais pas été étonnée d'apprendre que Siegbert avait pris les commandes dès la naissance. Il s'était tant agité que son torse se soulevait et s'abaissait pendant qu'il serrait la bande de son pantalon. La sueur ruisselait jusqu'à la fossette de son dos.

– Attends, Fritz, je vais t'aider.

Ils se sont tus ; ils se ressemblaient à nouveau. Les doigts de Siegbert ont glissé le long du dos de son frère, bouton après bouton. Il a soufflé pour dégager les cheveux et fermer le col, l'a attrapé par le cou pour tourner son visage vers moi.

– Il n'est pas incroyablement beau, mon frère ?

Quand ils m'ignoraient, je ne pouvais pas m'empêcher de les regarder. Là, je détournais les yeux, je voulais qu'ils arrêtent leurs simagrées.

– Fritz est le plus beau, a dit Siegbert. De l'avis général.

Friedrich s'est brusquement détaché de son frère.

– Il ment ! Siegbert est plus grand que moi. Et plus fort.

– C'est pas vrai.

– Si c'est vrai.

Ils se sont couru après, haletant comme des écolières. Mais, quand ils ont glissé, Siegbert a poussé brutalement son frère devant le miroir.

– Regarde toi-même, Fritz, vois comme tu es beau !

– Laisse-moi tranquille, a piaillé Friedrich. S'il te plaît, cher Sieg. Arrête de faire l'idiot.

– Janna, dis-le, toi, insistait Siegbert.

J'étais rouge de honte.

– Laissez-moi en dehors de ça, ai-je lancé. Nous sommes ici pour nous entraîner. Mettez vos masques !

Bizarrement, ils ont obéi et tout s'est passé dans les règles. Je connaissais celles des sabreurs mais tout allait très vite et j'étais le seul arbitre. Pourtant, ils ne mettaient pas mon autorité en doute. Sans surprise, ils étaient à égalité. Comme dans un théâtre de marionnettes, ils avançaient et reculaient sur la piste. Après la première touche de Friedrich, Siegbert a égalisé par un coup sur l'épaule, ensuite il y a encore eu quatre points pour chaque partie. Soudain, Siegbert a baissé son sabre.

– Attendez !

Il avait placé un doigt devant son masque.

– Chut, j'entends du bruit !

Nous avons tendu l'oreille. Je n'entendais que le chant d'un oiseau frimeur dans le tilleul. Les sabreurs étaient raides derrière leur masque. Peut-être qu'ils riaient en douce, me regardaient, jubilaient. Je ne voyais pas leur expression. Lorsque j'ai voulu poser une question, Siegbert a immédiatement levé à nouveau le doigt. En fait, je ne savais pas si c'était Siegbert. Ils avaient pu profiter d'un moment d'inattention de ma part pour changer de place. L'autre levait son sabre comme s'il s'attendait à une attaque. Je n'entendais toujours rien de particulier. Un rideau qui frappait le mur. Une porte qui claquait en bas. L'oiseau s'était tu entre-temps.

Quand je me suis retournée, le sabreur était dos à la fenêtre, l'arme en position d'attaque.

– Le Golem ! s'est-il écrié.

Ils ont éclaté de rire et Siegbert a retiré son masque.

– Pendant un instant, tu as eu peur.

– Tu as eu un peu peur, avoue, a dit Friedrich.

– C'est n'importe quoi. Je ne l'ai même pas vu, ce film.

– *Le Golem*, tu ne l'as pas vu ?

J'ai secoué la tête. Ils n'avaient pas besoin de savoir que je n'étais allée que trois fois au cinéma.

– Le Golem est un monstre de boue, dit Friedrich. Il a été fabriqué par un rabbin pour protéger son peuple. Il naît avec une étoile sur la poitrine mais rien ne se passe comme prévu, il casse tout autour de lui...

– Tu ne racontes pas bien, a dit Siegbert. Il faut d'abord faire la nuit, sinon on n'a pas assez peur.

Il a tiré un double rideau, et de gros flocons de poussière sont tombés sur le sol, mais l'épaisse étoffe rouge n'a pas réussi à arrêter le soleil matinal. Siegbert nous a fait signe de nous approcher.

– Ça se passe à Prague, il y a bien longtemps...

Des pas ont retenti dans le couloir, il a écarquillé les yeux, ses pupilles s'étaient étrécies. Les chiens vicieux ont parfois ce genre de regard, aveugle comme la surface d'une eau gelée.

– Tu entends ? Nous avons invoqué le Golem. J'ai toujours su qu'il y avait des fantômes ici. Écoutez !

L'horloge indiquait sept heures et demie. Ce devait être Léni qui venait chercher son seau à la cave, mais je préférais écouter les histoires de Siegbert. À cette époque, nous étions tous entichés de spiritisme. Mes copines tremblaient de peur jusqu'à l'extase dans les chambres à l'arrière des maisons familiales. Je m'étonnais de l'habileté avec laquelle elles découpaient des lettres dans les journaux, faisaient une croix avec deux petites lattes de bois et posaient leurs questions au silence. Presque toujours, au moment décisif, une dispute conjugale éclatait et traversait les murs peu épais d'un logement mitoyen. La tension était palpable dans les foyers limbourgeois pendant les années de crise, mais ce n'était pas la tension que nous recherchions. Au Raeren, on pouvait vraiment se faire peur. Les jumeaux connaissaient la maison depuis longtemps. La dernière fois, ils avaient logé au grenier et avaient reçu la visite d'une foule d'entités – des démons, pensait Friedrich ; des esprits errants, pensait Siegbert. En tout cas, c'était louche et on n'allait pas tarder à s'en rendre compte.

– La chambre du grenier, maintenant c'est la mienne, ai-je dit. Et je n'y ai rien remarqué de bizarre.

– Méfie-toi, a dit Friedrich, ils sont en route. Qui sont-ils, nous ne le savons pas, mais ils sont nombreux. En écoutant bien, tu pourras les entendre ; ils profèrent des murmures tremblants et chevrotants. Quand j'y pense, j'en ai encore des frissons !

– Viens, on y va, dit Siegbert. Tu verras que le lieu est hanté.

Et, tandis que les adultes tentaient de s'extraire de la nuit à renfort d'eau froide et de besognes, nous chuchotions à tort et à travers comme des petits enfants, nous élançant dans l'escalier vers nos obscures aventures. Comme si, dehors, le jour ne s'était pas levé pour éclairer notre entendement.

– Stop, laissez-moi marcher devant ! a dit Siegbert.

Nous étions devant ma porte. Il a tendu la main vers la poignée mais elle s'est abaissée toute seule. L'instant suivant, nous étions aveuglés par une lumière déferlante. Là, au milieu de la pièce, une silhouette entourée d'un nuage de poussière était plantée au sol. Les jumeaux se sont enfuis dans l'escalier.

– Bande de galopins, a marmonné Léni en retirant la taie de mon oreiller. On ne dirait pas qu'ils ont l'âge de faire leur service militaire ! Non, vraiment pas !

Je n'entendais qu'à moitié ce qu'elle disait, j'essayais de me donner une contenance. Les portes du balcon étaient ouvertes. Elle avait soulevé le grillage et brossé la pierre.

– Vous ne devriez pas être à l'entraînement ?

– Nous devons nous trouver une occupation. Le maître est malade, semble-t-il.

– Qui dit ça ? Les garçons ? Ne va pas les écouter, Janna. Ces toqués ne savent rien. Le maître est déjà levé depuis une heure, frais comme un gardon.

Elle est allée sur le balcon et a pointé le doigt au loin.

– Vois par toi-même. Là-bas.

Un cavalier galopait sur la colline. Seules les rênes qu'il avait lâchées suggéraient que la trinité aérienne cavalier, cheval et nuages moutonnant au-dessus de leur tête pouvait parfois se défaire. Qui inspirait qui ? Le jeune dieu, le cheval qui dansait sous lui, ou le contraire ? Le cavalier aux longues jambes et au dos souple ne ressemblait pas vraiment à mon maître.

– Je me fais du souci, Janna.

L'odeur du dîner de la veille au soir flottait encore autour de sa jupe. J'ai fait un pas en arrière. Son visage exprimait la détresse.

– Heinzi a éveillé la méfiance du maître avec ses bêtises. Les garçons, selon Heinzi, ils devraient faire leur service militaire depuis longtemps. Mais la mère n'a pas l'intention de confier ses gamins à la Wehrmacht. Une chose est sûre, c'est pas une patriote. Pourquoi le patron se laisse-t-il embarquer dans ce genre de pratique ? Je me méfie de cette femme. Le pire, c'est qu'après la tirade de Heinzi, le patron aura de bonnes raisons de ne plus se fier à nous. Et je ne suis pas sûre qu'il va nous garder.

Elle a fait une grimace ; elle avait l'air d'une tout autre femme, ce qui ne me rassurait pas. Si Léni avait tout le temps été dans ma chambre, à quel fantôme appartenaient les pas qu'on avait entendus dans la salle d'escrime ?

– Mais Heinzi dit que les temps ont changé, renifla-t-elle, que les rôles se sont inversés et que c'est le patron qui devra s'estimer heureux s'il peut rester.

Von Bötticher passait les portes du Raeren au trot. Le puissant cavalier. *Mein lieber Leibhusar.* J'avais vu, dans un magazine, une photo de la fille de l'empereur allemand en costume de hussard. Une jeune fille dans une veste richement brodée, un vague sourire éclairant son tendre visage et, au-dessus, aussi lourd qu'une enclume, la toque de poil et sa tête de mort miroitante. À quoi avait ressemblé von Bötticher pendant la guerre ? Assurément, il avait dû faire forte impression sur les Wallons, ces lopettes, comme les appelait l'oncle Sjef, qui se cachaient pendant que des francs-tireurs abrités derrière leurs fenêtres bouchées tiraient sur les intrus bien astiqués, comme des Indiens lançant leurs flèches sur les Conquistadores à cheval. À moins qu'à Liège les rôles ne se soient inversés entre-temps ? Que les hussards à tête de mort et leurs sabres affûtés ne soient devenus les sauvages sur lesquels les autochtones pouvaient tirer en toute impunité ?

– Herr Egon fait encore partie de la vieille école, a dit Léni. Mais Heinzi n'aurait pas dû dire qu'il était une vieille canaille de casque à pointe. Ce n'est pas une canaille et il n'est certainement pas vieux. Ce type d'homme ne vieillit pas. Ils ont trop souvent échappé à la mort pour ça. Quand on échappe à la mort, on vit au jour le jour, comme les enfants.

Elle a fourré les draps sales dans une taie d'oreiller. J'étais tellement impressionnée par le hussard à tête de mort que je n'ai pas fait un geste pour l'aider. Sa jument aile de corbeau se déplaçait comme si elle aussi était fière de sa soumission alors qu'il y avait assez de force dans son gracieux cou pour tuer le cavalier.

– Une majesté, tu ne trouves pas ? Je l'ai connue lorsqu'elle n'était qu'une pouliche. Quand le patron s'est installé ici, ils étaient inséparables. Il la débourrait dans la journée et la nuit, il ne quittait pas l'écurie. Comme s'il avait peur qu'on la lui vole. D'après Heinzi, cette bête avait dû lui coûter les yeux de la tête.

Elle s'est dirigée vers la porte, mais s'est ravisée à mi-chemin.

– C'est pas moi qui te l'ai dit, mais il paraît qu'il a perdu un cheval pendant la guerre, un cheval extraordinaire, un cadeau de son père, quelque chose dans le genre. Il y avait un lien entre eux que nous autres, gens ordinaires, nous ne pouvons pas comprendre. Ce cheval, il a disparu. Il s'est enfui alors qu'il était en train de crever et ça l'a rendu fou. Fou d'avoir été trahi. Tu imagines, le cheval de sa jeunesse, son seul camarade – parce que, s'il y a une chose de sûre, c'est que cet homme-là a eu une jeunesse épouvantable : un père despote, la mère morte en couches –, et puis une sale bête comme ça qui file à l'anglaise et ne revient jamais ! Mais bon, on dit tant de choses ! Y en a qui racontent qu'on le lui a volé sous le nez, ou qu'il a dû lui-même le délivrer de ses souffrances parce qu'il était blessé. De retour en Prusse orientale, il a été soigné pendant un certain temps et, tu peux me croire, ce n'était pas seulement pour sa jambe. En tout cas, je peux t'assurer que la façon dont il traînait ici dans l'écurie c'était pas normal. La guerre était déjà terminée depuis quinze ans, mais mon mari et moi on se regardait parfois… Un jour, je l'ai entendu hurler comme un loup, alors j'ai donné un coup de coude à Heinzi mais il a dit : « Pas question, c'est pas nos affaires, il n'est pas d'ici. Un homme en fuite, ça ne se laisse pas connaître. » Il a enterré ses secrets et il essaie d'oublier où. Y a que la mère des jumeaux qui le connaît d'autrefois, mais elle lâche rien, elle non plus. J'ai pourtant essayé de lui tirer les vers du nez, tu peux me croire.

Elle a balancé le paquet de linge par-dessus son épaule, et, presque menaçante, a ajouté :

– Bouche cousue, je t'en ai déjà trop dit. C'est un drôle de loustic, mais la vie au Raeren n'est pas mauvaise. Et c'est un homme de parole. Tu trouveras des draps propres dans le coffre du couloir.

Là-dessus, elle s'est enfuie. Von Bötticher trottait à présent assez près pour me voir lui faire des signes depuis le balcon. Il a regardé un instant dans ma direction, mais n'a pas répondu à mon salut. Comme si j'étais du vent. Une revenante qui ennuyait tout le monde avec ses apparitions. J'ai eu envie de me jeter sur le matelas nu, de m'apitoyer sur mon sort et de me perdre dans un nouveau récit dont j'aurais été l'héroïne tragique quand un duo de voix m'a interpellée.

– Janna, viens vite s'il te plaît, c'est trop horrible, tu ne vas pas en croire tes yeux.

Je suis descendue en moins de deux, même si j'avais perçu un rire étouffé sous leur cri de détresse. J'étais un chien galeux, trop heureux qu'on lui caresse le museau. Ils m'ont appelée une fois encore, je devais me rendre dans le jardin.

– Le lieu est hanté, Janna, vraiment. Ce n'est plus tenable !

La porte d'entrée était entrouverte. Ce que j'ai vu ne m'a pas effrayée bien longtemps. Une figure informe remuait sans pouvoir avancer devant la maison. Elle se tenait sur ses quatre pattes sous un drap sur lequel deux ronds figurant des yeux perdus dans le vide étaient tracés au fusain. Siegbert l'incitait à se mouvoir, mais elle demeurait immobile, se contentant de se frotter le nez avec une patte en laissant échapper un grognement. C'est devenu vraiment intéressant quand une furie a déboulé à grands cris et a essayé de retirer le drap de l'animal, qui s'est pris une patte dans un nœud et s'est laissé tomber sur le côté, présentant ses mamelles qui faisaient penser à une douzaine de macarons. Les jumeaux ont fait semblant de vomir à grand bruit. Léni était plus preste qu'il n'y paraissait. Friedrich s'est pris une première taloche, Siegbert a essayé de contrer son attaque par de grands moulinets.

– Touche pas à mon frère, femme !

– Femme, oui, tu as bien vu. J'espère pour toi que tu t'en dégoteras une. À moins que tu préfères épouser ton frère.

Siegbert et Friedrich se sont regardés, gênés et comblés.

– Seul le diable est aussi vaniteux, a dit Léni, choquée. Des garçons sains sauraient comment s'y prendre avec une aussi jolie demoiselle à leur côté.

Siegbert m'a regardée, puis la truie.

– De laquelle parles-tu, Léni ?

Je n'avais jamais été amoureuse. Pas de quelqu'un de chair et d'os. Ce n'était pas grave, je n'avais aucun mal à composer, la nuit, un Siegbert selon mes désirs. Un qui me courtisait moi et pas son sosie. Je pouvais facilement le faire haleter dans mon cou, car je savais à quoi ressemblait son halètement, et aussi laisser sa sueur, que je connaissais également, rouler de sa poitrine sur la mienne. J'embrassais ses lèvres, en fait le bout de mes doigts, ses joues, mes paumes. Mais aucun fantôme n'apparaissait dans la chambre du grenier. De leur cachette, ils ont dû regarder en spectateurs jaloux comment mes fantasmes me portaient jusqu'au point culminant du plaisir.

8

– Ce soir c'est la Mensur[1].

Dans la confusion du réveil, j'ai vu Bolkonski ou un autre amant fantasmé aussitôt évincé par un homme aussi irréductible que la réalité. Il s'appuyait des deux mains sur l'encadrement de la porte. Il était peut-être là depuis un bon moment.

– J'ignorais que les Néerlandais faisaient la sieste, eux aussi.

C'était un samedi après-midi, je voulais juste somnoler un peu. Ma robe était retroussée jusqu'aux cuisses, j'ai essayé d'attraper le drap mais j'étais allongée dessus, avec mes chaussures. Quelle heure était-il ? Qu'est-ce que j'avais fait et qu'avait-il vu ?

– La Mensur commence dans une heure. Tu sais ce que c'est ?

Oh oui ! Un ami de maître Louis était allé étudier à Stuttgart et était revenu avec une cicatrice rouge sur le front. Une *Schmiss*. Il appelait ça une distinction honorifique et Louis trouvait que c'était puéril. Une alliance scellée dans le sang, c'est ce que faisaient les gamins sur la place. Pourquoi un escrimeur sérieux devrait-il être fier d'avoir été touché au visage ? L'ami avait souri avec un

1. La Mensur, combat rituel d'initiation et d'appartenance, se déroule entre étudiants de différentes corporations suivant des règles et des codes stricts. Elle se pratique essentiellement dans les pays germanophones, où elle a connu différentes controverses au fil des époques.

air supérieur, si bien que sa Schmiss avait disparu dans le pli au-dessus des sourcils. Nous les sportifs, nous ne pouvions pas comprendre. Fleurettiste, ça, c'était puéril. Un jeu pour les lâches avec une arme qui n'est qu'un jouet. Le but de la Mensur, c'était de se dépasser. Si tu n'en étais pas capable, qu'est-ce qui te faisait croire que tu étais en droit d'attaquer les autres ? Il avait raison, je ne comprenais pas.

– Je t'autorise à y assister, a dit von Bötticher. C'est peut-être la dernière occasion que tu auras d'en voir une. On n'est sûr de rien. Des messieurs haut placés veulent la supprimer sous prétexte que c'est vieux jeu.

Il a étiré sa jambe raide et pénétré dans la pièce. Comme ça, sans demander la permission. C'était sa maison. Et, dans sa maison, je n'étais guère plus que la chaise sur laquelle il s'appuyait. Il s'est penché au-dessus de mes affaires étalées sur la coiffeuse. Ma brosse avec mes cheveux, ma lime à ongles usée, mon petit miroir maculé, ma pommade pour les lèvres creusée au milieu. *Guerre et Paix*. Je ne l'avais pas ouvert depuis mon arrivée, et, s'il lui prenait l'idée de l'ouvrir, il se verrait. Son apparence diffuse d'un lointain passé. Mais il ne l'a pas fait. Il a posé sa main sur le livre comme s'il en connaissait le contenu et voulait qu'il demeure où il était.

– Vieux jeu, a-t-il marmonné. Tout doit être effacé, assimilé au nouvel ordre, comme si nous étions déjà enterrés. Mon pied dans tout cela. On me sermonne, on me conseille de me tenir tranquille : un autre coup de pied, encore plus fort !

Je ne savais pas qui était ce « on », mais son ton me plaisait. C'était celui que prenaient les cavaliers rebelles, ils vadrouillaient dans la chambre, du fumier encore collé à leurs bottes. J'ai tiré le drap sur moi.

– Tu peux y assister, exceptionnellement. Je n'en parle pas aux jumeaux. Ne le fais pas non plus. Heinz va les emmener au village, la kermesse vient de s'y installer. À moins que tu ne préfères les accompagner ?

Il me regardait dans le miroir de la coiffeuse. Sous le drap, les jambes serrées l'une contre l'autre, je réprimais ma nervosité. J'étais là, allongée sur mon lit, tout habillée il est vrai, tandis que le maître des lieux partageait avec moi un secret au moins aussi excitant qu'une kermesse.

– Non, me suis-je empressée de dire. Je préfère voir la Mensur.

– Bien. Tu n'auras pas à te battre, alors mets des vêtements seyants. Tu pourrais peut-être aider Léni. Les invités sont au nombre de vingt et elle est seule pour s'en occuper.

Une demi-heure plus tard, j'étais en bas et je portais un tablier. Nous avions salué Heinz et les sabreurs, ce qui avait duré un bon moment parce que Heinz s'était arrêté devant le porche pour distribuer quelques taloches aux occupants de la banquette arrière.

– Bien fait, a marmonné Léni comme si elle savait que la correction était méritée.

Ensuite, elle s'est vite mise en train. Le plan, c'était : du fromage de tête avec une purée pommes-pommes de terre parsemée de lardons et une tarte aux pommes en dessert. Une tête de cochon avec un faux sourire avait baigné dans un liquide jusqu'à ce que les parties se détachent. Léni les passait à présent au hachoir. Le cœur au bord des lèvres, je me suis approchée de la fenêtre. Je ne voyais rien sinon le tissu rouge de mes doigts que traversait le soleil, mais je flairais littéralement le danger ; un avertissement instinctif, qui m'indisposait et que seul mon odorat pouvait me donner. Quand j'ai retiré mes mains, j'ai vu approcher trois hauts DKW. Comme des scarabées d'un noir mat, les véhicules avançaient en rampant sur l'allée principale. Il a fallu attendre un moment avant de voir les portes s'ouvrir et les onze occupants, vêtus du même noir hermétique, en sortir. Ils portaient des casquettes et des rubans. Un garçon agitait un drapeau tricolore. Carnaval, ai-je pensé. Au revoir la viande.

Tous les ans, notre curé commençait son sermon du mercredi des Cendres en demandant si nous avions « avalé tout le gras ». Si nous n'avions pas laissé traîner un morceau de viande qui aurait pu nous tenter pendant la période maigre. Les paroissiens bouffis avaient la plupart du temps trop la gueule de bois pour répondre. Le curé leur composait alors un discours écœurant sur la chair qui pourrit sur terre, est faible et séductrice, sur la chair vivante des lépreux et sur le Fils devenu chair. Une heure plus tard seulement, alors que les reproches résonnaient dans l'église et que l'odeur n'était plus supportable, il terminait son sermon en absorbant le corps du Christ.

– Le cirque peut commencer, a dit Léni en hochant la tête comme si elle lisait dans mes pensées. Ces garçons connaissent le chemin, ils n'ont pas besoin de moi.

En effet, les étudiants sont entrés par eux-mêmes. Ils ont chuchoté un instant dans le couloir avant de se rendre dans la salle d'escrime. Léni a regardé son couteau de cuisine et décidé qu'il n'avait pas besoin d'être aiguisé (dans les foyers sans homme, les couteaux sont émoussés, disait ma mère si souvent que mon père, à un moment donné, n'a plus aiguisé que son propre couteau, avec une rage compulsive, comme un chien rongeant un os). Elle allait couper la graisse rénale, j'éplucherais les pommes de terre pour la purée. Des abeilles, qui s'étaient affairées autour des chèvrefeuilles, voletaient à présent au-dessus de la table. L'angoisse rend d'abord sourd, et ensuite aveugle. Le bourdonnement était si puissant que je n'ai pas entendu les nouveaux arrivants. Huit jeunes gens et une sorte de loutre grise qui s'appuyait sur une canne. Les garçons portaient la même casquette que ceux du premier groupe, mais leurs rubans étaient d'une couleur différente. La loutre a soulevé sa canne et s'est écriée :

– Herr von Bötticher !

Je ne le voyais pas ; il devait être sur le pas de la porte. Léni a compté le temps, les hôtes, les ingrédients.

– Dix-neuf garçons affamés et deux vieilles panses. Bon, d'abord les alcools forts.

Je ne sais pas pourquoi elle a décidé que c'était à moi de faire le service. Un plateau rempli de schnaps et des tartines grillées au saindoux. J'avançais avec précaution vers la salle d'escrime, à petits pas vers ma première amourette.

Je conteste l'idée d'être tombée amoureuse d'un uniforme. Le cliché selon lequel les femmes s'entichent de l'uniforme parce que, de par sa coupe, l'homme qui le porte respire la détermination, ne s'applique pas aux filles de ma génération. Cet uniforme, nous nous le sommes approprié et nous l'avons revêtu. Nous étions les premières à porter des vestes inspirées des manteaux d'officier, nous mettions des épaulettes à nos chemisiers et, par-dessus, un trench-coat et un béret. D'ailleurs, à cette époque, dans la rue tous les hommes portaient un uniforme. Même celui qui ramassait nos épluchures. Il portait un tablier rayé et la casquette assortie. Parmi tous ces corps d'homme décorés qui admiraient leurs insignes et leurs rubans dans le miroir de la salle d'escrime, je n'en voulais qu'un. Bon, je l'admets, il était si resplendissant que toutes les femmes, ma digne mère comprise, auraient senti un feu brûler dans leur giron. Je ne l'ai pas vu immédiatement. Les serveuses débutantes ont les yeux rivés sur le plateau et non pas sur les hôtes. Ces derniers venaient se servir eux-mêmes. Des mains d'étudiants blanches et soignées saisissaient le cruchon comme elles l'auraient fait d'un chat, j'entendais des chuchotis mais je n'ai osé regarder qu'après m'être assurée que tout le monde était servi. Il y avait de beaux garçons parmi eux. Des visages sérieux, marqués pour la plupart. Une estafilade apposée incidemment en travers du visage, un trait sur le front. Rien de bien grave. Comme si, l'un après l'autre, ils avaient été marqués par une entité supérieure. Certains hôtes ne portaient pas de rubans. L'un d'eux, vêtu comme un médecin, me semblait beaucoup trop jeune pour exercer ce métier.

Un autre, en habit noir, semblait avoir dû porter tout le poids d'une autre personne sur ses épaules : petit et trapu, il avait les yeux globuleux. J'ai immédiatement reconnu les duellistes grâce à la collection que je m'étais confectionnée avec la complicité de ma tante, qui découpait pour moi des articles, souvent illustrés, ayant trait à l'escrime dans des revues allemandes. Sur l'une de ces illustrations ayant pour légende « *Der Herr Paukant* », ainsi qu'on nomme un combattant dans la Mensur, on voyait un homme emballé comme une paupiette tenir une rapière levée. Je trouvais que ni l'obscur « Paukant » ni le « Herr » vieilli ne pouvaient s'appliquer à ces étudiants qui vidaient leur verre presque en silence mais portaient les mêmes manches rembourrées et un bandeau de cuir autour du cou. Bientôt, lorsqu'on sortirait les lunettes de fer, entre toutes ces protections il y aurait encore une petite cible blanche comme sur la toile d'un tableau inachevé. À présent, la peau était encore intacte. Le monsieur tassé a levé un doigt justicier. Pas d'alcool pour les participants. Ils pouvaient manger, mais la nervosité emplissait déjà leur estomac. Tout le monde voyait dans leurs yeux encore non masqués qu'ils tentaient de contenir la peur. J'allais rejoindre la cuisine quand, me retournant, j'ai été terrassée. Vingt hommes ont été les témoins d'un rapt. Celui du cœur d'une fille. Le coupable n'avait pas eu à se donner beaucoup de mal, la victime était clouée sur place avec le regard triste et niais de ceux qui vivent un amour silencieux.

Ce n'étaient pas seulement son attila noir corbeau orné de tresses blanches, ni sa pelisse sergé ou ses parements argentés. La respiration m'a manqué à la vue du crâne et des os astiqués épinglés à son bonnet de poil. *Memento mori.* Il portait la mort sur le front comme les peuples du désert portent leur linceul en turban sur la tête. Ce qui avait aussi décidé de tout, c'étaient ses yeux. Je ne les avais peut-être jamais bien vus parce que toute mon attention avait été retenue par ses cicatrices, qui ne semblaient plus à présent qu'une distinction supérieure à celles que les étudiants portaient sur le visage. Ses yeux étaient clairs et pourtant insondables. Peut-être n'avait-il ce regard que lorsqu'il portait l'uniforme, quand il gardait la mort en mémoire sous le passepoil en peau de lapin noir. Quoiqu'il en soit, je me tenais là avec mon plateau alors qu'il saisissait un verre qu'il n'a pas rempli.

– Frères de corps ! s'est-il écrié, et la salle s'est tue. Comme je le disais, nous allons improviser. Nous ferons de notre mieux pour observer le règlement, mais vous comprenez que les événements récents en politique nous font vivre des temps mouvementés. Je ne m'étendrai pas sur le sujet, mais aujourd'hui déjà le Consenior de la corporation d'Ebura n'a pas pu venir. Je suis donc très honoré de recevoir à sa place le Senior d'Ebura, le professeur Reich, qui a été dépêché au Raeren. En tant que médecin, il s'occupera également des soins de son Paukant.

La loutre a opiné du chef. J'ai pensé à mon père, qui n'avait pas encore les cheveux gris mais ne devait pas être beaucoup plus jeune, et j'ai craint que ce professeur ne puisse lire dans mes pensées aussi facilement que lui. Il écoutait avec bonhomie, comme mon père l'aurait fait, tandis que von Bötticher, en tant que Consenior – donc son inférieur dans l'ordre de la Mensur – continuait à parler. Il portait, lui aussi, une tunique militaire, mais sur lui elle était ridicule. J'ai alors eu la certitude que mes sentiments n'avaient rien à voir avec l'uniforme, mais avec l'homme avec qui il ne faisait qu'un, comme le sabre avec son fourreau.

– Pour notre corporation, ce sera Herr Wolf, médecin en formation, qui remplira cette fonction. Comme nous n'avons que deux combattants, nous avons opté pour un combat en quinze assauts, quatre coups par assaut. Ainsi que vous avez tous pu le lire dans le règlement, les coups hauts et bas sont autorisés. Nous avons confiance dans le jugement de l'Impartial. Le combat peut commencer ! *Hoch bitte !*

Applaudissements nourris. L'Impartial. Le terme ne s'appliquait pas à Dieu mais au bonhomme ratatiné qui s'avançait à grands pas vers le milieu de la salle, comme s'il y avait urgence tout à coup. Les duellistes ont été placés à une longueur d'arme l'un de l'autre ; leurs seconds, aussi empaquetés que leurs protégés et armés également, se sont placés derrière eux. Les quatre armes ont été trempées dans de l'alcool à quatre-vingt-dix degrés. Pour finir, on leur a mis des lunettes en acier, qui devaient protéger leurs yeux mais ne facilitaient pas la vue. Peut-être ce sens n'avait-il plus d'importance à présent qu'ils étaient si près l'un de l'autre. Plus la distance était grande, plus les blessures étaient grossières. Les coups de près occasionnaient surtout des plaies à la tête et des cicatrices à admirer plus tard quand, devenus *Alte Herren*, des Anciens, les combattants auraient perdu leurs cheveux. D'après mon père, la plupart du temps les cicatrices à la tête guérissent bien. La peau reste tendue sur le crâne, disait-il. Mais recoudre un coin de lèvre déchiré, c'était un travail de patience. Trop de chair sur l'aiguille et le visage restait figé dans un rictus. Il aurait été regrettable qu'une personne s'adonnant à un rituel si sérieux ait à poursuivre sa vie avec un visage de clown.

De nombreux spectateurs comparent volontiers la Mensur à un tournoi de chevaliers. Toute cette agitation ! Des hommes adultes accroupis s'activant pour deux créatures tout juste bonnes à se battre jusqu'à ce que l'une des deux saigne. Les deux garçons n'étaient plus que des joues, des mentons, des têtes. Ils saigneraient, mais pas à en mourir. On ajustait le bandeau de cuir autour de leur cou.

– Mademoiselle, avez-vous aussi du pain blanc avec du saindoux ?

La loutre désignait le plateau, sur lequel ne restaient plus que deux malheureux morceaux de pain de seigle. J'ai compris que servir d'abord les étudiants avait été une erreur : je devais à présent me rendre à la cuisine au moment décisif. Avant de quitter la salle, j'ai jeté un dernier coup d'œil vers le maître. Je ne m'étais pas trompée, et d'une certaine façon je le regrettais. Je me sentais soudain mélancolique, comme pour des adieux. Je disais adieu à un rêve, tel le jeune enfant qui comprend, dès son premier jour d'école, qu'on le condamne à la vie quotidienne. D'après ma mère, j'avais six ans. Empotée avec mon cartable rouge, j'avais soupiré :

– Ah, comme je regrette d'avoir grandi !

Léni a remarqué mon trouble. Elle m'a regardée avec un air interrogateur et s'est essuyé les aisselles du dos des mains.

– Ça va ? Tu es aussi rouge qu'un cardinal. Assieds-toi un instant. J'aurais dû t'avertir de ce qui allait se passer.

– Je me sens bien, ai-je marmonné. Ils n'ont pas encore commencé. Ils veulent du saindoux sur du pain blanc.

Elle ne m'a pas entendue. Elle baragouinait d'horribles formules magiques au-dessus d'une bassine :

– Moitié moins de graisse que de viande, deux fois plus de graisse que de sang, moitié moins de sang que de graisse.

L'horrible odeur s'était probablement répandue au-dehors car les chiens se sont mis à hurler. Ça allait de mal en pis. En plus du fromage de tête, il fallait ajouter un demi-litre de sang, plus de la graisse rénale et une livre de farine de blé noir. Léni a ensuite mobilisé toutes ses forces pour pétrir le sinistre mélange. Penchée sur le plan de travail, elle a bataillé jusqu'à ce que tout prenne la couleur rouge : la farce, son visage et l'air devant mes yeux. Pendant ce temps, je devais tartiner du saindoux sur du pain blanc.

– Retourne dans la salle, a dit Léni. Va assister à ce cirque. Pas que ça en vaille la peine. D'où je viens, on se castagne si notre honneur est attaqué. Ta femme est insultée ? On prend date !

Elle a sorti son poing souillé de la bassine.

– Une bonne bagarre, en pleine rue. Leur sorte se bat en douce, parce que le populo ne doit pas voir ce qu'ils fricotent. Et il faudrait qu'on les prenne en exemple ? Dieu m'en garde ! Pour eux, si un homme recule quand une épée menace son visage, c'est la honte. Des pratiques moyenâgeuses ! Heureusement que le Führer est en train de mettre fin à ce cirque.

Pouvait-on appeler cirque ce qui se passait dans la salle d'escrime ? Le cirque a besoin d'un *très cher* public, or je m'y suis toujours sentie moins chère que mal à l'aise, comme lorsqu'on prend place à un dîner de famille, où derrière les apparences on règle de vieilles querelles. Le clown en manque de reconnaissance cache sa rancune sous son maquillage et se défoule sur la jeune trapéziste, ce genre de misère. Et de sourire pour ce foutu public quand les lumières s'allument. Le cirque de la Satisfaction[1], lui, se passait de curieux. Autrefois, quand des hommes colériques croisaient leurs fers richement ornés pour la moindre broutille, la Mensur se retirait au fin fond des forêts. Nul ne devait voir que le prix de l'arrogance était la mort. Les affronts se lavaient à épée nue et à visage découvert, et cela ne regardait personne. Il n'y avait ni gagnant ni perdant : l'honneur était en jeu, et il récoltait plus souvent un homme mort qu'un homme vivant. Pas de quoi fouetter un chat. Les combattants du jour, eux, resteraient tous les deux vivants. Leur chance, c'était qu'un siècle auparavant on avait décidé que le véritable ennemi n'était pas en face mais à l'intérieur de soi : la honte et la trouille. Pour une victoire sur le *inneren Schweinehund*, le salaud intérieur, il suffisait d'être marqué à vie.

La salle d'escrime était fermée à clé. J'ai tripoté le loquet, la loutre a entrouvert la porte, pris les tartines et m'a refermé la porte au nez. Heureusement, les fenêtres donnant sur la plate-forme du perron permettaient de suivre le duel car quelqu'un avait ouvert les rideaux. Il y avait même une chaise de jardin à disposition. Les

1. Pour les communautés d'armes, le principe de Satisfaction est l'obligation de défendre l'honneur individuel par les armes.

combattants en étaient déjà au milieu de la partie. L'un d'eux avait du sang sur le visage mais le duel n'avait pas été interrompu. Ce n'était pas ce que j'appelais un combat. C'est la distance très courte qui provoquait les mouvements crispés du coude et du poignet, pas la haine ou la colère. Les émotions spontanées devaient être réprimées. Les consignes pour une victoire sur soi étaient décrites en détail dans le règlement. « Mensur. » Ce mot ne s'appliquait pas seulement à la distance, la passion aussi était mesurée.

– Halte !

Une touche. L'Impartial s'est avancé pour inspecter les Paukants. À ma grande surprise, il a trouvé que tout allait bien.

– Pas assez profonde, a-t-il jugé la blessure, les armes ayant été désinfectées. Allez !

Ils ont recommencé, coup après coup, jusqu'au dernier assaut. Ensuite il y a eu un silence. Le cercle s'est rapproché. Même sur la pointe des pieds, je ne voyais plus rien. Puis on m'a appelée.

– C'est la fille d'un médecin, ai-je entendu dire Bötticher. Le sang ne lui fait pas peur.

Il m'attendait dans le couloir. Aurait-il remarqué quelque chose ? me suis-je demandé. Savait-il que depuis peu il était devenu le premier amour de quelqu'un ? On n'y peut rien, ce n'est pas un rôle qu'on choisit. Les maîtresses d'école le savent bien, surtout si elles sont jolies. C'est même cette forme d'immortalité qui pousse certaines personnes à enseigner. Mais von Bötticher, lui, me regardait avec ce scepticisme et cette fatigue qu'il m'avait déjà témoignés à la gare d'Aix-la-Chapelle.

– C'est toi que je cherchais, a-t-il dit. Notre médecin a la main qui tremble un peu. J'ai pensé : tu as sûrement déjà aidé à suturer.

Je savais où chercher quand mon père me demandait de lui apporter ses instruments chirurgicaux, mais la plupart du temps c'était ma mère qui aidait au cabinet. Sa seule présence calmait les patients. Pas la mienne. Une ado timide n'est pas ce dont les malades ont besoin. L'apprenti médecin n'avait pas seulement la main qui tremblait, il était K-O. Quelqu'un a dit qu'il avait déjà commencé à boire à Aix-la-Chapelle. Près de lui, son patient arborait un sourire ensanglanté tandis que les autres lui donnaient des tapes dans le dos. Il était désormais l'un des leurs, un homme, un vrai. Ils ont baissé les yeux quand je me suis approchée : une femelle admise au rite de la tribu, ils n'avaient pas le choix mais ce n'était pas approprié.

– Tu n'as pas à avoir peur, a dit von Bötticher au garçon. Cette demoiselle est la fille d'un médecin.

– Je ne sais pas si… ai-je balbutié. Où est l'autre médecin ?

Il avait assez à faire avec le Paukant de sa propre corporation. Von Bötticher m'a brutalement poussée à terre, je suis tombée à genoux devant la victime. Le garçon n'osait toujours pas me regarder. Dans la sacoche médicale j'ai trouvé du coton et de l'alcool avec lesquels je lui ai tamponné le front avec précaution.

– Tu es un héros, Hugo, a dit von Bötticher. Bravo !

Il était si près de moi que son bonnet de poil a touché mon visage. J'ai rougi jusqu'à la racine des cheveux. Le garçon avait une tête sympathique, mais sale. Les douches étaient-elles à ce point prises d'assaut dans la maison des étudiants qu'il n'avait pas pu se laver avant son initiation ? Il continuait à saigner. Une estafilade lui barrait le front, elle était entrouverte comme le bec d'un poussin.

– Voyez, les mains d'une femme font des miracles !

La loutre, Dieu merci ! Il s'est accroupi et a pris le morceau de coton que j'appuyais contre la blessure.

– Herr Paukant, vous avez l'air bien décontracté, vous n'avez sûrement pas besoin d'anesthésie ?

Le garçon a brièvement secoué la tête. Des gouttes de sang se sont échappées de son épaisse chevelure : une autre blessure. Je me suis tournée vers la sacoche pour prendre un autre morceau de coton, mais l'Impartial m'a arrêtée. Il ruminait quelque chose. De l'irritation.

– Messieurs, vous pouvez me dire ce qu'elle fait là ? C'est contraire au règlement.

– Ne vous énervez pas, a marmonné la loutre en enfilant le fil dans l'aiguille. La demoiselle n'était pas présente pendant la Mensur.

– Elle assiste le professeur Reich, a dit von Bötticher au garçon. Son père est médecin à Maastricht. Elle séjourne au Raeren pour améliorer sa technique d'escrime.

– Vous vous battez avec des pommes de terre aux Pays-Bas, non ? J'ai entendu dire quelque chose de ce genre. On attache quatre pommes de terre sur le corps ; une sur la tête, une sur le ventre et une sur chaque flanc, et il faut les couper en deux d'un seul coup. Comme Guillaume Tell, mais avec un sabre. Ça doit être grandiose.

Tout le monde a ri, sauf le Paukant blessé, qui regardait le plafond, sérieux comme un ange alors que son oreille se remplissait de sang.

– Ne le faites pas trop beau, Herr Reich, a dit von Bötticher. Il faut quand même que ça puisse se voir, sinon le garçon se sera battu pour rien. Mais vous ne comprenez pas ça, vous, les médecins. Il faut toujours que tout guérisse, comme si l'expérience en soi ne comptait pas. Comme si la vie ne devait pas laisser de traces sur les gens. De nos jours, on a même des médecins qui nous débarrassent de nos blessures psychiques. Vous vous démenez comme des ménagères zélées : le dehors, le dedans, rien n'échappe à votre manie du nettoyage.

La loutre lui a jeté un coup d'œil amusé tandis que ses mains poursuivaient leur travail et le Paukant s'est contenté d'essuyer la sueur qui ourlait sa lèvre supérieure. La marque de son front passerait du rouge au rose avant qu'une moustache ne lui ait poussé.

– Voilà, a dit la loutre. Ce sera tout à fait correct. Herr von Bötticher, où est la musique ? Ce n'est pas souvent qu'une dame honore la Mensur de sa présence. J'ai envie de danser.

– Pas de musique, a dit von Bötticher. Et la demoiselle doit aider en cuisine. Immédiatement.

À ma grande surprise, cela sentait vraiment bon dans la cuisine. Les formules magiques de Léni avaient produit deux magnifiques fromages de tête bien dorés. Elle en a tâté la croûte pour voir s'ils pouvaient être coupés. D'abord la tarte dans le four, le lard sur la purée de pommes-pommes de terre et zou, une claque sur mon derrière, apporte déjà ça dans la salle. Quand je suis entrée avec la terrine, les étudiants se sont précipités autour de la table.

– Si je puis me permettre ?

Derrière moi se tenait un garçon élancé, celui qui avait fait la remarque sur les escrimeurs de pommes de terre. Il avait un visage avenant, une exception dans la salle. C'était peut-être sa peau, qui guérissait bien, qui lui donnait cet air plus aimable, parce qu'elle ne présentait qu'une vague irrégularité sous la pommette gauche, que cela ait été voulu ou non.

– J'aimerais me battre contre vous après le repas, a-t-il dit. Pas au sabre mais au fleuret.

Il désignait les deux antiques armes d'estoc accrochées au mur, rouillées mais à première vue encore tranchantes.

– Ce ne sont pas des fleurets mais des rapières, a rectifié la loutre. Très dangereuses. Elles ne font peut-être que de petites blessures, mais elles ont vite fait de vous transpercer un poumon. Strictement interdites, ces choses-là.

– À toi je peux bien le dire, m'a soudain chuchoté le jeune homme à l'oreille. Ce que tu as vu aujourd'hui, ce n'est pas ce qui se fait d'ordinaire. On lui a tordu le cou, à la Mensur. Autrefois il y avait au moins vingt parties comme celle-ci. Pourquoi n'est-ce plus possible à présent ? Si Herr Egon Bötticher n'avait pas mis le Raeren à notre disposition nous n'aurions vraiment pas su où tenir ce combat. Quel bazar !

On pouvait se mettre à table. Von Bötticher en tête, la loutre à l'autre bout. Ce dernier a insisté pour que je me place à son côté. En galant homme il a tiré ma chaise, s'apprêtait même à déplier ma serviette mais le garçon élancé l'a devancé.

– Et en plus on nous oblige à accepter ces fripouilles parmi nous ! a-t-il murmuré. Ils appellent cela de la camaraderie. Des concitoyens ! Ça ne me dit rien qui vaille, entre nous soit dit. Ou, plutôt, entre nous soit tu.

– « Fripouilles » ? a dit la loutre.

– La plèbe qui monte qui monte qui monte.

– Si ce sont des étudiants sérieux, je ne vois pas le problème.

– Vous ne comprenez pas, s'est énervé le garçon. Il faut respecter les différences.

– Les corporations doivent vivre avec leur temps.

– Doktor Reich, s'est indigné le garçon en secouant la tête comme s'il avait du mal à avaler. Que des gens comme vous prennent leur défense, vraiment !

La loutre a jeté démonstrativement sa serviette sur son assiette, puis s'est mis à examiner la lame de son couteau. Pas de politique avant le repas. Le garçon se l'est tenu pour dit. Ils ont fixé la porte pendant plusieurs minutes, jusqu'à ce que Léni apparaisse en poussant la desserte et se mette à servir énergiquement la compagnie. Pas le temps pour un discours. Von Bötticher a levé son verre à la Corporation, qui serait toujours bien vivante tant qu'ils s'assiéraient à cette table et ce, quoi qu'on en dise. À la Mensur ! Les étudiants se sont jetés sur la nourriture comme si l'odeur des plats avait libéré leurs sens tenus jusqu'ici à distance d'épée par des règles strictes. Le garçon élancé l'a remarqué lui aussi.

– On dirait des animaux en fuite qui tenteraient de brouter encore un peu d'herbe avant que le loup ne leur croque les talons, a-t-il dit. La plèbe trépigne à la porte ? Remplissez-vous la panse.

Une drôle d'atmosphère s'est installée. Quelques étudiants riaient sans arrêt, la bouche pleine, tandis que d'autres essuyaient leurs larmes d'un coup de manchette, et personne ne réagissait. Deux gros garçons avaient un différend : leurs poings se sont abattus sur la table. Avec une voix de fausset, quelqu'un a voulu entonner une chanson, mais une main lui a fermé la bouche. Von Bötticher observait tout cela, un sourire paternel aux lèvres. Ce n'était pas la première fois qu'il assistait à cette fureur animale après un duel. Il n'a eu qu'à lever son verre pour que le silence se fasse.

– Aujourd'hui vous avez montré comment un homme défend son honneur et sa patrie. De nos jours, il n'y en a plus que pour les tanks, mais un véritable soldat ne se cache pas dans une boîte en fer. Il se bat à visage découvert. Comme disait l'empereur : que l'épée décide ! Frères, buvons. Pour l'empereur, l'honneur, la liberté et la patrie !

Certains ont acquiescé et levé leur verre tandis que d'autres, parmi lesquels l'Impartial, y ont rechigné. Von Bötticher leur a lancé un regard interrogateur.

– Avec votre permission, je ne peux pas boire à la santé de l'empereur, a dit l'Impartial.

– C'est votre affaire, a répliqué von Bötticher d'un ton sec. Je ne vais pas laisser des gens sans conscience historique me gâcher l'appétit.

– Il vit bien dans votre pays, l'empereur ? m'a demandé un peu trop fort le garçon élancé.

Tous les yeux se sont tournés vers moi, y compris ceux de von Bötticher, qui a répliqué d'un air sévère :

– Dans son pays, en effet. Le pays de son père. Ce pays de lâches.

Une sortie inattendue. Qu'est-ce je faisais encore ici ? Hôte indésirable, assistante de docteur inapte, fleurettiste de pommes de terre. J'allais me lever quand la loutre a posé une main sur mon épaule.

– Ne le prenez pas personnellement. Ce n'est pas vous qu'il vise. Dites-moi, votre père, un médecin de Maastricht... n'est-ce pas lui le Néerlandais qui a secouru Egon pendant la guerre ? C'était quelqu'un de Maastricht. Il se raconte beaucoup de choses, mais Egon ne dit rien : muet comme une carpe.

La loutre m'a regardée, a attendu. Le professeur curieux. Un petit défaut qu'il aurait vite perdu s'il était demeuré généraliste. Les généralistes sont constamment abreuvés des histoires de leurs patients. Certains les mettent sur papier quand d'autres perdent tout intérêt pour les récits anecdotiques et ne s'intéressent plus qu'aux faits, comme mon père. J'ai décidé de répondre à la curiosité du professeur. Von Bötticher allait regretter son attaque. Mes ripostes n'étaient pas des plus tendres.

– Ils se sont connus pendant la guerre. J'ai une photo qui date de l'époque.

– Et qu'est-ce qu'elle représente ?

– Je peux vous la montrer, je l'ai apportée. Elle est là-haut.

Peu après, j'étais dans ma chambre, l'arme de ma Satisfaction à la main. Mon cher père, si jeune encore. À côté de lui, le bonnet à la tête de mort : aucun doute possible. Mais le visage était flou. Je devais m'en contenter. Pas le moment d'hésiter. J'ai descendu l'escalier quatre à quatre en voletant cette fois encore autour du pilier, puis ralenti devant la salle d'escrime pour y faire mon entrée d'un pas mesuré. La loutre avait vidé son assiette avec une ferveur touchante. J'ai posé la photo à côté de l'assiette, où seule la sauce de la viande avait laissé une fine trace.

– Celui-ci, c'est mon père, et celui-là c'est von Bötticher.

La loutre s'est bien essuyé les mains avant de prendre la photo.

– Ah ! En effet ! Janvier 1915. C'est un hussard à tête de mort, c'est sûr. Seulement le visage est un peu flou. Herr von Bötticher, c'est bien vous ?

Mon cœur battait fort dans ma poitrine pendant que la photo passait de main en main. Von Bötticher venait de prendre une bouchée de nourriture quand elle lui est parvenue.

– Est-ce que c'est vous, Herr von Bötticher ? Pendant la guerre ?

Tous avaient arrêté de manger, reposé leur couteau. Près de von Bötticher, les étudiants me regardaient par-dessus son épaule. Avant de se mettre à table, il avait retiré son bonnet, la seule chose incontestablement reconnaissable sur la photo. J'ai vu qu'il était en colère. Il mâchait de plus en plus lentement, comme une machine qui se met à l'arrêt.

– Ce n'est pas moi.

– C'est un Leibhusar, a dit la loutre, entêtée. Et l'autre c'est le père de la petite. 1915.

– Ce n'est pas moi, a répété von Bötticher.

9

Qui était Egon von Bötticher ? Dans la vie réelle, il était encore plus flou que sur la photo. La réalité est moins précise que les fantasmes, les filles de dix-huit ans le savent déjà. Qui a dit que les pensées vagabondent ? Non, elles restent bien sagement sur le chemin qu'on leur a tracé et, si ça l'arrange, toutes les incidences qui rendent la réalité si confuse, la fantaisie les laisse de côté. Sur ce chemin, il est rare de croiser un inconnu, la plupart des passants sont des habitués. Ils peuvent se transformer un peu, bien sûr, les chimères vieillissent elles aussi, mais ils sont reconnaissables. J'avais eu l'occasion de le constater, même si j'avais espéré que le mystère de la photo serait facilement élucidé. Elle n'était pas si floue, en fin de compte. Le photographe n'avait pas bougé, en arrière-plan le mur de briques était net. Mon père et son air sérieux, on ne peut plus net. Il avait affronté la durée du temps d'exposition pour le bien d'une postérité à laquelle il attachait de l'importance. Mais c'est en vain qu'il avait posé son bras sur l'épaule de l'autre : l'autre s'était dérobé. Comme un Paukant qui, devant l'arme, aurait reculé la tête, il devrait à présent affronter autant de duels qu'il serait nécessaire pour laver son honneur. Une Schmiss, une seule, ce n'était pas suffisant. Le Leibhusar avait eu peur, il avait craint la netteté du tirage comme un bleu craint la pointe de l'épée. Mais pourquoi ? Pourquoi ce moment devait-il être effacé ? Il a balancé la photo. Mon père a atterri au milieu de la table, le visage contre la nappe. Le lâche. N'était-ce pas ce qu'il avait dit ? Le pays de mon père était un pays de lâches, le pays d'où je venais ? La loutre était à mon côté. Un poseur de sparadraps, lui aussi, qui s'efforçait d'effacer les traces que laissait la vie.

Les deux hommes avaient allumé un cigare. Entre eux, les étudiants, confrontés à un passé lointain. Janvier 1915. Certains n'étaient même pas nés. Ils sont partis pendant que Léni et moi faisions la vaisselle. En regardant par la fenêtre, nous avons vu von Bötticher serrer la main de la loutre ; les Paukants penchaient leur tête suturée comme si leurs trophées avaient la fragilité des œufs. La loutre a refermé la porte du bus et tous les moteurs ont démarré en même temps. Carnaval. Léni pensait comme moi.

– Et voilà, a-t-elle dit, le cirque s'en va.

Mais, au même moment, deux phares trouaient la nuit en sens inverse. Heinz et les garçons rentraient trop tôt de la kermesse et Léni semblait catastrophée, elle s'écriait que tout était foutu. Je lui aurais bien dit que le repas était délicieux mais ce n'était pas ce qui la tracassait. Ce qui la tracassait, c'était que sur leur banquette arrière les jumeaux devaient tendre le cou pour mieux voir la caravane de la Mensur qui, moteurs allumés, attendait pour sortir que la voie soit libre. Le torchon sous le bras, elle a couru vers le portail en criant que Heinz était un vrai ballot de rentrer si tôt. Heinz a fait marche arrière et les DKW se sont mises en branle. Avec un peu de chance, les sabreurs n'avaient rien vu. Léni a secoué la nappe, comme pour une trêve, et quelque chose s'en est échappé. Elle l'a vu elle aussi. Laisse tomber, ai-je pensé. Laisse-les se débrouiller entre eux, ces deux hommes de 1915. Mais elle avait déjà ramassé la photo.

– Le patron et un autre type, a-t-elle dit en revenant dans la cuisine.

Elle a posé la photo sur la table et m'a regardée, attendant une explication.

– Le type, c'est mon père, ai-je dit d'un air détaché. L'autre, je ne sais pas. Von Bötticher dit que ce n'est pas lui.

– Alors ton père est un homme charmant. Et von Bötticher peut dire ce qu'il veut, c'est bien lui, sa façon de se tenir, sa posture, pas de doute, c'est le patron. Il y a longtemps, bien sûr.

Soudain mes yeux se sont remplis de larmes, et je ne pouvais pas les arrêter. Je ne pouvais pas non plus les essuyer car mes mains trempaient dans l'eau de vaisselle. Contrairement à certaines femmes, je n'avais pas de sympathie particulière pour mes larmes, je préférais les retenir. Pour une raison inconnue, je n'y arrivais pas. Léni a saisi sa chance et a commencé à me consoler d'une main qui m'a fait l'effet d'un fer chauffé à blanc. L'hypocrite.

– Regarde-moi, répétait-elle, et pour cela seulement je ne me suis pas évanouie. Tu ne peux rien me cacher, a-t-elle dit, et je comprends : il a un certain charme. Mais ne t'y laisse pas prendre. Tu me remercieras toute ta vie de t'avoir prévenue.

Cette nuit-là, j'ai rêvé d'Hélène Mayer. Elle était sur le podium olympique, et moi dans les tribunes entre mon père et von Bötticher. Regardez, elle brûle, disait von Bötticher. Nous acquiescions d'un hochement de tête car, en effet, des flammes s'élevaient de sa tête couronnée de lauriers. C'est la flamme olympique, disait-il. Mais non, répliquait mon père, c'est la vierge immaculée. Et, subitement, il faisait un signe de croix. Mon père ! Mayer grandissait en même temps que la flamme jusqu'à devenir une gigantesque déesse qui n'avait plus qu'à se pencher pour atteindre les tribunes et me toucher d'une main chauffée à blanc.

Quand je me suis réveillée, il faisait encore nuit. Le rideau claquait dans l'ouverture de la fenêtre ; la maison était un voilier en pleine mer. Qui s'est habitué à dormir au rythme respiratoire régulier de la ville se réveille en sursaut dans le tintamarre des nuits rurales. Quand les hommes se tiennent tranquilles, tous les bruits semblent s'amplifier : bourrasques, pluie qui goutte, branches d'arbres contre les volets. Je me suis levée pour fermer la fenêtre. Tout près, un hibou hululait, c'était déjà mélancolique à souhait. J'ai regardé ma main posée sur le rebord de la fenêtre. À la clarté de la lune, on aurait dit la main d'un mort. Tout était différent, appartenait à un autre monde. Il était préférable que je quitte le Raeren, que je dise adieu à ces sentiments et ces attentes chimériques (si seulement ç'avaient été des chimères, elles au moins disparaissent dès qu'on allume la lumière) et que je reprenne le train vers l'ancienne Janna, celle qui n'était pas amoureuse. Depuis que mon père m'avait fait de grands signes sur le quai de la gare, tout avait changé, lui-même avait changé, il était devenu un lâche à présent. Je devais rentrer. En fait, la classe d'escrime de Louis valait toujours mieux que celle où le sang était resté sur la piste, quelques étages plus bas.

Mon père disait que le matin était plus sage que la nuit. Prendre des décisions en pleine nuit n'était pas raisonnable, mais j'avais peur de me rendormir. À présent je me méfiais aussi de mes rêves. Ne te laisse pas entraîner, avait dit Léni. Je me suis recouchée, mais je gardais les yeux ouverts. Les premiers oiseaux ont gazouillé puis se sont tus une heure plus tard, l'heure de l'entraînement matinal.

Dans la salle d'escrime, les jumeaux se tenaient devant le maître, aussi fâchés l'un que l'autre. Le maître laissait couler. Mais quand Siegbert a décroché du mur une des antiques rapières, il est intervenu.

– Raccroche. C'est très tranchant.

– Tiens, voilà la sorcière, s'est écrié Friedrich. Raconte-nous, Janna, c'était bien la fête hier ?

Le maître m'a fait un clin d'œil complice : sûr, je n'avais pas à me préoccuper des garçons. Il paraissait soulagé, comme si sa rancune avait quitté le domaine avec la Mensur, mais je ne pouvais pas imaginer qu'il ait oublié l'incident de la photo. Il n'aimait pas que les blessures se referment, il l'avait dit lui-même. Je l'avais vu plus d'une fois caresser la marque de sa joue, semblant douter qu'elle y soit encore. Il continuerait à dorloter sa rancœur tel un chien qui se mord le derrière. Je ne pourrais rien y changer ; je voulais seulement savoir ce que mon père lui avait fait. Sa dette était la mienne, c'était gravé sur son visage, avec ou sans clin d'œil.

– Janna a aidé Léni, elle n'a pas assisté à la Mensur, a-t-il dit. Votre tour viendra. J'ai d'autres plans. Si vous voulez bien vous donner la peine d'écouter…

Avec un peu de mal, il a remis la rapière à sa place, entre les clous, et essayé d'en gratter la rouille à l'aide d'une pièce qu'il a retirée de sa poche. Les jumeaux attendaient, la colère tempérée par la curiosité, mais le maître continuait à gratter, marmonnant quelque chose à propos de papier de verre.

– Bien, a-t-il fini par dire, voici le plan. Vous allez devenir la meilleure équipe que j'aie jamais formée. Vous allez vous entraîner avec une fille, vous n'avez pas à en avoir honte, elle ne manque pas de qualités. La force doit venir de votre ressemblance. Imaginez un peu…

Il a attrapé un fleuret et s'est mis en garde devant le miroir. Position parfaite, comme je m'y attendais. Toute la force du corps tendu imprégnait jusqu'à l'élégante main gauche qui demeurait laconiquement en l'air, comme si la droite n'avait pas été armée. Seul un souffle séparait la pointe de son fleuret du miroir, juste assez pour suggérer que son reflet était un adversaire de chair et d'os. S'il s'était posté un demi-centimètre plus près, l'illusion aurait disparu.

– Deux sabreurs identiques, mais entraînés différemment. L'adversaire est troublé : qui a-t-il en face de lui ? Il va essayer de réagir comme il réagit à son double mais puisque vous ne combattez jamais de la même façon il sera forcément désorienté. Est-ce le sabreur qui brave ses attaques par de promptes parades ou l'autre, qui semble préférer l'évitement…

Sans quitter la position de garde, il s'est propulsé en arrière à une vitesse fulgurante.

– … mais qui comble ensuite la distance d'un grand pas en avant ? Il doute et il est touché.

Le plan me paraissait farfelu. Tous les tireurs ne se ressemblaient-ils pas quand ils étaient en tenue et masqués ? D'ailleurs on annonçait les noms avant le match et les adversaires changeaient en même temps. Mais les jumeaux étaient enchantés.

– Comme Zorro ! s'est écrié Friedrich. Zorro, personne non plus ne sait qui il est.

Von Bötticher a froncé les sourcils. Il ne comprenait pas de quoi parlait Friedrich.

– Quoi ? Vous ne connaissez pas le film ? *La Marque de Zorro* ! Zorro porte toujours un masque mais il laisse sa marque en partant. Le *Z* de Zorro.

– Tu ne racontes pas bien, a dit Siegbert.

Mais von Bötticher lui a balancé le fleuret, qu'il a attrapé comme s'il s'agissait de quelque chose de sale.

– Oui, on commence avec le fleuret, a dit von Bötticher. Montrez-nous ce que c'est qu'être un homme dans deux corps. Janna, prends ton arme toi aussi. Tu vas vivre une sacrée expérience.

Nous nous sommes salués et nous nous sommes mis en garde. Mon adversaire semblait nerveux. Nous avions à peine mis nos masques que je ne savais déjà plus qui était Siegbert et qui était Friedrich. La deuxième moitié des jumeaux se tenait derrière moi, pour le savoir il aurait suffi que je me retourne mais je ne voulais pas qu'ils s'imaginent que je m'inquiétais. Toute cette théorie sur la ressemblance allait bientôt montrer son ineptie. La première touche ne se ferait pas attendre. Un jeu d'enfant. Il ne parvenait pas à tenir son arme en place. Il en pétrissait et secouait la poignée comme si c'était celle d'un sabre. Le maître a corrigé sa position et lui a murmuré quelque chose à l'oreille : le garçon n'avait-il jamais combattu avec un fleuret ? Ça promettait. Je pouvais ouvrir avec une attaque directe. Être la première, tout simplement, droit au but. Trop de jeux de jambes avant l'assaut pouvaient avoir un effet paralysant. S'il parait, ce serait de manière grossière, et je pourrais m'élancer sous son arme. Pour les coups bas, j'étais bonne. Ici et là un beau développement à la Hélène Mayer, il ne pourrait pas riposter. Le maître en était encore à donner ses instructions. J'ai retiré brusquement mon masque.

– Maître, nous avons déjà salué. J'attends votre permission.

– Patience, a-t-il répondu, ce n'est pas un match mais un entraînement. Changement après cinq touches. Prêts ! Allez !

Ça a marché. Le nigaud a paré mon attaque directe trop tard : 1-0. Décontractée, je suis retournée à ma place. Le maître n'a pas bronché. Il a seulement fait signe que nous devions continuer. Cette fois, mon adversaire sautillait sur la piste, typiquement le jeu de jambes d'un sabreur nerveux, peu d'intérêt ; 2-0 par une touche sous son arme.

– Allez, Fritz, ai-je entendu derrière moi.

Fritz, donc. Bien, prends ça, Fritz. 3-0, un beau feinte-marche-fente. J'ai marqué le quatrième point grâce à une touche après une double prise de fer, les armes se sont croisées, j'ai paré, touché. Fritz s'est remis à sautiller. Sur la pointe des pieds, comme un boxeur. Il me tapait sur les nerfs. Je trouvais mon jeu meilleur, plus beau que le sien. Mais le maître n'y faisait pas attention. Puis j'ai été touchée à la poitrine. La douleur s'est diffusée dans toute ma carcasse. Fritz ne s'est pas excusé, il a continué à danser alors que le « Allez » n'avait pas encore été prononcé. Le maître n'a rien dit. Il était pressé de faire l'échange des jumeaux pour exécuter son plan ridicule.

– Allez !

Un bon coup sur la cuisse : pas valable. Il continuait à sautiller. Le sang battait à mes tempes. Maintenant je devais me calmer, évacuer ma colère avec l'air que j'expirais sinon j'allais perdre mon avance. Ce n'aurait pas été la première fois que l'indignation m'aurait fait perdre.

– Allez !

Parade, riposte sur son ventre : 5-1. Je me suis penchée pour me masser la clavicule tandis que Friedrich tendait l'arme à Siegbert. Le maître s'est remis à chuchoter. D'après ses gestes, je comprenais qu'il conseillait de toucher bas. Il indiquait mon tronc du plat de la main, faisait une croix qui me divisait en quatre morceaux. Comme la main blanche qui tient un couteau de boucher dans son livre de cuisine. Voici comment on sépare l'épaule de la patte avant. Mais au fleuret c'était interdit. Mes membres ne servaient à rien, ne comptaient pas. Le maître me voyait-il comme une simple cible, ou voyait-il que sous ma veste je ne portais pas de protège-poitrine, qu'à cet endroit j'étais trempée de sueur ? Siegbert était meilleur que son frère. J'ai chassé l'idée que je devrais être amoureuse de lui plutôt que de Friedrich, mais trop tard : 5-2. Prêt ? Non, pas encore. Von Bötticher avait quelque chose de plus à chuchoter. À nouveau sa main en direction de mon corps. Je me suis étirée, et ma peau s'est tendue sur mon sternum. Ça ferait un bel hématome.

– Allez !

Je vais essayer de décrire ce qui s'est passé ensuite. Je ne l'ai pas vécu consciemment. J'ai vu mon arme croiser celle de l'adversaire, mais comme un spectateur dans le miroir. Je ne participais pas, il y avait beaucoup de bruit de ferraille, un bruit sourd car le sang sifflait à mes oreilles. Le sabreur se battait bien. La fille n'attaquait plus, acceptait que l'autre touche. Fort entre les côtes. Beau jeu de main en face. Plus de sautillements superflus sur la piste. La fille titubait en retrait, était-elle fatiguée ? Un coup de fouet sur le bras, pas valable. « Allez ! » Il faut qu'elle garde la distance, bien, mais elle s'approche dangereusement de la ligne arrière. Touche, qu'elle aurait pu parer facilement. Retour en garde. « Prêt ? Allez ! » À nouveau ? Pourquoi ? Elle n'était plus dans le coup. 5-5. C'était couru. Je ne voulais plus rien voir. Tout devenait rouge devant mes yeux.

Quand je suis revenue à moi, j'ai vu la tresse de fils électriques que je fixais depuis une semaine. Elle proliférait en travers du plafond poudreux de ma chambre et ressortait par une jointure du papier peint pour pénétrer dans une applique qui, de par son armature en bois ovale, ressemblait à un cadre de photo. Dans les quelques secondes d'intervalle entre le réveil et la prise de conscience, une série d'images a défilé sur le verre dépoli qu'en réalité une simple gravure décorait. Cette fois c'était une petite fille avec un chapeau de paille retenue par une main sur son épaule. La Prussienne de Rolduc qui m'avait trouvée dans le jardin derrière sa maison savait à quelle famille j'appartenais. Elle m'avait prise par la main et ramenée de l'autre côté de la rue, aux Pays-Bas. Ma tante était morte d'inquiétude. Je la voyais encore, assise à croupetons, les joues baignées de larmes, tiraillée de part et d'autre par deux voisines.

– *Woa is mie kling meëdsje, iech krepeer*[1] !

Il me suffisait de rassembler mes idées pour faire disparaître la fillette au chapeau de paille. Quelqu'un m'avait déposée sur mon lit, c'était un constat qui avait son importance. Je me suis redressée pour retirer ma tenue d'escrime. Ça faisait mal. Ma poitrine me faisait mal comme si un ongle aiguisé s'y enfonçait, mais il n'y avait pas de marque. Sur ma cuisse, en revanche, une plaque rouge à l'endroit où le sang commençait à s'accumuler. La

1. « Où est ma petiote ? Je me meurs ! »

bassine avait été remplie d'eau. Dans la lumière du jour, la vapeur s'évaporait vers le balcon. L'eau était à la bonne température. Les pigeons étaient de retour. D'où ? Mystère. Au plafond leurs piétinements donnaient l'impression qu'ils avaient beaucoup de choses à se raconter. Il n'en restait qu'un sur le balcon, à lorgner de cet œil aux teintes profondes fait pour affronter les coups de vent et la brûlure du soleil sur des kilomètres. Je me suis savonné la cuisse en lui demandant où il était allé. Il ne s'est pas enfui lorsque, dégoulinant d'eau savonneuse, j'ai fléchi le grillage pour me rendre sur le balcon et que son plumage a touché ma cheville. J'ai vu le maître quitter le domaine. Même à distance, on voyait cette démarche irrégulière qui trahissait sa mauvaise humeur. Il a tourné à gauche après le porche et je me suis avancée pour voir où il allait. Mais, alors que j'appuyais mon corps fatigué contre la balustrade pour lui procurer un peu de fraîcheur, le maître s'est dérobé à ma vue. Sans prendre la peine de me sécher, j'ai enfilé ma robe, sauté dans mes chaussures et je me suis lancée à sa poursuite. Une attaque directe, je savais faire. Qu'est-ce qu'il me voulait ? Est-ce qu'il allait enfin me donner des leçons d'escrime ou allait-il continuer à m'utiliser comme coussin à percer pour les jumeaux ? Et était-ce lui qui m'avait portée dans ma chambre quand je m'étais évanouie ?

Dehors, je me suis mise à courir. Sans gêne, sans ménager mes efforts, comme les enfants. Faire de grands pas d'antilope, c'est ce que je pensais autrefois, et fendre l'air en ouvrant et fermant les poings. Près de la forêt dans laquelle von Bötticher avait disparu, j'ai ralenti. De la route, il n'y avait qu'une seule entrée, un sentier doux et vallonné, parsemé de pommes de pin vermoulues. Je n'aimais pas les forêts. Chez nous, on ne faisait pas de promenades en forêt pour le plaisir, mais pour enterrer les disputes en tapant du pied. Mon père en prenait l'initiative. Ma mère se traînait derrière lui et je les suivais sans faire de bruit, comme on se déplace dans une maison où l'on n'est pas le bienvenu. À présent aussi la forêt me semblait hostile. Sous mes pieds tout était moisi et pourri et les arbres, au-dessus de moi, craquaient et laissaient tomber des branches importunes. Elle était si touffue que le soleil, tel un projecteur, ne perçait que sporadiquement le feuillage. On ne retrouvait pas ici les oiseaux gazouilleurs du Raeren, seulement le ricanement sec d'un pivert. C'était loin d'être une nature florissante, plutôt une ruine, le sentier lui-même n'était qu'une impasse. J'avais le choix entre rebrousser chemin et dévaler la pente entre les arbres, ce que personne n'avait fait depuis longtemps. Les feuilles mortes s'étaient entassées et, à chaque pas, je m'enfonçais dans des bruissements de feuillages pulvérisés qui dégageaient une odeur épicée, pas désagréable. Finalement je suis tombée sur une sorte de fossé, un trou noir où de l'eau avait peut-être coulé autrefois mais où seules des racines d'arbres se frayaient à présent un chemin. Un peu plus loin, un raidillon s'élevait et débouchait sur des fourrés ; derrière moi, la forêt avait changé, elle était méconnaissable. J'étais perdue. J'ai choisi la piste montante, mais la couche d'humus était si épaisse que j'avais l'impression de m'enfoncer alors que je montais. Impossible de courir. Les racines des arbres étaient glissantes, j'avançais comme une funambule, veillant à mon équilibre. Une branche s'est alors enfoncée dans ma cheville. Une pousse latérale d'une plus grosse branche qui s'étalait en travers du chemin. Je me suis dégagée avec précaution, le rameau s'est cassé. Si je le plantais dans le sol, il pousserait. Les arbres savent faire cela, ils portent en eux leur renouvellement. Toute branche, même la plus petite, est en miniature l'arbre dont elle provient. La forêt se compose ainsi d'infinis renouvellements d'elle-même. Et moi, qui étais seule et célibataire, je n'avais rien à y faire. Pendant que je continuais à grimper, le sang s'est coagulé sur mes pieds. De la terre était entrée dans la blessure, il fallait la désinfecter. La piste descendait à présent. Soudain je l'ai vu. Assis sur un arbre abattu, il me tournait le dos. À sa façon de se tenir là, droit mais détendu, son large dos dans une chemise en lin et sous des bretelles, il semblait beaucoup moins déplacé que moi. Il recevait sa part de soleil. Même s'il ne se passait rien de plus, si je ne lui avouais pas mon amour, je ferais partie de lui. Comme la branche est un élément de l'arbre sans que l'arbre le soit de la branche. J'ai voulu parler, mais il s'est retourné et je me suis tue.

10

Il a montré un chemin qui s'étendait derrière lui. Un chemin bien tracé que pouvaient emprunter ceux qui n'avaient pas envie de grimper en se servant de leurs mains. J'ai tenté de me sortir le plus honorablement possible de mon fossé, mais il s'est senti obligé de m'aider.

– Je vois que tu vas mieux, a-t-il dit. Je ne sais pas ce qui t'a pris. Au début, tu te battais plutôt bien…

– Je ne crois pas à votre théorie sur la ressemblance, l'ai-je interrompu. Je ne pense pas que ça marchera.

– Et pourtant tu as perdu. Tu sais pourquoi ?

Je n'avais pas besoin de le savoir. Mon corps se ressentait encore de la douleur et de la fatigue, sur mon cou-de-pied le sang avait coagulé sous une croûte de terre.

– Parce que tu t'es placée au-dessus, a dit von Bötticher. Tu ne dois jamais cesser d'être un participant. Si un tireur devient spectateur, il se prive de la jouissance de la victoire. Et il est perdu.

– Les jumeaux ne sont pas exactement les mêmes, me suis-je entêtée. L'un combat mieux que l'autre. Et, d'ailleurs, lors d'un tournoi, les noms sont annoncés, donc on sait qui on a en face de soi.

Dans le ciel un corbeau en attaquait un autre. Ils se maintenaient en l'air en claquant des ailes. Peu de choses sont aussi fragiles qu'un corps d'oiseau, mais ils semblaient ne pas en être conscients. Une aile est vite cassée, et alors ? L'oiseau attend la mort. Blessé, il ne cherche plus sa nourriture. Pas parce qu'il s'apitoie sur son sort mais parce qu'il ne fonctionne plus. Les animaux ne se préoccupent pas de la mort. Von Bötticher semblait se sentir à l'aise dans la forêt, l'endroit où la mort n'était pas écartée, où elle restait à traîner sur le sol afin que d'autres puissent s'en nourrir.

– As-tu déjà vu les jumeaux se battre l'un contre l'autre ? a-t-il demandé. C'est fascinant. Ils font tout en même temps parce que les deux savent ce que l'autre va faire. Est-ce que chacun de nous ne voudrait pas avoir un jumeau ? Pour être sûr de partager cette vie avec lui ? Qu'il y ait au moins une personne au monde qui ne nous trahira jamais, pour la simple raison que nous ressentons la même chose ?

Tant de questions tournaient dans ma tête. Je m'en étais déjà posé quelques-unes en pensée, simplement, sans détour ; elles comportaient quelques mots à peine. Mais, à présent que nous étions l'un en face de l'autre, lui décontracté et vêtu pour l'occasion ; moi confuse et sale comme un esprit sorti tout droit des marais, elles me paraissaient ridicules. À l'exception d'une. Je lui ai demandé s'il connaissait Hélène Mayer. Tout son corps s'est raidi, ses yeux se sont contractés comme l'air du soir avant l'orage.

– Oui, je connais « *die blonde Hee* ». Pourquoi ? Je connais même très bien son père. Dr Ludwig, médecin à Offenbach. Il s'adonnait à l'escrime lui aussi. Il n'était pas très bon, évidemment. Les médecins sont rarement de bons escrimeurs. Ils ne voient pas pourquoi il faudrait toucher.

– Mais ils produisent de bonnes escrimeuses, ai-je tenté.

Il a plissé les yeux.

– Jacq n'a pas protesté quand tu as décidé de faire de l'escrime ?

Le nom de mon père sortant de sa bouche pour la première fois. Ils s'étaient donc appelés par leur prénom autrefois, et s'en souvenaient tous les deux. Essayer d'en savoir plus maintenant. Mais von Bötticher a ignoré mon regard insistant. Du bout de ses chaussures, il a renversé un champignon qui, après coup, s'est avéré non comestible. La tendresse avec laquelle il a essayé de remettre le chapeau sur sa tige m'a fait perdre le fil de ma pensée.

– Mon père était contre, en effet. Mais je l'ai convaincu que l'escrime ce n'était pas dangereux.

– Pas dangereux ? Pourquoi faut-il toujours que tout soit inoffensif ? Ce champignon a subi des dommages, mais maintenant du moins il a répandu ses spores. Hélène aimait que l'adversaire ne soit pas indemne après un combat. Elle criait toujours « Oui ! » avant d'attaquer. Elle savait que ce n'était pas malin de dévoiler ses intentions mais disait ne pas pouvoir s'en empêcher.

– Vous l'avez entraînée ?

– Moi, non. Elle était avec l'Italien, Gazzera. À l'époque j'étais Consenior à l'université de Francfort. Son père m'aidait parfois à recoudre les morceaux. Un bon médecin de Paukants, un homme doux et qui ne manquait pas d'humour. Heureusement, il est mort à temps.

Il a fait un geste pour que je ne me méprenne pas sur ses paroles.

– Je veux dire, avant d'avoir eu à vivre tout ce qui a suivi. Deux ans après sa mort, sa fille a été radiée du club d'escrime. Tu te rends compte ? La championne d'Allemagne, membre d'honneur, radiée !

– Pourquoi ?

– Ludwig était juif. Hélène est l'enfant d'un père juif et d'une mère allemande. Une Mischling[1]. Pas besoin de te faire un dessin. Le Comité international olympique exigeait qu'Hitler ait au moins un Juif pour représenter l'Allemagne, c'est elle qui a dû s'y coller. Les deux autres fleurettistes sur le podium aussi, d'ailleurs. La Hongroise, qui a gagné l'or, et la médaille de bronze, une Autrichienne,

1. Signifiant « métis », ce terme désigne les « demi-Juifs sous le IIIe Reich ».

étaient toutes deux juives. Je l'ai appris par hasard. Mais Hitler aurait préféré maudire toute la fédération d'escrime que reconnaître ses torts. Ce national-socialisme est une expérience inutile, on ne va pas tarder à s'en apercevoir. Il faut être malade pour vouloir créer de l'uniformité et de la symétrie en dépit des différences.

Il tournait en rond, cherchant quelque chose à sa convenance. Ce fut un gland. Il l'a pris entre le pouce et l'index et enterré à quelques mètres de son chêne.

– L'ironie, c'est que ça ne lui aurait pas déplu, au vieux Mayer, cet idéal d'égalité. Il pensait que tout le monde pouvait remporter des succès sportifs, qu'il suffisait de s'administrer la bonne dose d'entraînement. Comme dans une éprouvette.

Il a éclaté de rire, un peu trop fort peut-être, comme s'il se sentait conforté par la présence des arbres et des animaux, ç'aurait été le pompon qu'ils lui donnent raison.

– Chaque être est incomparable, non ? L'arbuste qui poussera de ce chêne sera différent de celui qui a été planté cet été. Comment cela arrive et pourquoi, je ne peux l'expliquer que par un furieux désir. Un furieux désir de grandir, et de mourir si nécessaire. Car c'est la perspective de la mort qui nous rend vivants.

Il a hoché la tête, satisfait, a goûté ses derniers mots. Je me demandais s'il pensait vraiment que le gland allait germer. Selon mon père, seul un gland sur cent devenait un chêne. J'ai raconté à Bötticher l'histoire du petit chêne entre les mains de la Hongroise, ce souvenir qu'Hélène Mayer avait tant désiré mais que seules les médailles d'or rapportaient chez elles. Même si leur maison se trouvait de l'autre côté de l'Océan, comme celle de Jesse Owens. En fait, on ne pouvait pas en imaginer de meilleur. Pas une curiosité à placer sur le manteau de la cheminée mais quelque chose qui s'adapte à notre sol pour grandir, tel un souvenir cher qui ne prend pas un grain de poussière mais s'enracine dans une conscience et mûrit.

– Le mot hollandais *Eik*, qui désigne le chêne, signifie « arbre » en vieux haut allemand, a dit von Bötticher. Si on veut connaître l'origine d'un peuple, savoir d'où il vient, il faut considérer les noms de ses arbres, leur étymologie. Les arbres familiers portent des noms simples, qui appartiennent à notre langage au même titre que « oui » et « non ». Ces arbres-là, c'est clair, on a grandi parmi eux. Ce châtaignier, pourtant, il fleurit bien lui aussi. Ici, au cœur de l'Europe, nous vivons depuis des siècles entre une grande diversité de géants des bois qui ne doivent pas leur cohérence à une apparence identique, comme en Russie, où des conifères inflexibles supportent tout juste quelques bouleaux. Tu as déjà vu le plus vieux chêne d'Allemagne ? Le chêne de Raven ? Il n'est pas loin, près de la frontière néerlandaise. Son tronc est si large et creux que, lors d'une manœuvre, Frédéric-Guillaume IV a pu y poster trente-six fantassins. Avec tout leur barda.

Nous revenions lentement au domaine par le sentier, nous réchauffant au soleil diffus de l'après-midi. Une tension palpable s'était installée entre nous. Des insectes, peut-être, pouvaient sentir une vibration de l'air entre nos mains. Nous ne nous touchions pas, je n'osais ni lever les yeux ni respirer, comme si j'avais porté une coupe pleine à ras bord.

– Normalement, je ne viens ici qu'avec Mégaira, a-t-il fini par dire en s'éclaircissant la voix. Regarde, ce sont les traces de ses sabots. Il ne vient pas d'autres cavaliers par ici. Il ne vient de toute façon pas grand monde. Je rencontre rarement quelqu'un.

– On ne se sent pas très seul, alors ?

– On n'est jamais seul dans la nature, a-t-il dit avec sévérité. Il y a tellement d'animaux solitaires, d'arbres qui n'ont besoin de personne, de ruisseaux qui ne débouchent nulle part. Ça va son petit bonhomme de chemin, personne ne trouve cela tragique. Tandis qu'en ville il faut voir du monde, sinon on se fait traiter d'ours mal léché.

Nous nous sommes tus. Mal à l'aise, je regardais mes pieds avancer en se traînant, je cherchais des mots, quelque chose qui aurait pu nous rapprocher à nouveau, mais rien ne se présentait. Jusqu'à ce que nous débouchions sur un champ de maïs. Je n'avais encore jamais vu une chose pareille. Chez nous, à l'époque, on ne cultivait pas encore le maïs. C'était probablement du maïs de fourrage, pour les animaux. Pourtant les lourds épis sur leurs tiges avaient l'air d'objets précieux. Chacun enveloppé dans un étui de feuilles. J'ai choisi un exemplaire assez gros et je l'ai débarrassé de ses feuilles. J'ai retiré les soies et je les ai enroulées en chignon jusqu'à la tige. Ainsi, brillant et dressé dans sa gloire, j'ai présenté l'épi à von Bötticher. A-t-il compris à l'époque que j'agissais dans toute la naïveté de mes dix-huit ans ? Il a pris la chose avec une certaine gêne. Il le tenait encore quand nous sommes arrivés devant le porche du Raeren.

– Monsieur ?

Il s'est retourné.

– Qu'est-ce que mon père… Jacq, est-ce que Jacq vous a fait de la peine ?

Il a fixé l'épi. La plupart des trophées de la nature perdent leur valeur quand on les rapporte chez soi. On les garde par compassion pour les coquillages ramassés sur la plage, où ils étaient beaucoup plus beaux, et pour la crédulité qui nous a convaincus que nous emporterions la beauté. Il a jeté l'épi par-dessus son épaule.

– La peine, la douleur, ton père n'en veut pas, a-t-il dit en s'éloignant. Il ne pense qu'à anesthésier. Il s'approche en douce de ses patients pendant leur sommeil, et s'ils ne dorment pas il les endort. Une fois qu'ils sont dans les bras de Morphée, il sort son grand tour de magie. La souffrance devient guérison, poudre de rédemption, amour propre suturé. Ce qui reste, c'est un beau trait appelé à disparaître avec le temps. Malheureusement, les souvenirs, on ne peut pas les suturer : ils remontent à la surface quand ça leur chante.

– Mais pourquoi suis-je ici alors ? Pourquoi m'avez-vous fait venir ?

Il n'a pas répondu. Deux idiots masqués hurlant un charabia supposé passer pour du français ont déboulé de la maison sabre en main. Von Bötticher s'est figé sur place ; il n'était pas habitué à ce qu'on se place sur son chemin. Léni secouait la tête sur le pas de la porte, elle n'avait pas pu empêcher les jumeaux de piller le coffre des déguisements. Les costumes traînaient partout dans le hall, se plaignait-elle, ça lui avait pris une demi-heure pour tout replier proprement puis tout remettre en place et il faudrait peut-être fermer une partie de la maison car rien n'était plus en sécurité avec ces petits malappris.

– Puisque ces costumes sont là, autant qu'ils servent à quelque chose, a bougonné von Bötticher. Il y a longtemps qu'on ne donne plus de bals masqués au Raeren. J'ai besoin d'un petit remontant, Léni. Un cognac.

Friedrich a été le premier à relever son masque. Il a tripoté les glands de la robe d'intérieur qu'il portait à défaut de cape. Ça lui allait bien. L'étoffe richement brodée appartenait à un temps où les jeunes gens étaient encore fiers d'avoir un teint doré comme le sien. Bien que, dans le bleu glacial de ses yeux, ses pupilles se soient rétrécies, il ne les protégeait pas du soleil. Il était, je m'en rendais compte à nouveau, d'une beauté inquiétante. Comme Siegbert ne donnait cette impression que lorsqu'il se taisait, leur beauté, me semblait-il, se différencierait avec le temps. Les mimiques de Siegbert allaient, au fil des années, laisser des traces sur son visage, tandis que Friedrich demeurerait égal à ce qu'ils avaient toujours été. Ils ne vieilliraient pas de la même façon. Pourtant, par habitude, ils continueraient à se voir comme l'image spéculaire de l'autre et, de ce fait, ils ne remarqueraient pas la différence.

– Tu es tombée par terre, et le maître t'a ramassée comme si tu étais une plume tellement tu étais molle. Tu avais encore ton masque sur la tête, a dit Siegbert. En fait, c'est moi qui aurais dû t'emporter, puisque je t'avais vaincue.

– Que penses-tu de nos costumes ? a demandé Friedrich. Il y a aussi des vêtements de femme dans le coffre. Va voir, il est au bout du couloir, en face de la chambre du maître.

Je n'avais pas vraiment envie de m'abaisser à ce jeu d'enfant. Face à Siegbert, surtout, je voulais garder ma dignité. M'emporter, mais pour qui se prenait-il ?

– Allez, Janna, ne fais pas ta mijaurée. Un pour tous, tous pour un !

La curiosité m'a fait céder. Je n'étais encore jamais allée dans cette partie de la maison. Il ne m'était pas venu à l'esprit de pousser la porte derrière laquelle notre hôte s'était réfugié avec deux chiens et un lapin. Mais elle n'était pas fermée à clé. Et derrière cette porte se cachait un couloir ensoleillé avec de grandes fenêtres qui n'étaient pas souvent lavées. Le parquet était abîmé mais l'odeur y était agréable, comme dans un musée où la poussière s'entasse entre des artefacts archi-secs qu'il n'est pas permis de nettoyer. Le maître était allé s'asseoir dans le jardin, le dos à la maison, un verre de cognac à la main. J'ai pensé à ce qu'il avait dit sur la solitude, que c'était le regard des autres qui nous y renvoyait. Je le voyais, lui ne me voyait pas. Je pouvais donc décider qu'il était seul avec son verre vide. L'intérieur du coffre empestait la rose. Quelqu'un avait glissé des bouts de savon entre les vêtements, l'odeur ne partirait jamais. Il y avait des costumes de mousquetaires, pourpoints et pantalons bouffants. En bas de la pile, une robe de taffetas rouge probablement trop grande pour moi, un chapeau hideux avec voile et, enfin, un jupon blanc avec des baleines, plié comme un abat-jour. Il se portait avec un corset. Je me suis accroupie derrière le coffre pour déboutonner ma robe. Le maître me tournait toujours le dos, solitaire ou pas sur sa chaise. La porte de sa chambre était derrière moi. Je n'avais pas le droit de la franchir. À moins que… Je ne pouvais pas me déshabiller ici, les jumeaux pouvaient faire irruption dans le couloir d'un moment à l'autre. Von Bötticher n'avait pas paru choqué qu'ils fouillent dans ses affaires et n'avait pas protesté quand Friedrich m'avait envoyée voir le coffre. Les souvenirs se manifestent quand ça leur chante et, derrière cette porte, ils attendaient. J'ai abaissé le loquet ; quelque chose, me semblait-il, m'invitait à entrer. La chambre n'était pas beaucoup plus grande que la mienne mais elle avait été aménagée avec une touchante sollicitude.

De nombreuses curiosités avaient trait à des animaux : un écureuil empaillé vêtu d'un frac et fumant la pipe, une horloge aquarium dans laquelle deux poissons indiquaient l'heure, un pélican en bois avec un globe terrestre dans le bec. En biais sous la fenêtre, un lit surélevé, plutôt large pour un célibataire, avec un seul oreiller et un couvre-lit coûteux qui me paraissait déplacé pour un lit d'homme. J'ai étalé ma robe sur une chaise tout en observant la pièce. Un tableau représentant une tête de cheval de trois quarts, comme un portrait officiel, était accroché au mur. Dans les étagères, les livres étaient empilés horizontalement. Il y avait un réchaud en cuivre et une bouilloire à côté du bureau, mais l'ensemble tasse et soucoupe, qui lui se trouvait sur le bureau, n'avait jamais été utilisé. Je me suis assise sur le cuir frais du fauteuil pour lacer le corset. L'étoffe adhérait avec douceur à mon corps, juste au-dessous de mes seins. Une simple bordure de dentelle recouvrait mes tétons, se pencher en avant aurait été scandaleux. Le tout était de bien serrer le corset. Devais-je demander à Léni de m'aider ? Ou me rendre dans le jardin comme dans un tableau de Delacroix ? Sauf que, dans la glace, avec sa peau brune qui ressortait sur le coton immaculé et ses pieds de vagabonde, la jeune fille ressemblait à une Tsigane. En me retournant, j'ai heurté une photo sur la commode. Un brave jeune homme. Mort probablement. C'était une de ces photos insignifiantes de qui n'avait pas vécu assez longtemps pour être proprement portraituré. Une immortalisation dont ses parents proches devaient se contenter. On n'avait pas eu le temps de remplir des albums d'instants de sa vie où il aurait pu exprimer toutes sortes d'émotions, il n'y avait que ce regard vide, qui appelait les larmes. Le verso m'a donné raison : *Thomas, † 1916*. J'ai ouvert le tiroir du haut. Du bazar. Des journaux pliés, des taille-crayons, un miroir pour se raser. Un album avec des photos de groupe de la Mensur. *Frankfort, 1922, 1923. Bonn, 1924, 1925*. Des Paukants avec moustache et casquette, tous dans la même pose résolue. Frères de sang. Pour ouvrir le tiroir du bas, j'ai dû en rabaisser le contenu avec mon doigt. J'étais pressée. De même qu'un animal n'arrive pas à dormir dans un espace qu'il n'a pas encore exploré, un humain raisonnable comprend qu'en terrain étranger d'autres pourraient le surprendre. Une boîte remplie de médailles. Pas intéressant. Un bout de carton écorné couvert de mots latins. Une photo – quatre messieurs jouant aux échecs en plein air. Pas de date. Une enveloppe verte, dessus : *Poste restante*. Une enveloppe que je reconnais. L'écriture illisible des médecins. Adressée de façon formelle alors qu'ils se tutoyaient autrefois. J'ai sorti le document jauni de l'enveloppe en retenant mon souffle. Von Bötticher ne me l'avait pas montré mais l'avait fait disparaître en refermant le livre de cuisine d'un coup sec. C'était une gravure, XVIIIe, plus ancienne encore peut-être. En rapport avec la géométrie. Le corps d'un homme dessiné dans un cercle. Une moitié disséquée jusqu'à l'os. Dans un petit cercle à côté, son squelette, dessiné de profil. Des traces de pas ajoutées sur les plans de coupe, des termes latins que je ne pouvais pas déchiffrer. Les figures géométriques étaient encadrées par une couronne d'escrimeurs miniatures dans des poses improbables. Déçue, j'ai ouvert la lettre qui accompagnait la gravure. Pour une fois, c'était lisible. Mon père avait fait de son mieux pour faire passer le message.

Il faudrait donc admettre que la terre sur laquelle une guerre a fait rage ne pourrait produire que des combats ? Janna, je suis un peu honteux de te l'avouer, a été conçue à l'emplacement du champ de bataille. Pourrait-on dire alors que j'ai profané les tombes ? Ce n'était pas mon intention. La terre était déjà paisible à ce moment-là ; toute trace d'outrage effacée, les plaies s'étaient refermées, l'herbe avait bien repoussé. Elle était douce et sentait bon. L'odeur de la vie indéfectible.

Quoi ? Mon sang battait dans ma poitrine. Même en ayant en tête la photo de mon père jeune – un homme charmant, avait dit Léni –, je ne voulais pas imaginer cela. Pas comme ça, pas à cet endroit, et sûrement pas avec ma mère. Mes yeux ont parcouru le texte.

Je l'ai feuilletée les mains gantées dans une bibliothèque déserte d'Amsterdam ; j'ai pris des notes. C'est un livre étonnant. Une science, un art de l'escrime. [...] C'est simplement l'art de ne pas être touché. Pas une matière facile, assurément, mais on peut l'étudier. Fais-le, Egon. Garde-toi, garde ton pays, le monde entier s'il le faut de plus de misère. Ma fille a l'âge de la paix. L'âge que tu avais quand tu as décidé d'entrer dans l'armée. J'espère, non, je crois fermement que

Une porte s'est refermée – la porte d'entrée probablement. J'ai fouillé le tiroir à toute vitesse. Au fond, il y avait encore un gros paquet de lettres de mon père adressées à von Bötticher. Les enveloppes avaient été ouvertes sans précaution. Elles l'avaient mis en colère, mais il les avait gardées.

J'espère, non, je crois fermement que Janna te rappellera qui tu étais avant de porter ce bonnet à tête de mort, avant que tu n'élèves le fait de distribuer des blessures à un art de vivre. Car il n'est pas nécessaire de toucher pour ne pas être touché. Maître Girard Thibault le savait déjà en 1630.

Je me suis arrêtée de lire. Ces phrases qui puaient la pédanterie m'irritaient. M'avait-on envoyée au Raeren à titre d'argument ? Mon père m'utilisait-il pour avoir raison une fois de plus, avec cet aplomb bien à lui qu'on ne pouvait affronter qu'en se terrant dans la croyance en un dieu, comme le faisait ma mère ? Pour le moment, j'étais pressée, je reviendrais plus tard pour comprendre qui avait raison. J'ai jeté encore un coup d'œil rapide sur l'enveloppe portant l'inscription *Poste restante*. Elle contenait cinq petites lettres adressées à mon père. Dans des enveloppes fermées mais jamais envoyées. Une écriture exubérante. Sur l'enveloppe du fond il y avait un timbre non oblitéré sur lequel figurait une femme avec un lion à ses pieds. *Koninkrijk der Nederlanden, Interneeringskampen (Royaume des Pays-Bas, Camps d'internement)*. J'ai glissé la lettre dans l'ourlet de ma crinoline et refermé le tiroir. Maintenant, je devais veiller à ne pas tomber à nouveau dans les pommes, ce que je sentais venir. Mon champ visuel se remplissait comme si on tirait un rideau rouge devant une fenêtre ensoleillée, et c'était plutôt agréable. Pour ne pas tomber, je devais respirer par le nez, regarder devant moi calmement, attendre que le bourdonnement des oreilles cesse et que, les sons d'abord, puis les images reviennent. Mais je ne parvenais pas à respirer. Quelqu'un serrait mon corset. Dans un brouillard, j'ai vu ses mains sortir mes seins de la douce étoffe. J'allais me trouver mal mais il m'a embrassée dans le cou, sur les épaules, imposant et plein d'allant, jusqu'à ce qu'un reflux chaud me rejette sur la côte. C'est ainsi que je me l'étais toujours imaginé. Ainsi, exactement.

DEUXIÈME PARTIE

Mons, 12 août 1915

Cher Jacq,

Je perds patience.

Un an a passé depuis que j'ai été blessé. Quand je me regarde dans la glace, je n'ai pas de regrets devant mon visage dévasté, et quand ma jambe est à nouveau en feu cela me touche à peine. La douleur est plus profonde. Tu as pu réparer ma peau dans la mesure du possible et avec les moyens du bord, mais pour désinfecter cette plaie tu aurais dû tailler plus profond. L'humiliation me frappe chaque jour à poings fermés de ses coups bas. Je ne suis pas sa seule victime, cet endroit maudit en est plein. Des jeunes gens, arrachés au front, avant même que la guerre ait vraiment commencé. Leur chance de vivre une vie digne est perdue à moins que quelqu'un ne se dépêche de mettre fin à ce gâchis. Et puis il y a les déserteurs, mais eux ils ont choisi d'être là. C'est un supplice d'être derrière les mêmes barbelés qu'eux, bien qu'ils soient dans une autre baraque. Si mes mains pouvaient serrer le cou de l'un d'entre eux, je ne lâcherais pas prise, je le jure, je serrerais jusqu'à voir sa vie le quitter lentement, jusqu'à ce que l'effroi cède à la résignation parce qu'il aurait compris qu'il serait enterré avec ce regard-là. Vous, les médecins, vous fermez les paupières avant que la rigor mortis *n'apparaisse. Mais qu'y a-t-il dessous ? Avec quel regard saluons-nous la mort ? C'est différent pour chaque homme.*

La semaine dernière, un petit nombre de déserteurs ont été battus. Je n'y étais pas. Je travaillais dans les champs. Nos gars leur sont tombés dessus en revenant de la parade des queues. J'ai deux mots à dire à ce sujet. Tes collègues sont des porcs. À part les officiers, probablement aucun de nous n'a accès aux femmes, pourtant, chaque semaine, nous devons nous mettre au garde-à-vous, le pantalon baissé jusqu'aux genoux. Le mois dernier, le médecin avait confié cette tâche à un vieil assistant, un vieillard malsain. Il nous dégoûte tous. Il s'agenouille devant nos parties et se relève avec un regard vaseux. C'est presque aussi humiliant que notre désarmement. Et, avec les déserteurs, on en est venus aux mains. Il n'y a pas eu de morts, mais les Hollandais ont eu du mal à contrôler la situation. Vous êtes quand même un peuple bien placide ! Vous vous conduisez comme si nous étions dans une colonie de vacances. De tous les Hollandais, il n'y a que la sentinelle que je respecte, l'homme a servi dans les Indes néerlandaises. Parfois nous fumons un cigare ensemble près du portail. Son boulot, c'est de refouler les villageois curieux. Pour ces fouineurs, la guerre est un cirque et nous sommes des animaux dans ces cages en bois construites à la hâte. Sinon, on a mis une bibliothèque allemande à notre disposition et on fait parfois des promenades jusqu'à la plage. Quelle rigolade !

Cette semaine, c'est mon pote, un caporal du 9e régiment d'infanterie, qui est chargé de la surveillance. Nous détestons ça tous les deux. Ceux du Sud, surtout, refusent de reconnaître notre autorité. Ce sont des rustres mal dégrossis, je parierais qu'ils sont incapables de se battre correctement en duel. Ils tuent le temps en jouant au football et au basket-ball. L'escrime est interdite, malheureusement. Un des gradés est un sabreur fameux, il a connu mon père à Schwerin et le tenait en grande estime. Il aime m'inviter dans la baraque des officiers. Devant le portrait de l'empereur qui trône au-dessus du manteau de la cheminée, je baisse les yeux. S'il savait à quel point la vie que mènent ses officiers ici est vide alors que les soldats tombent au front ! Je pense qu'il les ferait immédiatement fusiller. Tous les soirs ils partent vadrouiller et rentrent tard avec des femmes. Je suis sûr que notre von der Marwitz ne se serait pas abaissé de la sorte. Comment s'en sort-il à présent, dans son combat contre les Russes ?

En ce qui concerne les femmes, as-tu examiné le timbre que j'ai collé sur cette enveloppe ? Nous avons droit à deux lettres par mois, c'est pourquoi on nous a donné ces timbres d'internement. Une marque au fer rouge pour que l'humiliation soit complète quand nous écrivons à nos fiancées. La dame est censée représenter la Vierge néerlandaise, emblème de la République batave. Les Pays-Bas sont donc fiers de leur neutralité dans cette guerre. Mais alors, pourquoi cette lance dans sa main ? Je ne me vois pas utiliser ce timbre pour les lettres que j'enverrai à Julia. Je ne lui ai pas donné trop de détails sur mon séjour ici. Je ne veux pas baisser dans son estime. Elle m'attend, c'est sûr, mais elle n'a pas encore besoin de savoir que c'est par erreur que j'ai atterri dans ce camp.

Aujourd'hui, je me repose un peu dans le champ. Une abeille a bourdonné à mon oreille, puis une grosse mouche, puis, venant d'une autre direction, un bourdon a repris le même son mais avec un plus gros moteur, on eût dit qu'ils avaient expressément choisi mon espace pour leur circulation. J'aimerais qu'il y ait davantage d'animaux ici. À l'étranger, quand les gens vous rebutent avec leurs curieuses habitudes, les animaux sont souvent une balise. Même si l'hôte n'est qu'un sale nabot, un malpropre, un imbécile édenté, son chien demeure un chien, raisonnable et sensé. Quand nous sommes arrivés en Belgique, à l'entrée d'un village, nous sommes tombés sur un chien berger au poil dru qui nous attendait avec un air si digne que j'ai arrêté mon cheval et j'étais à deux doigts d'ôter mon chapeau pour le saluer. Quelle différence avec ce peuple grossier qui se gratte alors qu'on lui adresse la parole !

J'ai de plus en plus de mal à communiquer avec les autres. Chaque fois qu'on pense avoir une conversation digne de ce nom avec quelqu'un, il s'avère que ce dernier se dérobe, prend du recul pour juger et tirer ses conclusions en douce. Ils sont toujours là, Jacq, ceux qui regardent leur montre et disent : « Il faut que j'y aille », alors que tu es en train de leur verser à boire et que tu as encore tant à partager. Ceux qui pensent à autre chose en te regardant dans les yeux.

Je ne crois pas, Jacq, ce que tu veux me faire avaler. Je ne crois pas que j'étais conscient quand tu m'as traîné à l'hôpital. Pourquoi je ne me souviens pas du trajet ? Je sais seulement que j'ai repris conscience à l'hôpital et qu'en dépit de tout tu m'as gardé en observation. Pourquoi ne m'as-tu pas laissé partir ? La crainte d'une vague punition ? Dans ta lettre, tu dis que tu ne regrettes toujours pas ta décision, mais en attendant je vis entre des prisonniers et des déserteurs, nom d'un chien ! Tu as pris tes notes, tu m'as observé, ébaubi, comme le font les villageois ici. Tu as écrit que, si tu étais témoin d'un crime, tu ferais toujours tout pour l'empêcher. Que tu m'avais protégé d'un bain de sang en m'écartant du combat. Mais que fais-tu du sang de mes compagnons ? Il en tombe tous les jours et je n'ai pas pu les aider, et le front, maintenant, est trop loin pour vos ambulances.

Sur le champ de bataille belge, j'ai failli à mon devoir et j'ai perdu mon honneur et mon cheval. Comme les deux premiers concepts te sont étrangers, je te demande une fois encore : retrouve mon cheval. Tu as sa description. C'est mon seul espoir de guérison.

J'attends,

Egon

1

J'ai pris l'enveloppe sur le rebord de la fenêtre. Le rabat, ouvert à la vapeur, était gondolé. Pour le recoller discrètement, je devrais faire très attention. Pas encore, je relirais peut-être encore une fois la lettre le lendemain matin. J'ai éteint le poêle à pétrole. Cette nuit était plus froide que la précédente, mais une lune couleur de beurre fondu était suspendue bas dans le ciel. J'ai fait glisser ma main sur mon mont de Vénus, jusqu'en dessous. Je ressentais toujours cette pulsation qui s'arrêtait lorsque je serrais les cuisses. Je n'avais pas mal. Sa fougue, en revanche, m'avait effrayée. Il m'avait retenue d'une main par le lacet de mon corset et avait fait tomber mon jupon sur le sol. J'ai d'abord senti son ventre puis, incidemment, son membre. Je n'aurais jamais cru que c'était si dur. En fait, j'étais trop surprise pour avoir mal, trop étonnée qu'il puisse, à tâtons, tout trouver de moi. Il avait collé son bassin contre le mien comme s'il se mettait en selle. De plus en plus étonnée, je pensais à Loubna, la jument du désert qui obéissait elle aussi à cet homme et savait, cependant, l'attendrir. J'ai voulu me retourner pour l'embrasser, je pensais que cela se faisait. Pas lui. Il m'immobilisait de son bras droit. Son bras fort, celui qui tient l'arme. Alors qu'il me remplissait plus profondément, j'ai senti son poing se ramollir et s'ouvrir avec précaution sur ma poitrine.

Il ne voulait pas se laisser attendrir. Pas même lorsque nous avons été étendus l'un près de l'autre sur le lit. Il semblait irrité. Il avait cherché une cigarette, des allumettes ; il évitait mon regard. Il a posé un instant sa main sur mon ventre, puis l'a portée à nouveau à sa bouche pour continuer à fumer. Je ne pouvais pas m'empêcher de le regarder, béatement. Sa cuisse droite était couverte de tissus cicatrisés. Il était musclé, mais des morceaux de ses épaules avaient été excisés. L'idée d'avoir eu en moi ce grand homme abîmé me rendait euphorique. J'avais senti l'écoulement quand il n'avait plus su se retenir. Il s'est endormi d'un coup. La plupart des gens ont l'air heureux comme des gosses lorsqu'ils dorment, lui avait l'air profondément malheureux.

Il faisait déjà nuit quand j'ai quitté sa chambre. J'avais ramassé le jupon sur le sol et je m'étais assurée que la lettre était toujours dans l'ourlet. Dehors, la nappe était encore sur la table. Tout le monde était parti. J'étais persuadée que les langues étaient allées bon train, j'avais été le fourreau de l'épée de Bötticher, je suis sûre qu'on avait utilisé ce cliché, parce que certains fourreaux sont recouverts de velours rouge et ne se déchirent pas au contact de l'épée, mais se referment dès qu'on l'en ôte. Rien ne passait inaperçu au domaine. Dans cette maison froide, les informations sensibles s'immisçaient sous les portes par les interstices, filaient le long des boiseries vernies, s'infiltraient dans les fissures des fenêtres et finissaient par tomber dans l'oreille de quelqu'un qui disait :

– C'était couru.

Si on m'avait vue ce soir-là descendre l'escalier à toute vitesse et en panique, mes vêtements roulés en boule contre mes cuisses, on se serait vite fait une opinion. Alors qu'une seule chose me préoccupait : la lettre. Je devais la rapporter intacte dans ma chambre, l'ouvrir à la vapeur avec précaution et trouver ses mots alors que, de toute la soirée, il ne m'en avait adressé aucun.

Il avait fallu un moment avant que l'eau de la cuvette soit assez chaude. Quand le rabat s'est décollé, mon cœur s'est remis à battre follement. Sur le papier, ses mots s'étalaient dans une encre encore bien noire, j'étais la première à les lire, moi qui n'étais pas née quand ils avaient été écrits. *La parade des queues, la bataille du Jutland.* Je devais m'en procurer d'autres dans l'enveloppe *Poste restante.* Pas les lettres ouvertes avec brusquerie et dans la colère que mon père, dans sa naïveté, avait écrites en pensant qu'elles seraient lues, mais les quatre enveloppes qui ne s'ouvriraient rien que pour moi.

Dans la clarté orange de la lune, il était difficile de voir le timbre. *Camps d'internement.* La Vierge tenait bien une lance dans les mains. Elle semblait virile avec sa poitrine ferme et son bonnet phrygien. Symbole de liberté, tu parles ! C'est le bonnet que portait le roi Midas pour cacher ses oreilles d'âne.

J'ai été conçue dans les années vingt, au lendemain d'une guerre mondiale. Je l'ai compris alors que je logeais chez ma tante, à Kerkrade, où la frontière longeait de près les portes des maisons de la Nieuwstraat. Elle était devenue invisible, mais quelques trous témoignaient encore de l'ancien bornage. Un jour, j'avais marché dans l'un d'eux et ma tante m'avait expliqué que des grilles s'étaient dressées à cet endroit, que les Néerlandais avaient vu leurs voisins d'en face disparaître derrière le grillage de leur guerre, que même leurs fenêtres avaient été barricadées pour qu'ils ne puissent pas s'enfuir, mais que, désormais, cette époque était révolue. Pourtant une moitié de la rue était toujours moins bien lotie que l'autre. En Allemagne, les magasins étaient vides. J'avais demandé pourquoi les Prussiens ne venaient pas tous habiter chez nous et ma tante avait répondu :

– Parce que, dans ce cas, on serait aussi pauvres ici que chez eux.

La pénurie d'en face donnait lieu à toutes sortes de trafics. Certains jours, la rue était noire de monde. Des aventuriers, des paysans braillards derrière leur charrette à bras et des gens des provinces de l'ouest – des présomptueux qui venaient ouvrir des bureaux de tabac – affluaient de tous les coins de l'arrière-pays néerlandais, tandis que les Prussiens se pointaient à l'horizon à bord de guimbardes vides. À la fin, par manque de réglementation, la rue Neuve était devenue un boulevard commerçant. Le maire se plaignait en vain à l'État, le douanier fumait une cigarette dans sa guérite, d'où il avait tiré sur un déserteur quelques années auparavant. L'affaire allait se régler d'elle-même en trois mois. Après la chute du reichsmark, les clients se sont déplacés vers l'est et les marchands ambulants, qui s'enrichissaient de leur désarroi, les ont suivis. Pas ma tante. Elle est restée avec son étal où elle vendait des grains de café, du beurre, des cigares à la pièce et des pichets de genièvre pour les traînards fatigués. S'étaient-ils sentis comme Egon dans son camp d'internement, au milieu de gens qui le reluquaient avec curiosité et qui pouvaient, eux, tourner à tout moment les talons et réintégrer leur vie bourgeoise tandis que lui resterait coincé dans ce coin de guerre clôturé ? Egon trouvait que mon père lui aussi s'était conduit comme un vulgaire voyeur parce qu'il l'avait ausculté quand il était évanoui. La parade des queues, je pouvais bien deviner ce que cela signifiait. Le vieil assistant en avait vu plus que moi, car quand nous étions allongés l'un près de l'autre Egon von Bötticher avait remis un caleçon qui ne laissait rien deviner.

J'ai léché la colle du rabat et constaté qu'elle serait encore assez forte pour refermer l'enveloppe plus tard. Lire deux fois la lettre n'avait pas suffi pour que je comprenne tout. Mon père avait soigné Egon quand il était blessé. Ce dernier pouvait bien trouver cet acte déraisonnable, cela ne justifiait pas une telle colère. Il disait que mon père profitait du sommeil des patients pour s'approcher d'eux en douce, qu'il leur subtilisait leur sens de l'honneur avec du fil et une aiguille. Déjà, je pouvais difficilement imaginer que le jeune Jacq ait eu le pouvoir d'enfermer Egon dans un camp d'internement, mais même ? Von Bötticher aurait-il préféré finir sa vie comme le mendiant belge, en homme tronc bardé de médailles dans une caisse à roulettes ? De toute évidence, il y avait là un contentieux à régler. Léni pourrait peut-être éclairer ma lanterne, elle savait, en tout cas, qu'un cheval s'était échappé autrefois, un animal qui lui était cher, son seul espoir de guérison. Et qui était cette Julia, au juste ?

J'ai saisi mon fleuret et j'ai cherché une cible dans la pièce obscure. L'escrime aide à y voir plus clair. On n'a pas à douter de la justesse de sa décision quand la pointe de l'arme est sur la cible, pas même si la décision a été prise en cours de route, comme une averse qui changerait le parcours d'une promenade. J'ai choisi un endroit qui m'irritait, où deux bandes de papier peint étaient mal jointes. Julia. Rien que son nom me donnait envie de la mettre en pièces. *Demander satisfaction*, un concept que, d'après von Bötticher, les Néerlandais ignorent. Il aurait dû me voir. J'ai évalué la distance jusqu'à la tache et j'ai attaqué ; l'arme a rebondi. Mauvaise position de la main. Voyons voir, aurait dit mon père, et soudain je l'ai vu, assis à son bureau, la plume suspendue au-dessus d'une pile de papier à lettres, attendant les mots qui pourraient convaincre son ami de sa bonne foi. *On n'a pas besoin de toucher pour ne pas être touché.* En général, mon père s'exprime clairement, les propos vaseux n'ont pas leur place dans ses cahiers couverts de déductions logiques. J'aurais aimé me raconter qu'Egon et moi n'avions pas besoin de mots parce que nous étions des êtres passionnés et que les gestes suffisent à la passion. Mais quand nous étions allongés dans le lit l'un près de l'autre et qu'il n'avait pas prononcé une seule parole, j'avais frémi. Son visage était figé comme celui d'un portrait d'autrefois, comme celui du jeune homme sur la photo encadrée.

Le premier mort de ma vie : trois ans plus tôt. Le bus allant de Maastricht à Kerkrade. Mon père à côté de moi, les mains sur les coins ferrés de ma valise, hoche la tête devant la désolation du paysage et dit :

– Les villes frontières, à quoi servent-elles ? On dirait que tout le monde y est pressé, que personne ne prend la peine de s'y installer. Vaals, Eijsden, Kerkrade, des implantations provisoires sur des zones de passage. La terre qui les entoure a toujours servi de champ de bataille, les bains de sang l'ont fertilisée.

Un coup de frein brusque l'a interrompu. J'ai été projetée en avant et j'ai senti un coup sur mes tempes ; la femme devant moi a perdu son chapeau et mon père la valise, ensuite ç'a été le silence. Nous avions heurté quelque chose. Dans la minute qui allait devenir un souvenir pour la vie, personne n'a bronché. Pas de cris ni de clameurs comme on en voit dans les films, mais une absence de vie humaine parce qu'il était clair que, dehors, à hauteur du capot, quelqu'un venait de perdre la sienne, de vie. Mon père s'est levé en même temps que le chauffeur. J'ai vu la victime étalée sur le sol, un homme corpulent dans son costume du dimanche, sa canne de promeneur encore à portée de main. J'ai imaginé que le matin il avait regardé sa garde-robe et qu'après réflexion il avait décidé d'enfiler son beau costume sur son corps tout propre. Maintenant il gisait là, devant nos roues.

Egon avait tort. Mon père n'était pas un Néerlandais placide. Le calme avec lequel il s'était relevé près du torse qui ne respirait plus trahissait l'impuissance d'un médecin de l'entre-deux-guerres, coincé entre la méthode de réanimation antique (cendres chaudes et coups de fouet) et le bouche-à-bouche qu'on ne pratiquait pas encore. Son visage exprimait, pour le moins, l'irritation professionnelle. Alors que, le soir même, les langues des autres passagers allaient se délier, alors qu'ils raconteraient l'événement en frissonnant, mon père se retirerait dans son bureau pour réfléchir, sa plume suspendue au-dessus d'une pile de papier. Il arrive parfois qu'un match d'escrime bascule. Le héros de la première partie est coléreux, et par sa témérité il perd l'avantage, puis il perd pied. Le public le voit laisser passer une contre-attaque après l'autre ; il fait signe à l'arbitre, en vain, ses parades sont de plus en plus grossières. Il donne des coups de pied, trépigne, et quand il finit par jeter son masque chacun peut voir que ses mâchoires se serrent au moment du salut, alors qu'il écrase la main de son adversaire qui, lui, n'a presque pas transpiré. Je fixe le papier peint. Là, maintenant, touché. Et une fois encore touché. La nuit passe, c'est le matin. Je n'ai pas dormi et les pigeons sont, eux aussi, restés éveillés, tout comme la vache sur la colline, qui a meuglé une demi-heure d'affilée, de toutes ses forces, hors d'haleine, désespérée, parce qu'elle avait perdu le troupeau. Un animal comme celui-là, qui s'abandonne corps et âme, appelle à l'aide sans honte aucune, avoue qu'il s'est trompé, un animal qui ne pense jamais à autre chose quand il regarde l'autre dans les yeux.

2

Les escrimeurs entretiennent avec leur masque une relation d'amour et de haine. Il protège les yeux mais embarrasse la vue. Il dissimule leurs doutes mais aussi cet autre regard, celui qui tue. Quel escrimeur n'a pas, une fois au moins, dans la dernière seconde d'une attaque, entrevu un sourire moqueur derrière le fin grillage qui lui fait face et senti fléchir sa poigne ? C'était peut-être mon imagination, mais c'est ce sourire-là que je voyais sur le visage de Léni. Elle était à nouveau arrivée avec une brassée de linge et avait de toute évidence vu la lettre sur le rebord de la fenêtre. À son regard je comprenais que, si elle ouvrait la bouche, les mots qui en sortiraient pulvériseraient mon aventure. Son jugement équivaudrait au seau d'eau qui, le matin, éteint la flamme du feu de camp. Ça lui était arrivé, à elle aussi, plus d'une main s'était agrippée à son derrière usé, elle ne pourrait pas s'empêcher de dégoiser. Je n'avais pas envie d'entendre, entre deux changements de taies d'oreiller, que les hommes ne pensaient qu'à une chose ; Egon ou le paquet d'os auprès de qui elle se couchait tous les soirs, cela ne faisait aucune différence. À propos de la lettre, elle dirait sur un ton triomphant que ce qui se racontait était donc apparemment vrai. Quant à la guerre, elle l'avait vécue et moi pas. Elle se serait moquée de moi, m'aurait traitée d'enfant qui se raconte une histoire, et elle aurait emporté le linge sale comme les jours précédents.

Entre-temps, la question de savoir ce que je faisais au Raeren était devenue aussi superflue que bien d'autres au domaine. Dans le potager fleurissaient des légumes que personne ne mangerait. Heinz continuait à réciter aux cochons de longues tirades bien argumentées. Sa femme disposait des chaises Biedermeier sur lesquelles personne n'osait plus s'asseoir. Qui les avait apportées ici, et pourquoi ? On ne posait pas de questions au Raeren, il suffisait de voir le propriétaire pour comprendre qu'il n'y aurait pas de réponse. Je continuais à l'appeler Herr von Bötticher, mon maître. Il continuait à me donner des leçons. Le premier matin après notre aventure, je l'attendais dans une salle d'escrime sombre. La nuit avait laissé derrière elle un ciel nuageux qui semblait vouloir s'installer. Parfait, dans l'obscurité, on peut encore considérer les choses. Par un temps pareil, les gens se frottent les yeux sans prendre de décision. Mais alors il est entré, de son pas syncopé habituel. Il a éclairé brutalement la pièce et m'a jeté un regard parfaitement indifférent. Je me suis retournée et me suis retrouvée nez à nez avec l'ombre de moi-même dans le miroir. Une noctambule, et fort modeste en plus. Je mettrais une bonne semaine à m'en remettre. Le maître étudiait ma position. L'inspection n'avait rien d'érotique. Mon pied, ma main, l'autre pied, l'autre main, c'était un rituel, celui des chasseurs qui continuent de contrôler leur fusil alors qu'ils savent que si le lièvre échappe à la balle le canon n'y est pour rien. Je n'ai pas tardé à faire de la résistance, à ignorer ses remarques, cet emploi du temps débile pour commencer. J'espérais que quelque chose se briserait, ne serait-ce qu'une de ces chaises Biedermeier, ou que quelqu'un perdrait patience. Mais personne n'a rien dit. Il n'y a pas eu de commentaires, on ne demandait pas d'explications quand je sautais le petit déjeuner ou que j'arrivais en retard aux leçons. Parfois j'écoutais sur la plate-forme du perron les pas des sabreurs et le crissement de leurs armes et je ne pénétrais dans la salle que lorsque le maître s'emportait contre eux, espérant que sa colère retomberait aussi sur moi. D'autres fois, je sortais avant la fin du cours et je demandais à Heinz de seller Loubna. Elle était la seule à m'écouter. Cinq cents kilos d'écoute attendrie. La jument supportait mon poids avec des yeux ronds et le cou baissé. Parfois, quand je me penchais en avant pour chasser les taons de ses flancs, elle me regardait droit dans les yeux. C'est étonnant que les bêtes cherchent à regarder les humains dans les yeux. Qu'elles comprennent que, chez ces êtres étranges, ce sont les yeux qui comptent et pas la place des oreilles ou du nez, que la connivence avec eux passe par leurs yeux, qui sont très proches l'un de l'autre dans une gueule immobile et dont le champ de vision se réduit à cent quarante degrés. Notre amitié n'est pas passée inaperçue. Quand le maître en était témoin, il levait le pouce. Parfois, quand je faisais du zèle, il me donnait des conseils. Quand je glissais sur la selle en galopant, il disait « Fais basculer ton bassin ! » et je pensais avec mélancolie à la fois où il m'avait attirée à lui.

À la première question, j'aurais riposté par une autre question. Ce n'étaient pas les énigmes qui manquaient. Malheureusement, personne ne s'est laissé tenter par ce troc. Pas même Léni, aussi pouvait-elle courir pour que je l'aide à faire le lit. Je me renversais sur ma chaise et je fixais le tablier dans lequel elle était boudinée et où elle gardait les clés des portes qui allaient rester fermées tout le reste du mois. Je tripotais tous les jours le loquet. En vain. Aucune occasion d'échanger la lettre contre une autre ne se présentait. Par une soirée pluvieuse, les étudiants sont revenus, mais sans le médecin qui s'était montré aussi curieux que moi. Il était remplacé par un taiseux chauve qui était apparu à pied au portail et qui était reparti de même, après avoir bu un verre d'eau qu'il tenait d'une main ensanglantée. J'ai fini par m'incliner devant le silence du Raeren et j'ai dit adieu à mes rêveries qui, dépitées, ont cessé de se montrer dès lors qu'elles s'étaient fait doucher par la réalité.

L'été a passé. Un jour qui était beaucoup plus court que le précédent, j'ai raconté une histoire aux jumeaux. Nous étions allongés entre des touffes d'agrostides, moi au milieu, quand j'ai commencé :

– Je sais des choses que vous ne savez pas sur le Golem.

Ils étaient drôles, comme ça, vus du dessous. Le soleil leur donnait des taches de rousseur et, à présent qu'ils étaient penchés au-dessus de moi, je ne pouvais pas m'empêcher de les compter. Siegbert en avait plus que Friedrich. J'avais envie de mordre dans leurs joues de chat en pâte d'amandes.

– Raconte.

– Il a une cicatrice beaucoup plus grande sur la jambe. Elle va de là…

J'ai relevé ma jupe, ils ont tous deux ouvert grand les yeux.

– … jusque-là. Comme une trace de charrette. Et il a une grosse entaille sur l'épaule…

– L'étoile ! s'est écrié Friedrich. Comme dans le film ! Une étoile a été découpée sur la poitrine du Golem !

Siegbert l'a poussé du coude, les yeux rivés sur ma cuisse nue. Le vent s'était levé. Au loin, on entendait à nouveau le sinistre beuglement. Ce n'était peut-être pas une vache mais un navire en détresse. Heinz nous avait prévenus. En cette saison et par ce temps, tout était possible, il ne fallait pas s'étonner si des êtres pâles en chemise de nuit flottaient le long du mur, si des aristocrates décédés nous précédaient dans l'escalier. Heinz s'enorgueillissait de ces rencontres qui épargnaient les autres. Nous ne voyions que le fantôme de la vache. Quand nous traînions assez longtemps, le soir, sur la terrasse du perron, le maître lui-même pouvait la montrer du doigt. Elle ne se laissait jamais voir en une seule fois. D'abord on entendait des piétinements, puis des clappements de langue, puis, une à une, des taches blanches apparaissaient, puis le corps tout entier. Quand nous nous approchions, elle se dissolvait dans la nuit. Curieuse et peureuse en même temps, comme toutes les vaches. C'est pourquoi après un certain temps nous n'avons plus pris la peine de nous lever de table lorsqu'elle se montrait. Seul Friedrich continuait à chercher, tâtonnant en toute innocence de la même façon qu'il avait posé la main sur mon sein gauche pour m'inciter à reprendre mon récit.

– Tu as raison, elle avait la forme d'une étoile, ai-je continué. Elle avait à peu près la taille d'une grosse pomme et semblait avoir été découpée avec un éclat de verre. J'ai appuyé dessus, et après je ne pouvais plus m'en détacher. Depuis, le Golem est à l'intérieur, en moi, vous y comprenez quelque chose ?

Siegbert était bouche bée d'étonnement. Pas à cause de ce que je venais de dire, mais à cause de la main de son frère qui avait disparu dans ma chemisette comme la truite dans l'épuisette du pécheur. Il a glissé avec précaution la sienne sur mon autre sein. Alors qu'ils exploraient simultanément mon corps, je me sentais fort empotée en dépit de ma maturité récemment acquise. J'avais peut-être un an de plus qu'eux mais je n'étais déjà plus la fille libre d'esprit munie d'un fleuret. Mon cœur s'est serré à l'idée que quelque chose était révolu. J'étais certaine qu'Hélène Mayer ne se serait pas laissé séduire par un homme qui détournait le visage et n'avait prononcé aucun de ces mots qui importent en amour. J'ai écarquillé les yeux. Je ne rêvais pas. J'ai reçu mon premier baiser d'un ange à deux têtes aux lèvres roses de sang.

– Et après, que s'est-il passé ? ont-ils chuchoté.

Ils voulaient connaître la suite.

– Il s'est endormi d'un coup. Espérons qu'il ne se réveillera pas de sitôt. Pas avant mille ans.

Des années plus tard, je l'ai vu, ce film, *Le Golem : comment il est venu au monde*. L'hiver, dans un cinéma qui n'était pas chauffé. J'étais seule dans la salle et je frissonnais dans mon fauteuil. Les films muets n'intéressaient plus personne, et les films allemands encore moins. L'exploitant du cinéma, Gil, était juif. Quelques années auparavant, il était revenu des camps de la mort pour trouver sa maison vide. Tout le monde était au courant. Les gens l'évitaient à cause de son histoire. Et ils ne voulaient rien savoir de la légende de rabbi Löw et du Golem.

– Ça ne parle pas de la guerre, m'a-t-il rassurée quand je me suis présentée à la caisse. Ça se passe au XVIe siècle, dans le ghetto de Prague. Et ça se termine bien. Mais c'est un film muet. Vous êtes prévenue.

Dans un silence glacial, j'ai regardé les images ; un éclairage par le haut donnait l'impression qu'à cette époque il y avait encore une ouverture au-dessus des ténèbres du ghetto. Le rabbi se penchait sur ses formules, levait une main au ciel, fixait les étoiles, soufflait les bougies. D'autres scènes aux pourtours noirs éraflés semblaient avoir été filmées sous une main ou à travers un tube. Au loin, le chevalier était jeté de la tour. Soudain, mort. Le film continuait à se dérouler et, bizarrement, c'est parce qu'il n'y avait pas de musique d'accompagnement sinistre que j'ai vraiment eu peur. Gil, sur le fauteuil à côté de moi, m'a trouvée attendrissante. D'après lui, l'époque où les spectateurs se contentaient du rôle de voyeur était révolue. Ils ne veulent plus rester tranquilles dans leur fauteuil, a-t-il dit, ils veulent des chansons à chanter ensuite, des danses à étudier, ou la dernière lubie venue d'Amérique : la stéréoscopie, pour pouvoir s'enfoncer en hurlant dans leur fauteuil à l'approche d'un train. Ceux-là mêmes qui, quelques années auparavant, avaient choisi de se tenir en dehors de la réalité ouvraient aujourd'hui leur bourse pour une participation illusoire.

– Vous voyez bien que certains films se passent de la parole, avait-il chuchoté. D'ailleurs, le Golem ne parle pas. C'est écrit dans le Talmud. D'après la légende, le rabbi lui glisse dans la bouche des mots écrits sur parchemin pour le faire obéir.

Le Golem du film ne ressemblait en rien à von Bötticher. C'était le réalisateur qui tenait ce rôle, un gros bonhomme empoté aux lèvres pendantes. Ils n'avaient en commun que leur mutisme. Au Raeren, j'avais compris que je devrais mettre des mots dans la bouche de von Bötticher. Tant qu'il se taisait, je pouvais décider de ce qu'il pensait. Mais les jumeaux trouvaient que je devais laisser tomber le Golem et ses mauvaises intentions. Qu'il dorme, qu'il ne se réveille jamais.

– Si je veux dormir, disait Siegbert, il me suffit de bercer Fritz et mes yeux se ferment automatiquement. Je le calme, je lui parle tout bas, et quand je vois qu'il s'assoupit, je m'assoupis aussi.

Alors qu'ils m'en faisaient la démonstration, ils se sont réellement endormis, leurs cheveux telle de la cire d'abeille chaude sur ma poitrine, leurs mains d'anges entremêlées sur mon ventre. J'ai attendu que leur respiration annonce un sommeil régulier pour oser respirer normalement à mon tour. J'aspirais à pleins poumons l'orage qui s'annonçait. Des nuages plumeux tournoyaient dans le ciel pourpre, des soldats sur une ligne de front. Une lumière crue éclairait violemment la bordure ornementale du toit de la propriété, la chair de poule sur les bras des jumeaux, la nervure du brin d'herbe entre mes dents. L'orage menaçait, se calmait, menaçait à nouveau. L'herbe se couchait. Bruissements, reniflements. Quelque chose avançait sans qu'on entende le moindre bruit de pas. Un diablotin poilu. Je me suis redressée et j'ai vu que c'était le chien du maître. Il serrait quelque chose dans sa gueule. Alarmé, il l'a laissé tomber : le cadavre d'une taupe. Avec son manteau noir, ses yeux fermés et ses mains repliées, elle faisait penser à un saint père en prière. Les jumeaux se sont frotté les yeux et ont chassé le chien. Il est resté quelques mètres plus loin à regarder ce que nous faisions de sa proie.

– Enterrons-la, a dit Siegbert. Sinon elle va puer.

Nous avons mis de l'ordre dans nos vêtements. Siegbert a disparu dans l'herbe à la recherche d'un bâton pour creuser un trou.

– Ce sera sûrement plus facile tout à l'heure quand la pluie va tomber, a-t-il crié. On va lui faire un trou digne des siens.

– Digne des siens, a répété Friedrich. Et comment comptes-tu t'y prendre ?

Il a levé les yeux au ciel, a passé une main dans ses cheveux et nous avons éclaté de rire. Nous étions encore des enfants. Je leur étais reconnaissante d'avoir préservé notre innocence.

– Vous êtes de vrais mousquetaires, ai-je dit. Un pour tous, tous pour un.

– À votre service, madame, a répliqué Friedrich en faisant une petite révérence.

Nous avons continué à surveiller le ciel jusqu'à ce que Siegbert revienne avec un vieux morceau de fer. Nous ne l'avons pas aidé quand il s'est mis à compter les pas dans l'herbe.

– Sinon, nous ne retrouverons jamais la tombe, a-t-il cru bon d'expliquer.

– Sigi a toujours été fort en géométrie, a fait remarquer Friedrich. Toujours en train de compter les pas, de métrer, de comparer. Il veut devenir arpenteur. Se balader sur terre avec un théodolite. Vérifier si tout est en ordre. Pour moi, c'est du chinois tout ça, mais bon, on n'est pas obligé de tout comprendre.

Son frère s'est penché sur la terre sèche, le fer émoussé à la main. À chaque coup qu'il donnait, ses cheveux blonds tombaient sur son visage et il s'essuyait le nez avec le poignet. Mon père aurait dit :

« Encore un gars de Jan de Witt » et il aurait pris un air méprisant, car il se méfiait des costauds qui retroussaient leurs manches pour un oui pour un non. À présent, entre les jumeaux, je me souvenais de ce dicton associé par erreur à l'un des frères de Witt, ces frères dont on retenait le nom principalement à cause de leur mort atroce, alors que l'un avait quand même été un courageux navigateur et l'autre un homme d'État, mais aussi un géomètre. Un géomètre, quelle coïncidence ! J'ai voulu le dire à Friedrich mais il m'a devancée.

– Il t'impressionne, mon frère, pas vrai ?

Il m'a regardée avec insistance. Je ne trouvais pas mes mots.

– Au contraire. Je veux dire, pas forcément. Vous êtes tous les deux…

Un changement s'était opéré. J'espérais que c'était le ciel, qui s'était si vite assombri que nous n'étions plus que des silhouettes. Ou le sinistre croassement des corbeaux qui venaient de découvrir la tombe. Mais c'étaient les jumeaux. Sur le chemin de la maison, ils étaient tendus et s'évitaient. Ils me gardaient entre eux et se taisaient ou s'interrompaient en m'adressant expressément la parole. Mal à l'aise, j'ai pressé le pas jusqu'à ce qu'une salve de bruits inattendus détourne notre attention. Du côté du perron, qui se profilait derrière les châtaigniers, on a entendu à la suite un coup de feu, un cri de femme, un moteur qu'on arrêtait et une voix d'homme méconnaissable qui hurlait dans le vent :

– Julia !

Les jumeaux s'étaient mis à courir en appelant leur mère. Je suis restée à l'abri des jeunes châtaigniers, pas question de courir derrière eux. Julia, la mère ! J'observais sa silhouette à travers le feuillage. Elle était debout, à mi-chemin de l'allée principale, dans une délicate robe noir de jais. La main posée sur la portière de sa voiture. Le ciel était à présent si sombre que le paysage avait perdu ses couleurs. L'herbe était grise, les arbres noirs et, derrière, la maison toute blanche. Sur la plate-forme du perron, le propriétaire, fusil en joue, canon dirigé vers la seule chose qui bougeait à ce moment-là : un lièvre à l'agonie. Malgré ses convulsions, l'animal continuait à bondir. Et ce à un mètre tout au plus de la femme. Elle n'a pas bougé quand Egon a visé et envoyé la balle qui allait immobiliser le lièvre et remettre les autres en mouvement. Entre-temps, il pleuvait des cordes. La femme s'est penchée en avant, a tiré sur sa robe pour qu'elle cesse de lui coller au corps, a mis son sac au-dessus de sa tête et s'est dirigée, à petits pas chaloupés, vers le perron. Les jumeaux l'ont rejointe en quelques foulées et se sont accrochés à elle. Le vent m'empêchait d'entendre leurs paroles mais je pouvais sans trop de difficulté les voir apparaître noir sur blanc.

« Maman, ne restez pas ici, vous voyez bien ce que le Golem manigance ! »

« Ah, mes chéris, il ne rate jamais son coup. Dépêchons-nous de nous mettre à l'abri de l'orage ! »

3

Schöner Gigolo, armer Gigolo,
Denke nicht mehr an die Zeiten
Wo du als Husar,
Goldverschnürt sogar,
Konntest durch die Straßen reiten[1]

Egon s'est bouché les oreilles, sans doute ne faisait-il même pas attention aux paroles. Après le repas, Julia avait placé le tourne-disque sur la table. Les disques étaient à elle. Elle les avait apportés parce que « celui-là » avait besoin de se dérider. Mais « celui-là » regardait dehors, où la pluie venait de s'arrêter, où les odeurs qui montaient du sol le touchaient plus que le parfum qu'elle portait. Il voulait partir, arpenter les champs, comme je l'avais si souvent vu faire quand le sol était mouillé, se penchant pour porter quelque chose à son nez, l'emporter, le mettre à sécher sur une poutre où son odeur changerait de semaine en semaine. L'après-midi, je l'avais trouvé devant le feu dans la cuisine, mâchant quelques-uns des

1. « Beau gigolo, pauvre gigolo, oublie l'époque où tu chevauchais dans les rues dans ton beau costume de hussard ». La chanson « *I'm just a Gigolo* », mondialement connue, est une reprise de « Schöner Gigolo » ce tango composé à Vienne en 1929.

champignons caoutchouteux qui pendaient au plafond. Il m'avait fait goûter. Ce n'étaient pas encore les formes noires et chiffonnées dont on pouvait tirer un bouillon à l'odeur pernicieuse. Ceux-ci étaient encore humides, ils rappelaient la terre tendre, les troncs d'arbres vermoulus, la toison d'un bélier. C'étaient ses odeurs, mais Julia nous étourdissait avec un décolleté qui brillait d'alcool gras. L'Heure bleue. Un vieux parfum, inventé par Guerlain à la veille de la Première Guerre mondiale pour célébrer l'instant furtif où le soleil se couche, mais où la nuit n'est pas encore tombée. Sa robe, elle, était du dernier cri, et chère. Le crêpe fin était comme une eau coulée sur son corps. Elle savait que tous les regards étaient tournés vers elle quand elle marchait dans la salle et que l'étoffe noire se mouvait au rythme de ses pas, quand elle écartait les bras et que les manches s'ouvraient sur ses épaules. Elle a donné un autre tour de manivelle au tourne-disque et la voix traînante de Richard Tauber a pris son élan :

Uniform passée, Mädchen sagt Adieu,
Schöne Welt, du gingst in Fransen,
Wenn das Herz dir auch bricht,
Mach ein lachendes Gesicht !
Man zahlt, und du mußt tanzen[1].

– Tu entends, Egon ? a-t-elle crié par-dessus l'orchestre. Tu dois danser, hussard, j'ai payé !

À ma grande surprise, il s'est levé. Elle a semblé plus grande encore quand il l'a prise par la main, qu'elle a mis son autre main sur l'épaule d'Egon, dont le bras reposait au creux des reins de

1. Il s'agit du deuxième couplet de « Schöner Gigolo » : « Adieu l'uniforme, adieu les filles, adieu beau monde, tu n'es plus qu'un homme déchu, et quand ton cœur se brise tu gardes un visage souriant, on te paie et tu dois danser. »

Julia. Son rire de coquette s'est brusquement éteint. Elle le regardait droit dans les yeux, où elle voyait ce que lui aussi voyait : elle-même, une fois, quelque part, avec lui. Puis elle s'est noyée dans un passé aussi vieux et ressassé que ses disques. Léni, qui s'était approchée timidement, avait le même regard pensif. Et Heinz lui-même, une serviette en lin entre ses doigts noirs de crasse, s'est souvenu de ces choses qui lui avaient donné le sérieux avec lequel, bien longtemps auparavant, il s'en était retourné à la maison, avec cette expression qui l'avait alors rendu attirant pour une femme. Seuls les jumeaux ne changeaient pas. Ils semblaient ne pas avoir de passé. Comme des animaux, ils ne s'intéressaient qu'à ce qui se passait ici, maintenant et ensemble, et se traduisait par quelques gestes machinaux. Leurs habitudes communes commençaient à me taper sur les nerfs. Je n'étais pas beaucoup plus âgée qu'eux, mais je savais, du moins deux ou trois choses, sur le passé. Et je ne l'avais pas appris dans des films. J'en savais plus que tous ceux qui étaient présents dans cette salle ne pouvaient le supposer et j'avais l'intention d'en apprendre davantage. Tous ces événements qui, pour les anciens, étaient révolus, et que leurs rabâchages mélancoliques avaient si bien creusés qu'il n'en restait plus que l'écorce, avaient gardé pour moi leur fraîcheur et leurs odeurs. Il y avait des mots qu'Egon avait écrits quand il avait mon âge, mais qui étaient encore chauds, bien conservés dans du papier collé. Seule une porte m'en séparait.

Egon a fait quelques pas, elle s'est laissé guider. Il a placé ses pieds de chaque côté d'elle sur le parquet, elle s'est déplacée vers l'arrière. Ce n'était pas de la danse. C'était la façon dont on se meut quand on descend un escalier sombre et qu'on ne sait pas où se trouve la dernière marche. La musique s'était arrêtée. L'aiguille continuait à racler impitoyablement l'étiquette en papier, tous deux étaient immobiles. Ils ne se regardaient pas, ils étaient comme des adolescents qui ne savent pas ce qu'on fait après la danse. Pour

Egon et Julia, l'avenir était bouché. Ils étaient mal à l'aise dans une histoire dont le dernier mot n'avait pas encore été dit. Il était donc préférable de se taire.

– Sigi, choisis quelque chose de gai, a fini par dire Julia en se dirigeant vers la fenêtre.

Siegbert a sauté sur ses pieds, le beau faon. Il n'avait, pas un seul instant, quitté sa mère des yeux depuis qu'elle était arrivée au Raeren. L'impératrice, que la violence d'un ciel orageux n'avait même pas décoiffée et qui n'avait eu qu'à montrer ses bagages – une mallette à disques, un carton à chapeaux et une valise de forme bizarre – d'une main molle pour que ses garçons les emportent à l'intérieur. Ses garçons ? Tous les hommes du monde, en fait. Il y a de ces femmes qui transforment tous les hommes autour d'elles – même les vieux et les riches – en garçons moutonniers. Elles ne sont pas nécessairement belles. Elles connaissent les codes, que d'autres ne remarquent pas, de même qu'on voit l'allure des chevaux mais pas le travail du cocher. Quand elles ont des fils, ils lui obéissent dès leur plus jeune âge ; leurs filles, par contre, les prennent en grippe. Soudain, ma mère m'a manqué. Un sentiment qui m'a prise au dépourvu. Je n'avais jamais pensé à elle de cette façon : comme à une femme qui, à dix-huit ans, avait été une beauté innocente, avait posé pour un photographe coûteux parce que mon grand-père savait qu'il fallait vite immortaliser la merveille (ma grand-mère s'était fanée après cinq ans de mariage), mais qui ne se préoccupait pas de son apparence. Contrairement à Julia, qui n'aurait pas pu vivre sans miroir, ce que démontrait chaque millimètre poudré de son visage. Ma mère ne connaissait pas les codes. Elle ne voyait pas l'intérêt de jeter autour d'elle ces regards de jeune fille en quête d'hommes qu'elle pourrait troubler. Elle fronçait les sourcils à l'idée du péché. Vraiment, elle me manquait. Sa morosité placide à la table de la cuisine. La satisfaction avec laquelle elle mêlait les versets de la Bible à la réalité, un peu comme elle enlevait les nervures d'un chou rigide. Est-ce que je ressemblais à ma mère ? De moins en moins. Si je n'avais pas eu le bonheur d'hériter de ses traits réguliers, je lui devais cette capacité d'étonnement qui me donnait l'air juvénile. Les jumeaux, quoique très beaux, n'avaient pas ce trait de caractère. Leur intérêt se portait exclusivement l'un sur l'autre ou sur leur propre petite personne. Ils avaient les yeux bleus de leur mère et, comme la plupart des gens n'accordent aux autres qu'un regard furtif, on disait qu'ils lui ressemblaient. Mais quelque chose de plus viril se glissait dans leurs traits. Le menton, les ailes du nez ! Ces angles, je les connaissais ; très vite j'ai fait la comparaison. Egon était là, en face de moi, perdu dans ses pensées. Non, impossible, Dieu m'en garde, seules les ailes du nez se ressemblaient, rien d'autre. Je me suis concentrée sur mon assiette, dans laquelle il restait dix-huit petits pois, oui, dix-huit exactement. Heinz s'est éclairci la voix au risque de se prendre une calotte, sa femme ayant la main leste.

– Frau von Mirbach, dites-moi, comment va votre mari ?

Le maître ne faisait pas plaisir à Léni en les invitant à sa table, son mari et elle. Ce n'était sûrement pas par hasard qu'il le faisait seulement lorsque Julia était là. Peut-être lui fallait-il des spectateurs, quelqu'un à la langue bien pendue qui irait raconter à l'extérieur que quelque chose mijotait entre la femme d'un autre et lui. Ainsi, personne n'aurait à jeter le gant. Le défi serait propagé par la populace, qui aurait vite fait de choisir son camp. Pas celui de von Böttícher, ce déphasé qui s'isolait dans son bois, c'était clair. Heinz insistait.

– Qu'est-ce qu'il a dit, Herr von Mirbach ? Vous savez bien, pour la KDF ? Il en pense quoi ? Ça devrait lui plaire, à lui, en tant qu'homme du peuple.

Julia n'a pas réagi. Elle était toujours devant la fenêtre, le dos tourné. Heinz s'est alors adressé aux jumeaux.

– Votre père, les garçons, c'est vraiment un excellent sportif.

– Le mois dernier encore, il a été premier au lancer de disque, a dit Siegbert en cherchant dans la mallette.

– J'en ai parlé la semaine dernière avec Matthias, il trouvait que c'était une bonne idée lui aussi. Il a dit : « Herr von Mirbach, nous lui devons beaucoup. »

Ce von Mirbach m'intriguait, l'homme que Julia avait finalement choisi. Si elle était bien la Julia de la lettre, cela signifiait qu'Egon s'était retrouvé Gros-Jean comme devant. Ce choix, à mon avis, ne pouvait s'expliquer que par les jumeaux, ce couple de tendres fils de la noblesse qui m'avaient caressée le matin même. Leur père n'était-il qu'une moitié de ces deux-là ? Est-ce qu'en faisant l'amour à leur mère il l'avait prise d'abord d'un côté, puis de l'autre ?

– Tel que c'est parti, ça ne peut qu'aller mieux, a poursuivi Heinz. Pas une grève en deux ans, pas une seule ! Alors que les pays voisins se débrouillent comme des pieds. Prenez la Belgique par exemple…

– Ce n'est pas un pays, a dit Egon.

Heinz a sauté de sa chaise ; son poing sur la table cette fois encore.

– Ah, je suis bien d'accord ! Les Belges sont incapables de former un gouvernement et il ne se passe pas un jour sans grève chez eux. Ils doivent nous rendre notre pays, vous ne trouvez pas ? S'ils ne savent même pas le gouverner. Notre beau pays !

Il pointait un doigt tremblant vers la fenêtre.

– Le territoire de Moresnet neutre ! Eupen[1] ! Ces canailles, ces fraudeurs, ça ne les arrangerait pas d'avoir un véritable guide. Mais ça ne va pas durer. Quatre ans, pas plus.

Egon a pris un air dubitatif.

– Le plan de quatre ans, monsieur. La promesse du Führer il y

1. Moresnet neutre, annexé par l'Empire allemand en 1915, fut assigné à la Belgique par le traité de Versailles en 1920. Eupen, capitale de la communauté germanophone de Belgique, rattachée à l'Allemagne lors de l'unification allemande des années 1870, fut offerte à la Belgique par le traité de Versailles.

a un mois. Quatre ans pour reconstruire le pays, il a dit. L'armée, l'économie, la paix et la prospérité.

– Mon mari pense que deux ans suffiraient, a ajouté Julia. D'après lui, si nous continuons sur cette lancée, dans deux ans nous serons le pays le plus riche d'Europe.

Egon a retiré une noix de sa bouche.

– Pourquoi tant de hâte ? est-il intervenu. Quatre ans sont si vite passés ! Vous devriez le savoir, madame von Mirbach, non ? Quatre ans, vous vous souvenez. Un peu de patience, ça n'a encore jamais fait de mal à personne.

Quand Julia s'est rapprochée, Egon a eu l'air étonné de ceux qui retrouvent quelque chose d'important dans l'enchevêtrement de leur mémoire. L'Heure Bleue. Avec les odeurs, les souvenirs vous assaillent, on est impuissant contre ça.

– *Ich hab' kein Auto, ich hab' kein Rittergut*[1] *!* a lu Siegbert à voix haute. Ça m'a l'air d'un beau morceau.

– Non, a dit Julia en le poussant de côté. *Lieber kleiner Eintänzer*[2], je veux écouter la chanson du charmant petit gigolo. Tiens.

– Mais tu voulais quelque chose de gai, maman.

Elle n'a eu qu'à lever un sourcil. Siegbert lui a pris le disque des mains, a placé l'aiguille au milieu de la bakélite et la mélodie accompagnée de craquements déchirants a résonné dans la salle.

Lieber kleiner Eintänzer
Sei doch heute mein Tänzer
Denn es passt doch kein Tänzer
So gut wie du[3].

1. « Je n'ai pas de voiture, je n'ai pas de manoir. »
2. « Cher petit danseur mondain », même thème que « Schöner Gigolo ».
3. « Cher petit danseur mondain, sois mon cavalier aujourd'hui, je ne danse bien qu'avec toi. »

– Une chanson banale, vulgaire, a dit Egon. Il me regardait avec insistance. Je connaissais ce regard ; il n'allait pas tarder à être saoul.

– Un Eintänzer. Janna ne sait sûrement pas ce qu'on entend par là.

– Laisse la jeune fille tranquille ! a crié Julia alors que Friedrich l'entraînait par la main.

Léni a débarrassé la table à grand bruit. Heinz restait assis comme une statue de pierre devant son verre vide. Il fallait que je parte, mais mon regard a été attiré par le couple dansant. Friedrich menait le tango à la perfection. Il conduisait sa mère en longeant la table pour que nous puissions l'admirer. Sa croupe éblouissante, bien développée, ses sabots enveloppés dans des bas blancs qui le frôlaient en passant, elle cachait son visage dans l'ombre de son fils. Très raffiné. Ainsi, on pouvait croire qu'ils avaient le même âge. Sûr, cette pouliche était une pur-sang. Je n'étais pas la seule à crever de jalousie. Siegbert se tenait au fond de la salle, les bras croisés, comme s'il avait froid.

Wundervoll und flott tanzt du
Wie ein junger Gott tanzt du
Lieber kleiner Eintänzer
Tanz nur mit mir[1].

Egon s'est à nouveau tourné vers moi, il ne paraissait pas impressionné.

– Tu le sais, toi ? Pourquoi certains hommes changent souvent de cavalière ?

J'ai jeté ma serviette sur la table et j'ai quitté la salle, grimpé l'escalier. Je me suis arrêtée près du couloir. Nous étions à nouveau face à face, la porte et moi. Cela faisait sept nuits à présent que j'approchais mon nez si près d'elle qu'il me suffisait de l'évoquer

1. « Tu danses merveilleusement bien, comme un jeune dieu, cher petit danseur mondain, ne danse qu'avec moi. »

pour avoir le goût du bois dans la bouche. Un goût amer, huileux. J'en rêvais ; on peut rêver de ses obsessions et du goût qu'elles ont. Dans mon sommeil, les nervures du bois s'ouvraient pour me laisser pénétrer dans le couloir. Mais le loquet en cuivre jaune s'obstinait à garder un silence assourdissant. Inutile d'essayer. Les pièces fermées, je les reconnaissais de loin, comme on reconnaît un homme mort d'un homme endormi. La lettre était dans ma poche, un chiffon à présent. Si jamais Egon la retrouvait un jour, il sentirait mon odeur. Mes efforts désespérés pour pénétrer jusqu'à lui. Si je la déchirais, une partie de Julia disparaîtrait de l'histoire. De toute façon, elle ne comptait pas beaucoup. Elle n'existait que dans quelques lettres, une photo peut-être, des souvenirs qu'il fallait taire. De la roupie de sansonnet ; on s'en occuperait plus tard. L'urgence, maintenant, c'était le tablier que Léni avait retiré pour le repas du soir. Tant que les fous du Raeren dansaient, je pouvais chercher.

Lieber kleiner Eintänzer
Sei doch heute mein Tänzer
Denn es ist doch kein Tänzer
Solch Kavalier[1].

Dans la cage d'escalier sombre, la musique s'était transformée en un bêlement éploré. Je me suis accroupie et, par le trou de la serrure, j'ai regardé le couloir verrouillé. La lune brillait à travers les fenêtres. Avant le repas, j'avais lorgné sa chambre depuis le jardin. La porte était entrouverte mais hors d'atteinte. Dépitée, j'avais contourné la maison pour voir si la pièce était accessible par la fenêtre, mais elle était haute et fermée, et encastrée dans le mur comme une guillotine. À table, Julia avait parlé de Marie Stuart.

1. « Cher petit danseur mondain, danse avec moi aujourd'hui, car pour moi il n'y a pas de meilleur cavalier que toi. »

– Quand Marie Stuart a été décapitée, la hache a buté sur un cartilage, avait-elle dit en arrachant une cuisse de poulet. Le bourreau voulait couper le cou en une fois mais il est tombé sur un os. Très ennuyeux, il me semble.

– Et tu sais probablement aussi, avait remarqué Egon, que ses lèvres ont continué à bouger presque un quart d'heure après que la tête a été séparée du corps. Vous, les femmes, vous parlez trop.

– Ah bon ?

Elle m'avait fait un clin d'œil.

– Pas toutes. Cette jeune fille n'a pas encore prononcé un mot. Mais c'est peut-être parce que ce n'est pas encore une femme ?

Elle s'était caressé le cou de ses doigts encore gras de la chair du poulet. Egon avait ricané. Je me suis retenue pour ne pas me jeter sur elle. Mes mains sur son cou d'oiseau.

Là-haut, je n'entendais plus la chanson du danseur. On riait. Quelqu'un a prononcé mon nom. Je me suis enfuie dans la cuisine. Elle était froide et sombre. La lune éclairait le billot et les carcasses des poulets qu'on avait sacrifiés au dernier moment en l'honneur de l'invitée impromptue. Si tard encore ! La cuisinière et les poulets étaient indignés. Léni avait réfléchi un temps en faisant cliqueter son trousseau de clés dans la poche de son tablier, puis elle était allée les chercher. Elle leur avait brisé le cou, les avait plumés des deux poings en même temps, avait enfoncé des noix écrasées sous la peau de leur poitrine, les avait frottés avec du beurre et du sel puis les avait mis au four. Une heure. Alors que l'orage giflait les vitres, deux volailles s'étaient transformées en poulets dorés à point qui avaient attiré tout le monde dans la cuisine. L'atmosphère y était agréable, on avait allumé un feu, Léni avait tiré son patron par la manche pour l'éloigner de la nourriture mais il avait quand même réussi à piquer un bout d'aile et à encourager Heinz à en faire autant. Avant qu'on ait pu emporter les poulets dans la salle, l'un d'eux avait déjà été avalé à moitié. C'était un de ces instants où on pouvait tous se réconcilier : sept personnes, un poulet et demi, des verres qui tintaient et des rires dans l'escalier. On ne parlait pas de l'avenir, on se taisait à propos du passé, on voulait juste manger, et en montant les marches à grand bruit nous étions tous des enfants du même âge. Mais, quand le maître a allumé le lustre, l'ambiance a changé. Le parquet venait d'être ciré, le tranchant des armes brillait sur le mur. Celui qui s'apercevait dans le miroir se redressait.

– J'ai oublié les pommes de terre, a dit Léni en quittant la salle à reculons.

Heinz était encore dans le couloir. Il n'entrait jamais dans la salle d'escrime, le domaine de la Mensur, dont il comprenait tout au plus qu'il s'agissait d'un art très rigoureux, si rigoureux que trois paires d'yeux ne suffisaient pas à en faire respecter les règles. Son combat à lui se passait dans le jardin, où il n'aurait servi à rien de mesurer ce qui s'y trouvait. Il n'avait pas de prise sur ce qui y proliférait, ni où ni quand, et il pestait contre la nature qui le prenait de vitesse. Mais il éprouvait un profond respect pour la salle d'escrime. Le seul ordre qu'il avait connu était celui du travail à la chaîne, et il faisait encore chaque semaine son petit tour du côté de l'usine.

– Je compte bien sur votre compagnie pour le dîner, avait dit Egon. Il y en a assez pour tout le monde. Assieds-toi, Heinz.

Heinz s'était avancé sur le parquet comme si ses grosses chaussures risquaient d'y être englouties. Il avait saisi la chaise que son patron lui proposait et s'était assis avec maintes précautions.

– Autrefois, mes camarades de jeu étaient des enfants du village, a dit Julia tout à coup.

Elle avait parlé à son reflet dans le miroir.

– Les enfants de simples villageois, nous jouions avec eux. On s'habillait comme des soldats. Maman avait fait confectionner des uniformes à leur taille. Des tuniques militaires d'un gris verdâtre et des cocardes du pays pour leurs bonnets. Ils étaient si mignons à voir ! Mon frère et moi étions à cheval, eux marchaient au pas derrière nous. Quand la guerre a éclaté, la petite Lydia a continué à le faire, mais maman a alors échangé l'uniforme contre la tenue moderne. La gamine portait un petit casque prussien à pointe et la même cartouchière que celle avec laquelle tu es parti à l'époque, Egon, mon *Fahnenjunker*[1]* ! Ah, on s'amusait bien dans le temps !

Léni avait lentement déboutonné son tablier. Mes oreilles s'étaient dressées lorsque j'avais entendu le cliquetis des clés. Quand elle était revenue avec les pommes de terre cuites au four, elle ne portait plus son tablier mais, dans la cuisine, je ne l'ai pas trouvé. Il y faisait très sombre. La lune éclairait faiblement la pièce et des flammes léchaient les blocs de bois dans la cheminée. *Gastrosophie*. Le livre était ouvert près de l'évier. Léni y avait trouvé sa recette. Plumer, frotter avec de l'huile ou du beurre, farcir les poulets, leur arracher les pattes et les ailes, c'était de la gastrosophie ? Le livre était ouvert à la page du bœuf qu'on désosse. De la main sévère qui montre comment s'y prendre. Mon père s'était lié d'amitié avec un boucher du coin. C'était un homme austère, qui ne faisait jamais de blagues sur son travail. Contrairement à mon père ou à d'autres médecins qui fréquentaient notre maison. Pour le boucher, pas question. S'il craignait que des trous d'air se forment dans les boyaux d'un cochon, ce qui l'aurait empêché de faire sa saucisse, il n'en dormait pas de la nuit. Il aurait appelé ça de la passion. Mais quel animal divise sa proie avec autant d'explications que l'homme ? Les animaux ne se déchirent-ils pas dans la fureur, les yeux injectés de sang par l'émotion ?

J'ai fermé le livre. Léni avait peut-être accroché le tablier dans la pièce à l'entresol. Je savais qu'elle passait beaucoup de temps derrière la petite porte près du plan de travail, qu'il y avait une petite lanterne qu'il fallait allumer, mais je n'étais jamais allée

1. Grade militaire allemand signifiant « cadet » ou « aspirant officier ».

plus loin que les premières marches, où les oignons étaient suspendus. Il y régnait une odeur d'épices. Un livre ouvert était posé sur l'étagère des conserves, un roman pour dames de la baronne von Eschstruth. En haut de l'escalier, je suis tombée sur un panier de pommes de terre. Celles du dessus étaient informes et grisâtres comme un ramassis d'ivrognes. Mes yeux se sont habitués peu à peu à l'obscurité. J'ai vu une grosse malle-cabine contenant des livres tordus par l'humidité, un miroir dont le cadre argenté était partiellement brisé, un bac contenant des sabres rouillés et un lièvre empaillé au dos troué. J'allais faire demi-tour quand j'ai distingué une maigre silhouette dans un coin. Quand on ne s'entend plus respirer tellement le cœur bat la chamade, le mieux est peut-être encore de continuer à marcher. Comme la fois où je me rendais chez ma grand-mère par un chemin sombre et creux. J'entendais des bruits de pas traînants mais j'avais décidé de ne pas chercher à découvrir d'où ils venaient, pas plus que je ne voulais savoir ce qui se cachait derrière les contours blancs que j'entrevoyais. Mais chez l'homme, la curiosité est plus tenace que la peur. Pendant des mois, j'ai cherché cette vague image le long du chemin, sans succès. Cette fois, j'ai levé la lanterne. La silhouette n'était qu'un vulgaire porte-manteau auquel une seule chose était accrochée : le bonnet à tête de mort d'Egon. À l'étage, on riait à nouveau. Le bruit se rapprochait, apparemment on quittait la salle d'escrime. Les jumeaux ont crié mon nom.

– Ce n'est que pour une semaine, ai-je entendu dire Julia. Laisse la jeune fille tranquille.

La fourrure sentait bon, elle était douce à mon front. Quand j'ai pris le miroir, je l'ai reconnue immédiatement : la fille du dernier empereur. Comme sur la photo que j'avais vue dans un magazine. Cette bouille moqueuse, pas le moins du monde intimidée entre la tête de mort et la pelisse d'ornement, sa main gantée de princesse sur une hanche. Un déguisement, comme celui qui avait amusé

Julia enfant. Ces dames de la noblesse qui, par aigreur, ennui ou vengeance, se moquaient de la guerre de leur mari. J'ai enlevé le bonnet, en ai inspecté l'intérieur, y ai découvert une vague tache dans le liseré, du sang peut-être. Était-ce ce qui les motivait, ces femmes qui saluaient leur homme en partance ? Était-ce pour cela qu'elles portaient des vêtements dans lesquels on tuait et on mourait ? Et n'était-ce pas cette même fascination qui commandait le désir que j'avais de me battre, une fois au moins, avec les rapières tranchantes de la salle d'escrime – pour savoir ce que cela faisait de tenir la mort dans sa main ? J'ai éteint la lanterne et quitté la pièce. D'après les bruits, tout le monde était dehors, sauf Léni, qui entassait la vaisselle dans l'évier. Elle ne m'a pas remarquée lorsque je suis passée derrière elle en quittant la cuisine. Le bonnet me rendait peut-être invisible. Le bruit du moteur de la voiture de Julia s'éloignait. Egon a regagné la maison. Il s'est appuyé un instant contre la porte d'entrée, comme s'il cherchait à retrouver son équilibre. Et puis son sourire a répondu au mien.

– *Memento mori*, ai-je dit en montrant mon front. Pense à la mort.

Il a hoché la tête et ouvert la porte donnant sur le couloir, plus large que dans mon souvenir. Egon marchait lentement devant moi, je regardais ses cheveux, gris dans la clarté de la lune, en pensant que cet homme avait vécu tant de choses et qu'à présent, qu'il le veuille ou non, je faisais, moi aussi, partie de son vécu, même si je n'avais pas connu la guerre qui régissait toute sa vie. Soudain, il s'est arrêté.

– Pas la mort, mais *les* morts en mémoire. La tête de mort nous rappelle ceux qui sont tombés pour nous, que nous devons venger. Nous sommes prêts à nous battre jusqu'à ce que la mort nous délivre. Nous ne la craignons pas, c'est un général qu'on tient en haute estime. Les soldats qui ne doutent jamais de ses décisions sont intouchables.

Le sexe a été brutal. Il n'a pas pris la peine d'empêcher le clair de lune d'entrer, ni d'ouvrir le lit. C'était un danseur solitaire, il n'avait pas besoin de partenaire. Il a soulevé mes fesses et les a maintenues ainsi, puis m'a laissée retomber en gémissant. Je n'osais pas bouger.

– Jeune fille.

Il l'a dit doucement, d'une voix rauque. Les oreilles dressées, j'attendais la suite mais ce fut tout. Il avait mêlé ses doigts aux miens et, très vite, je l'ai entendu dormir. Je me suis glissée hors du lit, je me suis habillée et j'ai ouvert le tiroir. L'une après l'autre, j'ai tenu les lettres de mon père contre la vitre. Son écriture n'avait pas changé au cours des années, alors qu'il était quand même très jeune quand il avait écrit la première. Comme s'il avait toujours été convaincu de la justesse de sa ponctuation, qu'il accentuait, de la pureté de ses majuscules. Dans sa première lettre par exemple, datée de mars 1915 :

À la mi-février, la Croix-Rouge nous a secondés lors d'un échange de prisonniers de guerre anglais et allemands. J'ai cru comprendre que le même type d'échange sera organisé en juin, mais il est probable que seuls ceux qui sont grièvement blessés seront pris en considération. Je ferai de mon mieux.

Je pensais à la photo prise trois mois plus tôt. Si je le réveillais maintenant, Egon dirait-il encore qu'il n'était pas le hussard flou à tête de mort ? Mon père était méconnaissable tant il était sérieux, sur la photo comme dans ses lettres.

Je comprends ta fureur, je t'assure. Mais je ne me sens pas coupable. Ça n'a pas de sens d'accuser un médecin d'indifférence alors qu'il ne fait qu'observer le serment d'Hippocrate. À l'hôpital Calvariënberg, je ne t'ai pas « reluqué lâchement », j'ai observé ton corps avec minutie comme c'était mon devoir de le faire avec un patient dans l'incapacité de s'exprimer. Si j'ai continué à t'observer ensuite, c'est parce qu'il n'y avait pas d'autre moyen de te garder à Maastricht. Qui sait où l'on t'aurait envoyé sans cela ! Tu sais parfaitement que seuls les invalides à vie étaient rapatriés.

Entre les enveloppes, il y avait une carte postale sans timbre représentant une dame sensuelle sur un chameau. Le ton en était plus gai :

D'après le factionnaire qui m'a promis de te faire parvenir cette carte, tu n'es plus à Bergen, on t'a enfermé ailleurs. Il ne savait pas où, ou n'avait pas le droit de le dire… En revanche, il m'a fait visiter le camp, qui m'a semblé très confortable. C'est quand même une résidence secondaire de première classe, mon ami ingrat. Vraiment, tu devrais voir le taudis que j'habite à Amsterdam : il est beaucoup plus petit, et sale par-dessus le marché !

Egon s'est retourné. Sa bouche s'est entrouverte. C'était bizarre de le voir aussi détendu. Chiffonné et insouciant. Comme s'il pouvait s'éveiller d'un moment à l'autre et tailler le bout de gras. Sur mes gardes, j'ai commencé à lire la dernière lettre que j'avais entre les mains. Mon père avait rempli les feuilles d'une écriture très serrée, je ne pouvais pas tout déchiffrer.

10 août 1916

Cher Egon,

Je viens de vivre quelque chose d'affreux. Je ne suis plus sûr de rien à présent et je comprends que j'ai été trop crédule. J'ai envisagé de laisser tomber la médecine. Ce que j'ai vu était horrible, mais fascinant. Trop de certitude nous rend aveugles, les convictions prennent la poussière. Je n'en ai plus aucune à présent.

La Croix-Rouge m'a demandé à nouveau de l'aide pour un échange de blessés allemands et anglais... À Maastricht, nous avons été chargés des soins... si bien qu'ils ont finalement été envoyés à Hoek van Holland et hébergés dans le hangar de la Holland Amerika line. Un train sanitaire transportant des dizaines d'Anglais grièvement blessés ou devenus fous est arrivé d'Aix-la-Chapelle. Ils étaient horriblement mutilés. On avait mis deux troncs dans un lit, pour gagner de la place, deux moitiés de corps qui se faisaient face. Un officier avait perdu tous ses membres excepté un bras, mais portait quand même un gant pour la dignité... il me faisait penser à toi, Egon. Tu devrais t'estimer heureux d'avoir évité les tranchées.

Je pense qu'avec cette guerre nous avons refermé à jamais le livre de notre civilisation. Les malades mentaux étaient un peu plus repoussants, un wagon plein, ils se démenaient comme des diables, aucun être vivant ne crie de cette façon. Il doit y avoir quelque chose qui ne fonctionne plus dans leur cortex cérébral, qui désoriente leur système et propulse constamment en eux des émotions qui partent dans tous les sens, tel un canon déboussolé. Je pense aux aires de Brodmann, mais je ne suis encore sûr de rien.

Ce qui m'a le plus ébranlé, c'est le cynisme. Jusqu'ici j'avais eu des patients respectueux de leur corps, ils saluaient leur maladie avec des larmes d'angoisse mais espéraient se rétablir. Il y avait là un infirmier militaire anglais, des pansements sur tout le corps, horriblement brûlé. Il m'a parlé de son compagnon, qui avait sauté sur une mine. Le garçon ne cessait de crier : « J'ai perdu ma jambe, j'ai perdu ma jambe ! » Les autres en ont eu marre. « Mais arrête, a crié l'un d'eux en montrant le membre arraché qui avait encore sa botte. Tu ne l'as pas perdue, regarde, elle est là ! » Tout le monde s'est mis à rire, m'a dit l'infirmier, y compris la victime.

C'est l'époque dans laquelle on vit, où un être humain méprise toute la Création, son propre corps aussi, parce que plus rien n'a d'importance. Encore un peu et cette mécanique vieillotte, faite d'os, de sang pompé et d'un cœur qui bat, sera dépassée par la technique moderne. Alors à quoi bon être médecin ? Réponds-moi pour une fois, Egon.

Un instant, j'ai cru qu'il me regardait, mais c'était la lune qui éclairait ses paupières. Ça lui faisait un visage de bois. J'ai remis la lettre de mon père dans le tiroir et pris l'enveloppe du dessus, celle avec l'inscription *Poste restante*, et je l'ai regardée une dernière fois avant de quitter la pièce. Les plis de chaque côté de sa bouche molle lui donnaient un air de marionnette ventriloque. Assez repoussant, en fait.

Dans le hall, je me suis rendu compte que j'avais oublié de remettre le chiffon à sa place. La lettre que j'avais ouverte à la vapeur et lue et relue jusqu'à usure, même si mon cœur se serrait chaque fois que je tombais sur le nom de Julia. Qu'est-ce que je devais en faire ? Ce fut tout simple, finalement. La cuisine était déserte et quelqu'un avait posé une nouvelle bûche sur le feu. J'ai d'abord jeté l'enveloppe dans les flammes, puis la lettre. Le papier s'est ratatiné. Je ne nierai pas que j'ai pris plaisir à voir les phrases partir en fumée. Certains mots se sont envolés dans un sifflement de désespoir, d'autres ont résisté jusqu'à la calcination. Il me semble avoir vu le nom de Julia griller comme un papillon de nuit au-dessus de la flamme d'une bougie.

Janvier 1917

Cher Jacq,

Je suis perdu à jamais. Depuis quand suis-je ici ? Je ne le sais déjà plus. Avant l'hiver en tout cas. Les eaux n'étaient pas encore gelées. Les grands arbres bruissaient le long des rives. Je suis entré par la passerelle entre quatre représentants de l'ordre, comme un brigand. Leurs yeux sévères ne m'ont même pas vu tirer de son fourreau l'épée du barbu qui marchait devant moi. Les doigts agiles, tu me connais. J'ai ri, c'était si théâtral tout ça. Les policiers poussiéreux et le décor, un fort du XVII*e siècle avec bastions et poudrières… je me voyais déjà pendant l'assaut du duc de Luxembourg. Mais, quand les portes se sont refermées, tout est devenu si silencieux, définitivement silencieux. Les arbres nus ne bruissent pas et le Rhin est à présent recouvert d'un miroir glacé. Ils craignent que je ne m'échappe à nouveau. La fuite de Mons, bien sûr, c'était de la rigolade, même s'ils ont fini par m'attraper. Ici, j'ai déjà échoué deux fois. Ils nous tirent dessus comme si nous étions des canards sur la glace et nous mettent dans des cachots de plus en plus profonds. Tu as une idée de l'épaisseur des murs ? Devant le mien,* *il y a toujours un minus en faction. Il me tape sur les nerfs. La nuit, ses ronflements font trembler l'air. Je voudrais l'étrangler, lui briser le larynx avec deux doigts. L'année dernière, m'a-t-on dit, les choses étaient différentes. L'atmosphère était bon enfant, on laissait les gradés tranquilles. Le bruit court qu'un officier de Brunswick s'est échappé dans un coffre. Il l'avait volé dans le bureau du commandant du dépôt, tu imagines ? C'est vraiment le type même du Hollandais, celui-là, il n'a jamais sali son uniforme. Les Hollandais sentent l'amidon et la pâte à cuivre, il ne manque pas un fil de l'atelier de couture à leur uniforme et, s'ils ont une tache, c'est celle de la nourriture dont ils se goinfrent à longueur de journée. C'est du Grand-Guignol avec le portail fermé en guise de rideau.*

Christian, un camarade de Coblence, a dit : « On finira par les avoir. » C'est un fanatique des jeux de hasard. Il écarte avec dédain tous les risques parce qu'il pense que cela finira par payer. Mais je ne suis pas sûr de pouvoir supporter davantage d'humiliations. D'être une fois de plus traîné à l'intérieur, d'entendre la porte se fermer derrière moi, le bruit grinçant du verrou, non, je crois que ça me rendrait fou. Je deviens plus virulent de jour en jour. Comme je comprends Edmond Dantès ! La vengeance est le meilleur moyen de donner du sens à sa vie dans un vide pareil. Dans ma cellule, où le jour n'a ni commencement ni fin, les idées de revanche m'aident à garder la tête froide. En fuyant Mons, je n'ai fait que mon devoir envers mon pays. Le seul Hollandais envers qui je me sentais obligé, c'était le paysan pour qui je travaillais. Un brave homme. Il appréciait notre aide, et sa femme nous servait des repas préparés avec amour. Il ne comprenait pas grand-chose à la situation. Pourquoi je n'avais pas le droit de retourner à la guerre et encore moins pourquoi je voulais y retourner, mais c'était un homme qui acceptait de ne pas tout comprendre. Un vrai paysan ; il ne s'étonnait pas de la vie qui l'entourait, de la façon dont elle apparaissait ou finissait. Je me souviens de la naissance d'un veau dans sa ferme, une semaine avant mon départ. La mère continuait à brouter comme si de rien n'était, le paysan avait montré la poche des eaux qui pendait entre ses pattes et dit : « On va avoir un petit », puis avait repris son travail. Quand je suis revenu, une heure plus tard, le veau était là, quatre pattes sur la terre et deux grands yeux pour regarder autour de lui. Le paysan était toujours à son travail, et la vache continuait à brouter. Les seuls à s'étonner de cette nouvelle vie, c'étaient le veau et moi.

Quand j'ai fui, j'ai senti que le paysan me suivait des yeux. Je l'abandonnais dans son champ avec deux cents bottes de paille qui devaient encore être chargées sur la charrette. Il a compris ce que je voulais faire quand j'ai planté ma fourche dans la terre. Je sentais son regard dans mon dos, un regard perçant, comme le mien quand je suis tombé ce jour funeste d'août 1914. Ce dont je me souviens : je suis allongé sur le sable, du sang froid coule sur mon visage brûlant. Je me lève, je les regarde mais ils ne se retournent pas, ils s'en vont, dans toutes les directions. Certains sans cheval, d'autres pendouillant sur leur selle, morts ou à moitié morts, se taisant, hurlant, en proie à d'horribles convulsions. Un spectacle macabre, stupéfiant, manigancé par les Belges, qui ne respectent pas les règles et tendent des barbelés sur lesquels les chevaux au galop se déchirent. Ensuite, ils ont été la proie de mitrailleuses qui crépitaient sans arrêt. Je les ai vues tomber dans des nuages de poussière, nos fidèles, nos solides montures, leurs cris étaient si assourdissants qu'on les reconnaissait à peine comme des hennissements. La dernière chose dont je me souviens, c'est elle, ma Fidèle. Elle était intacte, à l'avant-garde, un peu plus loin que la ferme incendiée d'où on nous mitraillait. Je ne voyais que ses contours immobiles, mais j'étais certain que c'était elle. Aucun autre cheval ne se tient aussi dignement. En fait, je ne l'ai jamais vue que comme une silhouette : d'un noir profond, tout droit vers le soleil. C'était une Trakehner, élevée pour avancer en toute circonstance. On dit que cette race de chevaux est la preuve que la cavalerie appartient définitivement au passé. Que nous n'avons aucune chance face aux rafales et à l'artillerie lourde. Si c'est vrai, ce n'est pas la faute de Fidèle, mais la mienne, le cavalier dans le sable.

Je sais ce que c'est de regarder et d'être regardé. Il faudra que j'apprenne à vivre avec ça. Et toi, Jacq ? Tu as menti et tu mens encore, nous le savons tous les deux. Je suis ici, tu es là-bas et tu ne parleras que quand la guerre sera finie. Tu étudies pour pouvoir guérir les blessures, mais je te garantis que je les rouvrirai. Je revendiquerai mon droit à la priorité de l'attaquant. Il y aura une autre guerre, meilleure que celle-ci. Pas les balles anonymes des francs-tireurs, mais des duels d'homme à homme. Une guerre décente. Où les jours défileront dans les règles. Tu sais, je n'ai jamais aussi bien dormi que pendant un bivouac. C'est l'ordre parfait dans le chaos, la régularité d'une nuit bien préparée après une journée où rien ne pouvait être prévu. Maintenant je dors mal, entre ces murs. Ils sont froids et humides comme les joues de la traîtresse dont le nom n'est pas digne d'être prononcé. Elle a laissé tomber quelques larmes sur sa dernière lettre, ce n'étaient peut-être que des gouttes d'eau ; c'est une actrice, après tout.

Parfois, ici, je pose ma joue contre la sienne et je sens le plâtre moisi, le grimage blanc de ce visage perfide, est-ce le mur ou mon squelette pulvérisé, la poussière de mon esprit qui se consume ? Ah ! propos délirants d'un fou… Fidèle, parlons d'elle plutôt. Où est-elle, Jacq ? Est-ce que tu la cherches vraiment ? C'est quand même le moins que tu puisses faire.

4

Un coup de vent m'a arraché la lettre des mains. Une feuille a tourbillonné juste au-dessus de l'herbe, toujours un peu plus loin, hors d'atteinte. Il ne restait plus rien de l'été. Des traînées de brume aussi longues que des voiles de mariées flottaient de l'étang vers le long du mur, où elles s'évaporaient sur le dos des chevaux. Les couleurs n'étaient plus les mêmes. La vie se retirait lentement des feuilles, comme l'encre des pages trop longtemps exposées au soleil. Seuls les pommiers et leurs fruits triomphants gardaient de vives couleurs. Heinz s'est avancé dans le brouillard, et Mégaira l'a salué en hennissant. Elle a balancé la tête et donné des coups de pied dans la barrière à laquelle elle était attachée.

– Doucement, fais attention à tes sabots, ai-je entendu Heinz dire.

Il lui passait une brosse sur les flancs en faisant de larges mouvements.

– Tu dois encore aller bien loin sur ces sabots. Tu dois conquérir le monde, être plus rapide que la mitraille, pour que les gens sachent qu'il faut craindre la cavalerie.

Il a peut-être dit autre chose. Le vent lui tirait les mots de la bouche et les chassait, on pouvait en faire ce qu'on voulait. J'avais envie de ces mots-là pour ce cheval, qui ressemblait à un autre, une ombre qui ne s'était pas laissé attraper et encore moins monter en licol. Quatorze ans plus tôt, von Bötticher avait abandonné les recherches. Puis, un jour, il avait acheté ce sosie en prévision d'une guerre qui, d'une façon ou d'une autre, allait venir. Mégaira, quant à elle, était prête. Ses oreilles mobiles semblaient sur la trace d'un avenir d'une portée historique.

J'ai glissé sur l'herbe mais j'ai réussi à récupérer la feuille. Elle était mouillée, mais pas la phrase qui s'en détachait : *Je ferai valoir mon droit d'attaque.* On avait appuyé fort pour tracer ces lettres. Le droit d'attaque est une règle qui déchaîne la fureur des fleurettistes débutants. Il préconise que celui qui attaque le premier a le droit d'aller au bout de son attaque. Si le tireur adverse est le premier à toucher, le point ne lui sera pas compté, car avant d'effectuer sa contre-attaque il doit parer. Un effroyable sabotage ! Combien de fois n'ai-je pas jeté mon masque parce que l'arbitre avait décidé que ma touche sublime ne comptait pas, mais bien la pauvre petite touche du tireur adverse, simplement parce qu'il avait tendu le bras un petit peu plus tôt que moi. Un jour, cependant, au beau milieu d'une partie, je me suis réconciliée avec cette règle étrange. Mon adversaire m'était supérieur en tout : un homme, deux têtes de plus que moi, trois fois mon âge et, quand il m'a serré la main, il a eu le culot de faire une moue attendrie. Je me suis battue comme une bête, le regard trouble, suffocant quand je n'arrivais pas à deviner ses intentions. J'avais dix points de retard quand, soudain, à travers mon masque, j'ai vu très clairement comment il tenait son arme. Nonchalamment, les trois derniers doigts détachés de la poignée. Il s'ennuyait ! Avant même qu'il ne pense à attaquer, j'avais décidé d'abaisser sa lame. La partie s'est terminée sur une remise. Cela ne signifiait pas que je ne compterais plus jamais sur mes réflexes, car les meilleurs assauts sont rarement calculés. Ce sont tout au plus des réactions automatisées, réitérées à l'infini, comme l'ours apprend ses tours.

– Hé, mademoiselle !

Heinz me faisait signe. Il avait détaché la jument et l'amenait à travers le pré. Elle avançait bravement, comme si elle adaptait sa noble allure aux pas traînants de l'homme qui l'accompagnait. Elle ne s'étonnait pas de sa piteuse apparence, ni de celle des humains en général, de la façon dont ils se meuvent sur les deux bâtons qui leur servent de pattes. Elle pouvait, si elle voulait, lui arracher la longe des mains, mais elle ne le faisait pas, parce que cette envie avait patiemment été effacée de son crâne de cheval. Pas la peine. Pourtant, j'aurais bien voulu la voir se cabrer, concentrer sa colère pour se dresser sur ses pattes arrière et montrer son ventre de velours.

– Tu sais quelle race c'est ? a demandé Heinz en s'approchant. Une Trakehner. La noble monture des cavaliers prussiens. Frédéric-Guillaume Ier de Prusse en avait commencé l'élevage il y a deux cents ans et il n'y a toujours pas de race plus solide que celle-là, le meilleur cheval qu'un hussard puisse convoiter. Sec et tenace. Regarde-moi ces reins.

Mégaira regardait devant elle, l'air hébété. Les chevaux dorment trois heures par jour, paraît-il, des minutes additionnées entre leurs différentes activités, quand ils décident de s'absenter, complétement ou juste d'un œil.

– Regarde comme elle se tient d'aplomb. C'est le dressage qui veut ça, quatre pattes droites sous le tronc. Haut et correct. Un cheval sauvage ne se tient pas ainsi. De nature il est tout de travole. Le Trakehner, c'est une race supérieure, mais si le cheval n'est pas droit sur ses pattes on l'achève aussi bien. Pas de temps à perdre avec de mauvais poulains. Nous devons être aussi cruels que la nature, sinon nous disparaîtrons. Tu sais qui a dit ça ?

J'ai secoué la tête. Sous mes pieds nus, l'eau montait à travers l'herbe, je n'avais pas envie de rester là, de m'enfoncer dans le sol pendant que Heinz continuerait à déblatérer.

– Le Führer. Un État ne doit pas être une organisation

économique mais un organisme national vivant qui préserve sa propre espèce. Regarde Mégaira, quel magnifique spécimen cela fait !

Elle a enfoncé son nez dans la cage thoracique du bonhomme, qui était affaissée, avec les côtes de travers comme le reste de son corps, mais cela ne la dérangeait pas. On voit bien souvent des animaux magnifiques, des chiens ou des chevaux menés par un maître qui ne paie pas de mine, et ils n'ont pas honte de lui. Le contraire si. Les maîtres s'excusent des défauts de leurs quatre pattes, affirment qu'il est temps de les piquer mais, le soir, quand personne ne les entend, ils chuchotent dans la douceur de leurs grandes oreilles qu'ils sont les plus beaux et les plus aimables du monde. Les humains sont horribles. Mégaira savait-elle qu'elle n'était que l'écho d'un autre cheval, qu'elle avait été recherchée et choisie pour sa ressemblance avec Fidèle ?

J'ai pensé aux jumeaux, qui s'éloignaient l'un de l'autre en grandissant. Ils n'étaient plus les mêmes qu'une fois assoupis. La veille, je les avais approchés en douce alors qu'ils étaient dans les bras l'un de l'autre sur le canapé. Dans l'innocence de leur sommeil, ils semblaient avoir douze ans. Friedrich s'est réveillé le premier, m'a regardée en s'étirant et je l'aurais embrassé si Siegbert ne nous avait pas dévisagés en fronçant les sourcils avec un air dubitatif. Rien ne lui échappait. Son regard m'a choquée, comme lorsqu'on passe inopinément devant un miroir alors qu'on n'a pas tenu la promesse de s'améliorer et qu'on se voit vivre, faible et dépendante. En une fraction de seconde, j'ai vu la Janna que les autres voyaient dans les yeux de Siegbert, et cela ne m'a pas plu. Je me suis vite levée et j'ai laissé les jumeaux s'unir à nouveau dans le sommeil.

– Qu'est-ce que tu as, là ?

Heinz montrait la lettre que j'avais ramassée dans l'herbe.

– Rien de spécial.

– L'encre déteint. Regarde, tes doigts sont tout noirs.

À peine croyable ! Il m'a arraché la lettre des mains. Ses petits yeux ronds encastrés dans un enchevêtrement de rides roses, comme des yeux de pigeon malade, couraient sur les phrases. Il a regardé le verso, puis à nouveau le recto de la feuille et a commencé, sans gêne aucune, à lire le dernier alinéa. Bégayant et déglutissant, à vomir. Puis il a fourni des commentaires.

– *Il y aura une autre guerre, meilleure que celle-ci.* Ah, ça, c'est bien vrai ! *Pas les balles anonymes des francs-tireurs…* qu'est-ce que c'est que ça ? Du français ? C'est bien de lui. Je reconnais cette écriture, c'est celle du patron. Mais qui est ce Jacq ? Encore un Français, je parie ?

– C'est mon père. Rendez-moi la lettre.

Il a obéi machinalement, comme si ça ne l'intéressait pas, mais pendant qu'il caressait la jument il ressassait les mots.

– Tu sais, Herr von Bötticher il fait comme si de rien n'était alors que la révolution nationale se poursuit. Oui, il y aura une autre guerre, mais il ne pourra pas y jouer les héros. C'est au tour du peuple maintenant. Hitler dit que les généraux se conduisent comme de nobles chevaliers alors que lui il a besoin de révolutionnaires. Von Bötticher ne l'écoute pas. C'est ce qui arrive quand on passe la journée à ne rien faire de ses dix doigts. La richesse, ça rend sourd.

Il a claqué la langue pour inciter la jument à repartir. Je les ai regardés jusqu'à ce qu'ils disparaissent dans l'écurie, la magistrale Trakehner et son soigneur exténué. Il n'y avait aucun doute sur la façon dont les rôles étaient distribués. Si je fermais les yeux, j'entendais la jument articuler clairement : « Bonhomme, tu crois vraiment que ton espèce s'est améliorée ces derniers siècles ? »

Plus tard, moi, être humain équipé d'un pauvre organe olfactif, j'ai dû fermer les yeux pour enregistrer les odeurs qui me parvenaient de la cuisine. Le maître s'occupait du repas, j'en étais sûre. Pendant le petit déjeuner, il avait sorti des casseroles, préparé des couteaux qu'il avait aiguisés en sifflotant. Quand les hommes font la cuisine, ils le font démonstrativement, avec de grands gestes superflus et beaucoup d'épices. Mon père ne daignait s'y mettre que pour un rôti. Là, il était à son affaire : inciser la viande, larder, en recouvrir un quartier de laurier, de macis et autres. Ma mère le regardait faire avec mépris. C'était mangeable, mais elle aurait fait mieux.

Quand je suis entrée dans la cuisine, l'odeur de la viande sur le billot, qui supplantait celle de la choucroute et des pommes cuites, m'a assaillie. J'ai été horrifiée de voir Gustave, le lapin, dormir parfaitement immobile à l'exception de son nez, qui bougeait sans arrêt, à côté du cadavre. Sans me prévenir, le maître a plaqué la paume de sa main sur mon visage.

– Tu sens ? Le premier cerf de l'année.

– On dirait plutôt le dernier, ai-je rétorqué. Ça sent le vieux cadavre.

– Mais c'en est. La viande, c'est toujours un morceau de cadavre. C'est pourquoi on attend que la rigidité cadavérique ait disparu. Sinon on n'arriverait pas à y mettre les dents. En fait, un cerf comme celui-ci, il faudrait le laisser pendre jusqu'à ce qu'il tombe du crochet. Les protéines se mettent dans la viande, qui devient tendre. Tu trouves ça dégoutant ? Les Eskimos remplissent les phoques qu'ils ont abattus d'oiseaux morts, sans même les avoir plumés, et ils laissent reposer le tout pendant six mois, le temps que la viande soit faisandée.

Il recommençait. Toujours ce genre d'histoires. Peut-être qu'elles m'étaient réservées, que ça le faisait jouir de me voir déglutir avec peine.

– C'est délicieux, paraît-il. Une bonne putréfaction bien décadente. Pense à du fromage français fermenté.

– Mon père jette le fromage quand il est fermenté.

Il a hoché la tête en ricanant.

– Un médecin devrait pourtant connaître les bienfaits de la fermentation. Va dans les bois. Tu verras partout de jeunes vies naître de la pourriture. La mousse pousse sur les troncs vermoulus, les animaux mangent les champignons. Dans la nature, on voit rarement quelque chose s'élever d'un sol nu, il y a souvent un vieux truc à la base, une ruine, une carcasse. Mais les gens n'écoutent pas la nature, ils écoutent une poignée de gens qui disent qu'il faut tout recommencer, et autrement.

Il a coupé la viande en morceaux.

– Tu sais ce qui me réjouit ? Ce qui me rend vraiment heureux… ? Où est donc passé le moulin à poivre !

Il a poussé sans ménagement Gustave du billot. Le lapin est tombé brutalement sur le sol mais, après avoir secoué les oreilles, il s'en est allé en sautillant gaiement, comme si tout son être – corps et humeur – n'était commandé que par ses oreilles. Egon avait retrouvé le moulin à poivre et s'en servait copieusement.

– Ce qui me rend vraiment heureux, c'est quand la nature reprend ses droits, quand ce qui a été construit s'écroule et qu'elle se régénère. Place quelque chose que les humains ont construit, un meuble ou autre, au milieu des bois. Très vite il pourrira, sera envahi de broussailles, rongé. Ou mieux encore. Mets-le parmi les bêtes. Les bêtes adorent casser. Si tu donnes à un chien, un cheval ou une vache un objet que nous avons fabriqué, le lendemain il aura été piétiné, mordillé, bousillé. Rien ne demeure intact s'ils s'en mêlent. Les vêtements, surtout, ils adorent les déchirer. Peut-être parce qu'ils ont notre odeur, parce qu'ils veulent être au plus près de nous, ou, qui sait, être nous ? Tu es ce que tu manges. C'est la seule chose qu'il leur reste : nous consommer régulièrement, piétiner notre besoin de fabriquer, nos règles, inventées pour nous donner l'illusion d'écarter la mort.

– Comme le droit d'attaque ?

– Le droit d'attaque…

Il a secoué la tête.

– Le droit d'attaque, tu m'en diras tant.

Il m'a soudain attrapée par une vertèbre dorsale. Une douleur intense, inquiétante qu'on chasse instinctivement. Maintenant, il fallait vraiment qu'il arrête.

– C'est ainsi que les ours tuent les hommes. Tu le savais ? Il leur suffit de saisir notre malheureuse petite colonne vertébrale et de l'arracher, comme nous enlevons les arêtes des poissons.

Je me suis tournée vers lui, mais il me regardait comme si j'étais une étrangère et je me suis bien gardée de l'embrasser. Ce n'était pas la première fois qu'un tel moment se présentait. La nuit, nous étions secrètement d'accord pour ne pas souffler mot de ce qui se passait et, dans la journée, je pouvais toujours attendre un signe de connivence. Parce qu'il ne me donnait rien, je devais être de plus en plus rouée.

Et donc j'ai brûlé toutes ses lettres. J'agissais quand il dormait, je me remémorais ses mots avant de les donner aux flammes. Tout a brûlé, même la grosse enveloppe avec l'inscription *Poste restante*. Seules les lettres écrites en prison ont été épargnées. Celles-là, je ne m'en lassais pas. D'abord parce qu'il était perdu. Il pensait devenir fou, il ne se contrôlait plus, comme dans les instants éphémères que je lui connaissais. Mais, le meilleur, c'était que dans ses cris de désespoir elle n'existait pas. Le nom de Julia n'avait pas été prononcé une seule fois par mon héros de roman dans son cachot. Le comte de Monte Christo, qui laisse son compagnon d'infortune lui enseigner les sciences, mais n'oublie jamais sa vengeance, qu'est-ce que mon père en aurait pensé ? Egon avait-il déjà lu ses lettres quand il écrivait :

Tes instincts bestiaux, tu les adaptes quand ils s'avèrent inutiles, comme le font les gens avec les connaissances qu'ils accumulent ?

Mon père essayait de remonter le moral d'Egon sur un ton résolu, celui du médecin qui se place au-dessus de son patient. Comme ces infirmières qui ouvrent résolument et impitoyablement les rideaux de la salle commune, faisant ainsi pénétrer le monde sans nuages du dehors qui aveugle les patients et les tire de la léthargie de leur demi-vie.

Gott mit Uns, Dieu avec nous, *c'est ce qui est inscrit sur la boucle de votre ceinture de soldat. L'optimisme vous va bien, mais ce pauvre dieu doit aussi assister les Belges, les Français et les Anglais. Vous étiez quand même bien sûrs de votre affaire.*

Les lettres de mon père étaient aveugles, écrites à tâtons, il ne savait pas si elles seraient lues. C'est peut-être pour cette raison qu'il témoignait si peu de compassion. Mais, même après avoir admis qu'il n'était plus sûr de rien, qu'il craignait que sa science ne soit pas la bonne, il n'a pas reçu de réponse. Egon avait tout lu, et aussi le passage sur le désenchantement après l'échange des prisonniers de guerre, car cette lettre était toute froissée dans son enveloppe. Qu'avait-il pensé en lisant le passage sur le soldat britannique sans visage ?

Le tir lui avait emporté entièrement la mâchoire inférieure, ainsi que la partie latérale du maxillaire et le palais. Le médecin militaire avait essayé de refermer la plaie avec ce qui restait de peau. La blessure était sèche mais les tissus commençaient à proliférer. S'il avait été plus âgé, il aurait été moins sujet à l'hypergranulation, mais je pense qu'il a tout au plus vingt ans. Intéressant : nous déterminons l'âge en examinant les yeux. Son regard était toujours celui d'un jeune garçon, un fils de paysan probablement, envoyé tout droit des champs à la guerre. Vierge, sûrement. Quelle femme aurait maintenant envie de l'embrasser ? Il n'a plus de lèvres pour le baiser, pour le sourire, pour chuchoter. Il ne peut plus que regarder fixement devant lui, pour le restant de sa vie. Tu as peur de perdre la face, mais cela aurait pu être bien pire.

Une nuit, Egon a dit :

– Tu me trouves repoussant ?

Je me suis assise sur lui et j'ai mis ma langue sur l'effilochure qui partait du coin de son œil. C'était juste la bonne taille. Il a frémi un instant, la peau mince était sensible, mais il a brusquement détourné le visage. Les blessures de guerre ne doivent pas être léchées. Pourtant, je l'avais excité. Je me suis dégagée et je l'ai laissé. Je ne voulais pas avoir pitié de lui, de tels sentiments sont insoutenables. Le soldat mutilé, quel est son sort à présent ? Juste après la guerre, il y avait peut-être une jeune fille qui l'attendait, qui a léché les larmes sur ses cils et répété bien haut qu'il était un héros, mais à présent, vingt ans plus tard, elle s'était probablement enfuie, chassée par son mutisme.

– Je devrais peut-être me mettre à l'épée, ai-je dit en passant le beurre à Egon.

Je le regardais d'un air provocateur. Je savais qu'il allait protester.

– L'épée, cette arme pesante pour vieux messieurs ? Ridicule ! Tu dois te servir de ta rapidité au contraire.

– Avec une épée, au moins, je n'aurais pas à me préoccuper de ce stupide droit de l'attaquant.

– Le droit de l'attaquant n'est pas stupide, a-t-il dit. Deux morts dans un duel, ça, c'est stupide. Accorde à l'autre son droit de l'attaquant, sa vie. La mort se contente d'un seul homme – même un mourant le comprend. Si la guerre se fait dans les règles, tout le monde accepte ce qui en advient.

Il a secoué la rôtissoire au-dessus du feu et s'est tu pendant que le beurre fondait. Un court instant, j'ai vu son âge, affaissé qu'il était contre la commode, trop basse pour lui.

Pas un héros, pas un révolutionnaire mais un homme riche et sourd, comme l'avait dit Heinz. Je n'avais pas envie de voir ça. Je savais que, tant que les rideaux resteraient fermés, je reviendrais dans son lit.

5

Il suffisait de regarder la loutre manger pour que l'appétit vienne. Pour chaque bouchée, l'homme tournait son assiette, se demandant s'il allait piquer sa fourchette dans un morceau de cerf à la sauce poivrade ou dans une pomme cuite. Ensuite, il observait la salle en mâchant. J'étais assise à côté de lui et je l'entendais grogner de satisfaction.

– Les meilleurs chasseurs remuent les casseroles, Egon. C'est délicieux !

Avec des bougies dans un seul lustre, la lumière de la salle était feutrée, de même que les voix des deux étudiants qui n'avaient pas rejoint la table et levaient leur verre dans un coin sombre. Le premier samedi d'octobre avait été réservé pour la Mensur. Par la fenêtre, je voyais l'automne souffler en tempête sous la lanterne du jardin, l'été avait été pulvérisé ; rameaux brisés, feuilles putréfiées, débris, poussière qui se soulève encore pour quelque temps. Sans le vent tout aurait certainement été silencieux au domaine. Maintenant les chevaux hennissaient contre la violence de la nature et, devant la fenêtre, une araignée essayait de se maintenir dans sa toile tremblante. Il était peut-être temps de retourner à la ville.

Nous étions huit à table. En plus de la loutre, le maître avait invité les quatre Paukants de la journée. Deux d'entre eux avaient la tête bandée et les deux autres un pansement sur la joue. L'Impartial, le type trapu qui avait déjà arbitré la fois précédente, était assis entre eux. Il s'était jeté sur la nourriture avant même qu'un toast ait été porté et ne s'était pas arrêté quand l'un des Paukants avait fait sa prière. Les jumeaux semblaient fascinés par tout ce qui se passait. C'était la première fois qu'ils assistaient à la Mensur et, bien qu'ils se soient mordu les poings de nervosité pendant les duels, ils essayaient de se conduire de façon exemplaire. L'Impartial avait vidé son assiette avant tout le monde. Il s'est redressé sur sa chaise en soupirant d'aise, a dénoué sa serviette en prenant tout son temps, a heurté, ce faisant, un Paukant à la mâchoire avant de roter, *in extremis* dans son poing. Egon a fait semblant de ne rien voir. Son pied a rencontré le mien et il est resté contre lui. J'ai ressenti comme une torsion monter de mes entrailles. Craignant que mon voisin de table ne diagnostique le phénomène, j'ai retiré ma jambe, mais le docteur regardait simplement mon décolleté. Encore un grognement.

– Une beauté néerlandaise, Herr von Bötticher, vous savez, bien sûr, qu'il faut être très prudent avec ces choses-là.

Egon ne le regardait pas. Il se régalait du plat qu'il avait préparé. En fait, il aurait aimé que ce soit le seul sujet de conversation. Il l'avait déjà laissé entendre à plusieurs reprises : c'était lui qui avait préparé ce repas, pas Léni, elle n'aurait pas pu avec ses petites mains, qui pouvaient réussir des plats rhénans, cette nourriture de pauvres. Non, évidemment, ce n'était pas ce qu'il voulait dire car préparer un repas de roi avec des restes était tout un art, qu'elle maîtrisait, absolument, mais ça c'était de la nourriture noble. Dans un bruit sec et un doigt dans la sauce, il a posé la rôtissoire sur la table et désigné le plat en mâchant : pavés de cerf aux cèpes et giroles, jeune cervidé du pays, douze épois, allez donc voir ses bois dans la cuisine, la bête a été abattue au début de la période de rut. Si les chasseurs avaient attendu un mois de plus, elle aurait été décharnée d'avoir beaucoup bramé.

– Mata Hari, vous vous souvenez ? Elle était néerlandaise elle aussi, a rappelé la loutre. Son pays est resté vierge pendant la guerre, mais elle ! Ah, c'était une artiste ! Je vous ai dit que je l'avais vue danser à Vienne ? Seulement danser, hein, rien de plus. C'était déjà assez impressionnant. C'était un numéro avec un voile. À la fin, elle se laissait tomber comme un lemming, nue. Se pourrait-il, Herr von Bötticher, que cette dame nous ait été envoyée par les Français ? Regardez, elle rougit. Maastricht, hein ? Le temps est mûr pour de telles actions, aussi mûr que cette délicieuse Berlepsch.

Il a posé furtivement son bras sur mon épaule et je me suis redressée, un sourire mystérieux sur les lèvres. Mata Hari, bien, ça m'allait. Si on m'avait envoyée pour enquêter, j'aurais accompli ma tâche avec dévouement. Mon père voulait des réponses. Il n'y avait pas droit, peut-être, après tant d'années ? Egon continuait à mâcher tranquillement.

– Chapeau, Herr Reich, vous êtes un connaisseur.

– Pardon ?

– Les pommes. Ce sont bien des Berlepsch. Le jardin en est plein. Vous pourrez en ramasser quelques seaux avant de partir.

La loutre a été surprise par sa réaction. Il s'attendait à une boutade, comme en font les hommes entre eux. À nouveau son bras sur mes épaules.

– Je plaisantais, bien sûr. Je n'aurais pas dû vous comparer à cette courtisane, c'était déplacé. Vous, vous êtes fraîche et innocente comme l'agneau qui vient de naître.

S'il savait, me suis-je dit. J'ai voulu faire la coquette, mais l'Impartial a pris la parole avec le dédain du malappris qui, invité à la table de gens au-dessus de sa condition, se conduit comme si la richesse de son hôte lui était due. C'est le regard qu'il portait sur toute chose, en estimant la valeur ébahi et envieux.

– Messieurs, j'en ai assez entendu et j'en ai assez vu. Toi, Mata Hari, quand est-ce que tu t'en vas ?

J'ai serré dans mon poing un porte-couteau en cristal en regardant droit devant moi. Le malotru m'avait tutoyée ; même la loutre ne se le permettait pas. Mais il avait également posé la question que tout le monde évitait. En fait, j'avais été dépêchée là sans mission. J'avais fait ma valise, enfilé une robe correcte et hop, au trot à la gare avec mon père. Nous avions parlé du voyage aller, pas du voyage retour. Nous avions discuté en détail du déroulement du trajet : le quai d'où partait le train, s'il n'était pas préférable de payer un peu plus pour que je sois placée à l'avant plutôt qu'à l'arrière du train, sur un siège près de la fenêtre, si je tiendrais pendant tout ce temps avec mon gâteau à la pâte d'amandes, ce que j'emportais comme lecture, si le paysage serait beau. Mon père avait parlé une bonne heure d'un voyage de quarante minutes. Pour finir, il m'a fait remarquer la hauteur du marchepied afin que je ne trébuche pas. Un au revoir comme bien d'autres, quand dans la hâte, le bruit, la vapeur, seul le départ compte, que la destination est passée à l'arrière-plan et ce qu'on laisse derrière soi, on n'y pense qu'une fois le train mis en branle. Alors on voit le passé s'éloigner sur le quai, faisant de grands signes et étonnamment petit, toujours une marche plus bas que les voyageurs. Mon intention était de revenir comme la meilleure fleurettiste de Maastricht. Un mois plus tard ce projet s'était brisé sur les vagues de l'amour, enlisé dans une énigme, à moins que je n'aie été amoureuse de l'énigme. En tout cas, quand et comment je rentrerais à la maison, c'était bien le cadet de mes soucis.

– Encore deux semaines, a dit soudain Egon. Et elle aura achevé sa formation.

Les jumeaux se sont poussés du coude. Je fixais mon assiette, dont le contenu était trop négligeable pour m'occuper bien longtemps ; elle serait vidée en un rien de temps et je n'avais absolument rien à dire. L'Impartial a reculé sa chaise en raclant le sol puis s'est mis à arpenter la salle. Il posait des questions mais n'attendait pas de réponse, comme quand il a demandé si les Néerlandais avaient l'intention de rester à nouveau neutres à la prochaine guerre.

– Car, c'est absurde, vous comprenez. Ceux qui se proclament neutres au milieu d'un conflit ne vivent pas en paix, mais dans l'attente d'une déclaration de guerre. On ne peut pas demeurer intouchable bien longtemps. Vous comprenez cela, quand même ?

– Ah, laissez donc la demoiselle tranquille, qu'est-ce qu'elle sait de tout ça ? a grommelé la loutre.

– Probablement plus que nous tous ici, a repris l'Impartial. À la prochaine guerre, il faudra bien que les Néerlandais prennent parti. Et j'ose croire qu'eux, des Germains par-dessus le marché, seront assez sages pour choisir le progrès.

– Votre guerre m'intrigue, Herr Raab, a dit Egon négligemment. Herr Hitler ne s'est jamais battu en duel, contrairement à Bismarck. Vingt-deux fois pour être exact.

L'Impartial a gonflé ses joues puis laissé l'air s'échapper lentement. Ensuite, il a pris le bonnet à poil qu'Egon avait posé au bout de la table. Tout le monde s'est tu quand il l'a fait tourner au bout de son doigt. Et même quand il l'a laissé tomber et l'a balancé en l'air du bout de sa chaussure.

– Un conseil d'ami, Herr von Bötticher : faites attention à ce que vous dites. Ce n'est pas la première fois que je vous surprends à prononcer des paroles hostiles à la patrie. Vous avez la critique facile, je crois. J'aimerais bien savoir ce qui vous dérange. Pour qui ? a-t-il ajouté en soulevant le bonnet.

D'un grand geste du bras, il l'a lancé aux étudiants au fond de la salle. Le maigrichon l'a attrapé et l'a posé sur sa tête, provoquant l'hilarité des autres. Ils n'avaient rien à craindre de leur hôte, qui allumait un cigare à une distance d'une piste d'escrime au moins.

– Herr von Bötticher, qu'est-ce donc qui vous dérange ? Que le Führer ait eu le courage de se torcher avec le pacte de Locarno ?

Ah oui, ce n'est pas correct, il aurait sûrement mieux valu laisser les Français en Rhénanie. Pour des Bohémiens comme vous, s'entend, buveurs de cognac et grignoteurs d'ail. Ce qu'un simple étudiant comme moi ne peut pas s'offrir.

Ricanements. Plus forts à présent. Le maigrichon s'est posté devant le miroir et a redressé le bonnet sur sa tête. L'Impartial a posé un bras sur ses épaules et dit à leur image fraternelle dans le miroir :

– Voyons, laissez-moi réfléchir. Si ce n'est pas la Rhénanie, qu'est-ce que c'est alors ? La loi sur la citoyenneté du Reich, peut-être ? L'autoroute du Reich ? Ou est-ce le plan quadriennal pour l'armée qui vous gêne ? Je ne vous suis pas, vous savez. Vous devez éclairer ma lanterne.

– L'artillerie n'est pas un bon moyen pour relancer l'économie, a dit la loutre. Il serait plus sage d'investir dans la connaissance. Ce qu'on a dans la tête, personne ne peut nous le prendre.

L'Impartial lui a jeté un regard apitoyé.

– Vous ne croyez quand même pas que je vais me laisser embringuer dans vos salades. Votre économie n'est pas la mienne, Herr Reich, vous le savez parfaitement. Je crache sur vos loges, prétendument mystiques mais qui, en fait, sont à la botte des Juifs qui contrôlent les journaux et l'université pour que les leurs continuent à infester notre culture. Mais plus pour longtemps, messieurs, plus pour longtemps. Dieu que vous avez peur de votre propre peuple !

Il tournait en rond et faisait craquer le parquet. Je l'imaginais en train de lacer ses souliers le matin, rouge comme une pivoine parce que ses bras étaient trop courts pour son corps. J'étais certaine qu'il rangeait ses chaussures l'une près de l'autre avant de se coucher dans son triste lit de célibataire, qu'il restait éveillé une bonne heure avant de trouver le sommeil, qu'il pleurait parfois de colère et de solitude. Et je voyais devant moi, vingt ans plus tard, un chemin sombre où Egon faisait arrêter son carrosse pour un vagabond qui, de remords, pétrissait sa casquette. Mais, en attendant, l'homme arpentait la maison de son hôte comme s'il était le seul enchérisseur d'une vente publique. Il s'est immobilisé devant une scène de chasse accrochée au mur.

– Est-ce la peur, Herr von Bötticher, qui fait que vous vous cachez derrière votre vieil argent, bien loin de la plèbe ? Ces gens n'étaient-ils pas vos semblables quand ils tombaient, pauvre chair à canon, à votre avant-garde du front ? N'est-ce pas la raison pour laquelle vous êtes revenu vivant et pas eux ?

– Posez le bonnet sur la table, a dit Egon calmement.

L'étudiant s'apprêtait à obéir mais l'Impartial l'a retenu.

– Est-ce que vous savez que cet emblème est celui des SS depuis plus de dix ans déjà ? Ils portent maintenant la tête de mort parce qu'ils sont vraiment prêts à mourir. Leurs chefs sont tous, sans exception, d'excellents escrimeurs. Et ils accomplissent la révolution dont vous ne voulez rien savoir. Vous tournez le dos à la scène du monde, confiné dans de la peluche d'opérette. Je ne peux pas taire plus longtemps vos opinions au parti. Je suis vraiment désolé, je dois partir. Remerciez Léni pour le copieux repas. Anton, Leo, Willy et ceux qui se sentent concernés, suivez-moi. Ça pue la cire antique, ici. *Heil Hitler !*

Six hommes ont quitté la salle, un Paukant a marmonné quelque chose à propos de l'automobile et couru derrière eux. La porte a claqué dans son dos. Egon a fait tomber la cendre de son cigare, qu'il a remis à sa bouche, puis est allé au milieu de la salle pour récupérer son bonnet. J'admirais le calme avec lequel il fumait. Il ne faisait même pas de ronds avec la fumée, non, il aspirait et expirait tranquillement. Le médecin a brisé le silence en émettant une toux rauque.

– Mes excuses à la demoiselle, je me suis trompé. Le véritable espion de ce dîner vient de quitter la salle. On devrait cesser de le prendre comme Impartial, Egon. Un mufle pareil !

Les Paukants qui étaient restés échangeaient des regards nerveux. Le grand jour, où ils auraient dû fraterniser dans un pacte sanglant, se terminait dans la dissension. Ils semblaient regretter, à présent, la blessure qu'ils s'étaient infligée dans la clandestinité. Ils auraient peut-être préféré retourner à la ville eux aussi, plutôt que de demeurer dans l'époque révolue du Raeren. Le maître a remarqué leur hésitation.

– Je voudrais vous dire quelque chose à propos de cet emblème, a-t-il déclaré. La tête de mort. De nos jours, on ne vit plus avec la mort. Ce n'est pas hygiénique, trouve-t-on. Demandez au Pr Reich. Il apprend à ses étudiants qu'un cadavre doit être évacué le plus vite possible dans un tiroir coulissant, comme le résidu d'une opération ratée. La dépouille mortelle. Mais nous, les hussards, nous vivons avec la mort. Elle nous donne le courage de nous venger. Avec les méthodes guerrières modernes, la plupart du temps on n'a pas à attendre que le cadavre se décompose. Après un éclat d'obus, il ne reste pas grand-chose de l'individu, de l'ami qu'il a été. Je me souviens…

Il s'est éloigné. Que voulait-il dire ? Avait-il frôlé la mort avant d'être blessé et retiré du front ? Il ne nous a plus parlé de son souvenir.

– Herr Reich, j'ai une question à vous poser, a-t-il continué. Vous, en tant que médecin, dites-moi pourquoi la mort emporte les uns tandis qu'elle épargne les autres ? Vous pouvez répondre à cette question ? Qui ou qu'est-ce qui décide que certains sont intouchables ?

Tandis que la loutre cherchait une réponse, Egon restait planté devant la fenêtre. Il ne pouvait y voir que son propre reflet, mais ce qui se passait dehors se laissait assez deviner : pluie et tempête. La tempête hurlait si fort qu'on n'avait pas entendu la voiture de l'Impartial s'éloigner. Peut-être n'était-il pas parti, peut-être rôdait-il encore, avec son trop-plein d'hostilité, entre les murs du

Raeren ? Peut-être que ses comparses et lui buvaient le thé avec Heinz en partageant leur aversion pour Egon ? Une idée qui me donnait le frisson, sans que je sache très bien pourquoi. Il est tentant de dire, après coup, que j'avais intuitivement choisi le bon camp, que j'avais pressenti qui serait du bon et qui du mauvais côté, mais j'étais tout simplement amoureuse. Comme il se tenait là, devant la fenêtre, mélancolique et intransigeant à la fois, le choix n'était pas difficile.

– On le rencontre sur tous les champs de bataille, le soldat intouchable. En général, on le voit de dos, car il marche devant nous. Il avance calmement, il se tient bien droit alors que les balles lui sifflent aux oreilles. Elles ne le touchent pas, il le sait. Mais, alors qu'on s'étonne, on comprend qu'on n'est pas comme lui. On ne fait pas partie des intouchables. Et c'est à ce moment-là qu'on est touché.

Le silence s'est installé tout à coup. La pluie tombait en poussière sous la lanterne, le hurlement dans la cheminée s'est estompé. Les jumeaux se sont regardés. Je savais ce qu'ils pensaient. Quelque chose me disait que leur peau pâle ne resterait pas intacte très longtemps, peut-être parce que j'imaginais parfaitement le rouge du sang qui coulerait sur leurs joues.

– L'invincibilité, a dit la loutre. J'ai lu autrefois un essai plutôt intéressant sur le sujet. Avez-vous entendu parler de Girard Thibault ?

Egon a froncé les sourcils.

– J'ai déjà entendu ce nom-là. Bizarrement, je ne sais plus où.

– Son livre, *Académie de l'Espée*, est probablement le traité le plus détaillé jamais écrit sur l'art du combat. Dix-septième siècle, République des Pays-Bas. Il s'appuie en grande partie sur les principes de l'École espagnole.

Egon s'est dirigé vers la porte.

– Je reviens tout de suite. J'ai quelque chose qui va sûrement vous intéresser.

Quand il a quitté la salle d'armes, j'ai immédiatement compris qu'il allait chercher la gravure. Thibault, j'avais reconnu son nom plus vite que lui. Mon Dieu. Non, pas maintenant !

– Vous le connaissez certainement, m'a demandé la loutre. Thibault, votre compatriote ?

– J'ai vaguement entendu parler de lui, ai-je murmuré.

Je savais qu'Egon était maintenant dans sa chambre, qu'il se penchait sur le tiroir et constatait que l'enveloppe verte, la *Poste restante* de ses propres lettres, avait en son entier disparu. S'il avait rangé ses archives selon un ordre précis, il comprendrait immédiatement que j'avais aussi fouillé le reste. Il verrait mes mains remuer son passé et décider, au petit bonheur, de ce qui pouvait demeurer et de ce qui devait disparaître. Personne, dans la salle, ne soupçonnait ce scandale. Les jumeaux étaient insouciants ; on réglait toujours tout à leur place, ils n'avaient pas besoin de résoudre des énigmes, ni de se mêler aux discussions. Ils n'avaient pas à choisir entre un camp et l'autre puisqu'ils étaient eux-mêmes les deux camps.

– Il a étudié les mathématiques à Leyde, le vieux Thibault, a dit la loutre. Ensuite il a fondé une académie d'escrime dans le centre d'Amsterdam. Tous les notables des Pays-Bas sont passés par son école à l'époque. Aujourd'hui, peu de gens ont entendu parler de lui. Mon ami néerlandais possédait certaines de ses gravures dans sa maison. Il m'a donné quelques explications. Si on veut suivre sérieusement la méthode de Thibault, il faut avant tout s'armer de patience, mais cela finit par porter ses fruits. Nous ne devons pas nous méprendre, c'est un écrit du XVIIe siècle, mais il serait tout aussi utile de nos jours. À notre époque, justement…

Egon a pénétré à nouveau dans la salle et son regard s'est immédiatement porté sur moi. Pas fâché, mais il ne l'était pas non plus quand l'Impartial l'avait offensé. J'ai souri pour m'en assurer, il a alors plissé les yeux et s'est adressé au médecin.

– Voilà ce que son père m'a donné, en même temps que sa fille.

Le professeur a retiré ses lunettes et regardé l'image qu'il surplombait.

– Oui ! Bigre ! Ça vient de l'école de Thibault ! Ça alors ! Il y a encore beaucoup d'autres images comme celle-ci, vous savez, des centaines, c'est tout un livre en fait. Le père de la demoiselle, le médecin de Maastricht ? Ça ne m'étonne pas car Hippocrate a dit : le corps humain est un cercle. Nous, les médecins, nous comprenons cela.

Il a promené son index sur les figures géométriques de la gravure. En regardant par-dessus son épaule, j'ai vu que la figure masculine portait une épée devant un corps dont la moitié droite était écorchée. La poignée était à hauteur de thorax et la pointe touchait la ligne intérieure d'un cercle. D'autres lignes partaient de ce point d'intersection pour former un chemin sur lequel étaient tracés des pas. *EX HOC CIRCULO ICTUS MOTU TOTIUS BRACHIL VIBRATUR*, pouvait-on lire dans le cercle.

– Dans nos corps, tout tourne en cercle, a continué la loutre. Nos mouvements, notre respiration, et même nos pensées. Nos articulations ne font pas des va-et-vient, elles tournent elles aussi.

Il a avancé les mains. Alors, seulement, j'ai remarqué qu'il portait une alliance coincée dans la chair de sa main gauche comme un col de pigeon faisant la pariade. Un mariage qui tenait depuis des années. Il avait dû être charmant en jeune époux.

– Regardez, a-t-il dit. Nous sommes une unité géométrique et numérique parfaite. L'homme est la mesure de toute chose, Protagoras le disait déjà. Nous sommes le nombre 10. Dix doigts. Deux mains de cinq. Sur chaque main nous comptons quatre doigts et un pouce. Un doigt a trois phalanges, un pouce en a deux. Un, deux, trois, quatre, cinq – dix. Le temple de Salomon a été construit selon ce principe, l'arche de Noé itou. Consultez la Bible : l'arche de Noé s'inspire des proportions du corps humain.

Trois cents aunes de longueur, cinquante de large, trente d'épaisseur et dix de profondeur ; ce sont les proportions divines qui parcourent toute la création.

– Viens-en au fait, a dit Egon en fronçant les sourcils. Nous parlions de l'invincibilité.

La loutre a ricané.

– Tu veux entrer immédiatement en action, mais là est justement le hic.

Il s'est mis à marcher en rond dans la salle, le regard concentré sur ses pieds, comme s'il faisait ses premiers pas.

– Les proportions, c'est ce qui importe. Équilibre, symétrie. L'homme, surtout, qui marche sur deux jambes, doit être très conscient de cet équilibre. Nous sommes les seules créatures à naître au monde entièrement démunies. Nous n'avons ni épines ni crocs. Nous avons notre raison, qui se développe graduellement et reconnaît les armes des autres. Un homme véritablement courageux, un homme conscient de sa force ne se défend pas par l'attaque. Il attend. Nous, les Allemands, nous devrions, aujourd'hui, montrer un peu plus de patience. Ne pas agir dans la précipitation en gueulant des chansons comme la dernière fois.

– En 1914, tout le monde avait envie d'une guerre, a dit Egon. Tu le sais parfaitement. Je ne vois toujours pas où tu veux en venir.

Les deux hommes buvaient depuis un moment de l'eau-de-vie de prunes. Entre le quatrième et le cinquième verre, ils avaient commencé à se tutoyer, alors que nous écoutions la gorge sèche. La loutre s'est penchée vers les jumeaux.

– Vous deux, vous pouvez aller vous mettre là ? L'un en face de l'autre, s'il vous plaît. Non, pas en garde. Comme ça, c'est bien.

Friedrich semblait désemparé alors que Siegbert écoutait depuis un moment avec attention, cette même attention avec laquelle il avait enterré la taupe. Il voulait étudier l'arpentage tandis que Friedrich se sentait mal à l'aise à l'idée que son frère sache quelque chose que lui ne comprenait pas. Maintenant, ils étaient l'un en face de l'autre. Contrairement à la loutre, je savais les différencier.

– Nous avons ici deux personnes parfaitement identiques, a-t-il dit. Mais en fait nous sommes tous semblables.

Egon a levé les bras au ciel.

– Non mais quelle soirée ! Voilà que tu te mets toi aussi à dégoiser ces salades socialistes !

– Non, tu ne comprends pas mon propos. Les proportions de toutes les personnes saines – donc pas de celles qui souffrent de nanisme ou d'acromégalie – sont les mêmes. Il n'y a pas de différence entre le corps d'un noble et celui d'un vagabond quand ils ont été lavés et revêtus de la chemise du patient.

– Balivernes !

– Quand tu comprends qu'en fait l'ennemi n'est pas différent de toi, tu peux, avec un simple petit calcul, prévoir la portée de ses mouvements. Pourquoi alors se précipiter comme un sauvage sur sa proie ? C'est sa raison et seulement sa raison qui rend l'homme inviolable. Pas l'esbroufe, les plumes déployées ou les hurlements dans les bois. Il est déconcertant de se confronter à cette sagesse du XVIIe alors que nous sommes revenus au temps de la bête.

– Quel est le problème avec la bête ? a demandé Egon. Il faut réchauffer la bête en soi. Seul l'animal sauvage est libre, en parcourant son territoire, en se battant, en gagnant, en mangeant sa proie. Trop de culture apporte la dégénérescence.

– Tu es peut-être plus près du national-socialisme que tu ne le penses, mon ami.

– National, c'est sûr, socialisme, pas le moins du monde.

Ils ont à nouveau levé leur verre en ricanant. J'ai fait glisser la gravure vers moi. Dans le coin gauche, il y avait un escrimeur dans sa tenue complète en face d'un homme en haillons qui essayait de lui donner un coup de pied. La sagesse contre la force brute, même un enfant pouvait le comprendre.

– Tu sais, a repris la loutre en retournant vers les jumeaux, au XVIIe siècle, les gens avaient déjà compris qu'il ne servait à rien de donner des coups dans tous les sens comme une bête. Un coup bien porté suffisait à retirer tout l'air des poumons d'un adversaire.

Il a posé sa main sur le torse de Friedrich, là où sa chemise était déboutonnée. La mère de ces deux-là s'occupait bien de leur garde-robe. Ils avaient apporté beaucoup plus de vêtements que moi, et apparemment ils étaient capables de s'habiller tout seuls. Chaque jour une nouvelle chemise à mailles fines, par-dessus une veste en laine ou un spencer, parfois des bretelles, jamais de cravate. Peut-être qu'ils s'habillaient l'un l'autre. Ces derniers jours, je les voyais de plus en plus souvent arborer des tenues différentes.

– Bien que, médicalement, ce ne soit pas juste, poursuivait la loutre. La formulation, je veux dire. Un pneumothorax survient après un poumon percé, en fait, parce que de l'air a pénétré dans la plèvre.

Friedrich a regardé son torse, puis moi. Je n'ai pas pu réprimer un sourire, lui non plus. Dieu qu'il était beau, scandaleusement beau, vraiment. Et le pire, c'est qu'il le savait. La loutre avait maintenant saisi le bras droit de Siegbert et l'avait levé jusqu'à ce que ses doigts pointent vers le torse de Friedrich. Je ne sais pas pourquoi j'ai détourné les yeux. Peut-être à cause de la façon dont Siegbert avait foudroyé son frère après avoir surpris le regard que nous avions échangé. Je n'avais pas envie de cette joute de regards.

– Un poumon percé, continuait la loutre tout en traçant une ligne imaginaire entre les jumeaux, est le résultat d'un coup qui rend tous les autres superflus. La méthode de Thibault n'a été inventée que pour les puissants. Un savoir exclusif pour des corps qu'il fallait protéger efficacement. De nos jours, des paysans peuvent conduire des tanks, mais à l'époque les classes inférieures n'avaient pas accès aux armes, heureusement d'ailleurs. Cela peut s'apprendre, Egon. La victoire, c'est de l'algèbre. De l'algèbre pour les privilégiés.

Les yeux rouges, Egon était assis à la table. Il ne pouvait pas être d'accord. « Les meilleurs escrimeurs, m'avait-il dit, ne réfléchissent pas, ils sont portés par l'émotion, la motivation. » Il avait affirmé que le cerveau était moins rapide que l'intuition, que les chiens mordaient leur maître avant d'avoir eu le temps de le regretter. Maintenant, c'est lui qui avait l'air d'un chien avec ses yeux injectés de sang. Le loup qui s'est soumis à l'homme. Son regard ne me disait toujours pas s'il savait. Il s'est tourné vers la loutre, qui continuait à discourir tout en traçant un cercle virtuel autour des jumeaux.

– Le cercle de Thibault n'a rien de magique. Son rayon est déterminé par la longueur des armes des deux adversaires, elles-mêmes adaptées à la longueur de leur corps. Pour plus de détails, je vous conseille de lire le livre. Je crois que les bibliothèques d'Amsterdam en possèdent quelques exemplaires, et aussi celles de Barcelone. Il contient le secret de l'invincibilité. Jeunes gens, vous pouvez retourner à vos places.

Siegbert a été le premier à rejoindre la table. Il a éloigné sa chaise de celle de Friedrich, qui continuait avec insolence à chercher mon regard, mais je les ignorais tous les deux.

– Sur le champ de bataille, on ne peut pas se permettre de considérer l'ennemi comme son semblable, a dit Egon. Je l'ai dit aussi à Jacq, à l'époque. Son père, il travaillait pour la Croix-Rouge. « Aide aux soldats des deux camps, sans discrimination, partout. » Comment peut-on se battre avec de tels principes ? Si nous sommes les mêmes et que nous haïssons l'autre, n'est-ce pas de la haine de soi ? Et si nous sommes les mêmes et que nous aimons l'autre, n'est-ce pas du narcissisme ?

Léni est entrée pour débarrasser la table et nous faire remarquer qu'il était minuit passé. Je pouvais à peine le croire. C'était comme si le temps n'avait repris son tic-tac qu'au moment où la tempête s'était arrêtée. En bas, j'ai vu que le bus de l'Impartial était parti, mais sa menace planait encore dans l'air. Les Paukants ont pris congé sans nous regarder. La loutre m'a donné une poignée de main chaleureuse.

– Ainsi, vous partez dans deux semaines ? Vous allez nous manquer.

– Mon père va venir me chercher, ai-je bluffé.

Rien de semblable n'avait été convenu, rien n'avait été convenu.

Mais il savait où j'étais. Je me suis souvenue de sa stupeur quand il a appris qu'Egon vivait à Aix-la-Chapelle. Par hasard, même si ma tante aurait dit que le hasard n'existait pas. Elle avait acheté *Die Woche* pour moi parce qu'il contenait un article sur l'escrime au théâtre. Un maître des environs d'Aix-la-Chapelle avait apporté son concours pour les scènes d'escrime dans *Les Trois Mousquetaires*. Les acteurs devaient beaucoup à Herr Egon von Bötticher. Mon père, stupéfié, avait abaissé le magazine et fixé la fenêtre.

– Deux kilomètres, avait-il marmonné. Deux kilomètres par an. Pas plus.

Il voyait les poteaux de la ligne des chemins de fer derrière les maisons. Au bout vivait l'ami qu'il avait perdu vingt ans plus tôt. Une ligne droite de quarante kilomètres, coupée, en chemin, par une frontière. Deux kilomètres par an. Il n'en revenait pas.

6

Quelqu'un m'appelait, mais j'étais percluse de fatigue.

– Jeune fille.

Était-ce de l'allemand ? J'ai tendu l'oreille ; c'est devenu du charabia. Des cris véhéments et décousus. Mes jambes étaient encore lourdes sous la couverture. Je ne voulais pas me lever, je voulais rester ici. J'avais le droit de rester ici, dans ce lit, dans la chambre du grenier, au Raeren, j'y étais autorisée.

– ...

– Quoi ?

Ma voix sonnait creux dans le noir. J'essayais d'ouvrir les yeux.

– Qu'est-ce que tu as dit ?

Il s'est approché, par morceaux. L'image n'était pas complète. Seul le côté gauche de son corps était vêtu, le droit était nu. Mes paupières étaient lourdes. Dormir.

– 3,14159265. *Ratio vincit.*

D'accord. Je me suis levée. Ce genre de chose devait être résolu immédiatement, sinon cela continuait à vous travailler. Il y avait énormément de courants d'air. Je me suis enroulée dans la couverture et j'ai tâtonné alentour pour trouver l'interrupteur tandis qu'il restait planté près de moi. Avec ses yeux globuleux. Oui, je te reconnais, ai-je dit. Allez, taille-toi. Qu'est-ce que tu nous veux encore ? Où sont tes compagnons ? Tu ne les aurais quand même pas renvoyés chez eux alors que toi tu as passé la nuit à cancaner avec Heinz ? Il a fait un pas en avant, son pénis pendouillait. C'était dégoutant. Les haillons qui recouvraient la moitié de son corps ressemblaient à des hardes de soldat avec des glands dorés sur la poitrine. C'est seulement lorsqu'il s'est retrouvé dans la clarté de la lune que j'ai réalisé ce que j'avais sous les yeux. Un demi-cadavre. Son corps était pour moitié fait d'os. Seule une partie de son visage était recouverte de chair, l'autre était une tête de mort. J'ai hurlé, à haute voix cette fois et j'ai continué à hurler alors qu'il s'approchait en cliquetant. De sa gorge écorchée suivant exactement une ligne médiane ne sortaient pas des mots mais des chiffres. Je ne comprenais pas comment : ils ne sortaient pas de sa bouche, ils surgissaient simplement et remplissaient la pièce.

– 3589793238462643383279.

Je me suis réveillée dans l'escalier, à la lueur d'une bougie. C'était Heinz, avec le bougeoir. Nous avons sursauté tous les deux en même temps.

– Qu'est-ce que tu fais là ? a-t-il été le premier à demander.

– C'est à toi que je devrais le demander, ai-je dit, étonnée par l'intonation tranquille de ma voix. Ta chambre est plus éloignée d'ici que la mienne.

– Petite chipie ! Je fais ma ronde, comme depuis des années.

Il m'a toisée des pieds à la tête et j'ai croisé les bras sur ma poitrine. Il a abaissé le bougeoir.

– Ils sont là.

– Qui ?

– Tu les sens aussi, je le vois.

Il l'a dit d'un ton neutre, mais le sang cognait dans mes tempes.

– C'était un rêve. Je suis somnambule par périodes, ai-je dit.

Il a souri vaguement, parce que je venais de reconnaître que je savais de quoi il parlait.

– On rêve beaucoup au domaine de Raeren, a-t-il dit. Il y a du monde dans les airs. Tu le sens ?

Il a inspiré profondément.

– Je n'arrivais pas à trouver la lumière, Heinz. Dans la chambre, tout à l'heure. Peut-être que tu…

– Il ne faut pas avoir peur. Il y a une explication logique au phénomène. Tu connais l'histoire de cette maison ?

Je n'étais pas sûre de vouloir la connaître à ce moment-là. J'aurais préféré qu'il me précède dans la chambre, qu'il allume la lumière et qu'il la laisse allumée jusqu'à ce que je m'endorme d'un sommeil paisible. Mais il restait dans l'escalier à murmurer, une marche au-dessous de moi.

– Pendant la guerre, c'était un hôpital ici. On apportait les blessés en bas, dans la pièce qui sert maintenant de salle d'escrime. Ils étaient cinquante par rangée à crier et à saigner. À l'endroit où vous jouez aux mousquetaires, beaucoup, vraiment beaucoup sont morts.

Il a repris sa descente d'escalier. À chaque marche, les craquements se faisaient plus forts et l'éclat de la bougie s'affaiblissait.

– Vous me faites peur, ai-je dit. Vous le faites exprès.

– Pas du tout, l'ai-je entendu dire. Il ne faut pas avoir peur des esprits, il faut les chérir. Oublie la logique, elle ne te servira pas à grand-chose sur ton lit de mort. De l'autre côté, c'est l'esprit qui règne, avec la douleur, le chagrin, la peur et l'espoir.

Le lendemain matin, je me suis réveillée en pleine confusion. Je ne m'attendais pas qu'une nuit aussi noire puisse s'achever, que le soleil puisse encore briller dans cette chambre. J'entendais les cloches du village sonner à proximité. C'étaient des sons à présent, des coups appuyés les uns après les autres pour qui pouvait les entendre, et donc aussi pour nous, les extravagants du Raeren. Quand j'ai ouvert la porte du balcon, il s'est avéré qu'il faisait plus chaud dehors qu'à l'intérieur. Le paysage était un brocart finement tissé de feuillages ondulants, mais la vue s'accompagnait d'une odeur de vermoulu et, plus fort que jamais, je sentais la pourriture, les écorces et les mousses du bois de pins, les pommes qu'on avait omis de ramasser, les tas de fumier fumant et la créosote dont Heinz enduisait les portes de l'écurie. Un cortège de coccinelles comme un collier de jaspe avançait sur le rebord de la fenêtre. Huit. Quand elles ont essayé de se glisser à l'extérieur en empruntant une fente, j'ai humé l'odeur acide de leur peur. « Ils sont là, avait dit Heinz, tu les sens aussi. » J'ai regardé l'applique, sur laquelle j'avais vu en songe les figures les plus diverses – cette jeune fille avec un chapeau de paille, plusieurs fois, une dame aux cheveux gris, un gros monsieur au nez cassé, un jeune garçon très pâle. Ce n'étaient sûrement pas des esprits. D'après mon père, ce sont des fragments, des bouts de rêves crochetés les uns aux autres pour former un tout plausible. C'est ainsi que fonctionne le cerveau, il doit toujours trouver à s'occuper. « Esprit borné », jugeait ma mère. C'était d'un esprit borné que de réduire les mystères aux quelques centaines de grammes de notre cerveau. « Un kilo à un kilo et demi, répliquait mon père. Sans le liquide cérébrospinal, le cerveau s'effondrerait sous son poids tant sa masse est importante. »

Des larmes me sont montées aux yeux. Le mal du pays ? Je ne pensais pas souvent à mes parents. Peut-être qu'ils s'adressaient à nouveau la parole à présent que je n'étais plus entre eux. Nos soirées ne me manquaient pas. Mes amies, même, ne me manquaient pas. Leurs couleurs avaient passé, comme celles d'un magazine maintes fois lu. Je ne pourrais jamais leur raconter ce que j'avais vécu. Je me sentirais seule, je le savais déjà. J'aurais voulu redevenir moi-même, comme avant. C'était cela, la nostalgie, la vraie. Pas quand le voyageur se languit de retrouver son foyer mais quand il languit de se retrouver lui-même, tel qu'il était, avec ce qu'il savait, ce qu'il pensait avant le départ. Quand tout était clair. Quand ma vie était une évidence. Simple comme bonjour.

En fait, j'étais trop jeune pour ce que j'avais appris ces dernières semaines. La guerre, les duels sanglants, les esprits, les têtes de mort, les *rapports sexuels*. Comme la fois où il m'avait prise par les épaules, m'avait poussée jusqu'au lit, s'était arrimé à mon bassin en grommelant : « Oui, comme ça. » Moi, le gibier braconné. Il m'avait déshabillée dans la hâte d'une détresse morale, comme moi quand j'ouvrais brutalement ses lettres. L'indiscrétion était toujours aux aguets dans cette maison. Des tabous, des secrets, des énigmes à la pelle. Heinz le savait. Ne m'avait-il pas prévenue dès le premier jour : « À vrai dire, ce ne sont pas vos affaires » ? Et sa femme ne m'avait-elle pas ensuite conseillé de laisser fermée la grosse enveloppe de mon père ? Si seulement je l'avais écoutée ! Si j'avais laissé l'enveloppe fermée, moi aussi je serais restée intacte. Zut, zut et zut !

Je suis entrée dans la bassine et je me suis versé un broc d'eau froide sur la tête. Je me suis essuyée en sautillant pour me réchauffer. J'ai enfilé ma tenue d'escrime, pas seulement la veste et le pantalon de flanelle, comme je le faisais ces derniers temps, mais tout le fatras. Cela faisait des semaines que je n'avais pas tressé mes cheveux ; j'ai pris le temps de m'asseoir, de les peigner et de les tresser proprement. Il me restait deux semaines. Durant ces deux semaines, je me conduirais bien, même si les autres ne le faisaient pas. Le maître lui-même avait dit : elle aura alors fini son apprentissage. Bon, il serait peut-être temps qu'il commence, mon apprentissage. J'avais déjà lu toutes ses lettres, ça m'avançait à quoi ? Quant aux jumeaux, ces morveux, ce qu'ils pensaient, ce qu'ils disaient, je m'en fichais éperdument, il leur faudrait encore trois bonnes années pour apprendre à se battre correctement, et trois de plus pour devenir adultes. Léni, Heinz ? Depuis quand un hôte devait-il se soucier des domestiques ? Encore deux semaines, et ils verraient.

J'ai descendu l'escalier quatre à quatre vers la rumeur

quotidienne. Léni transbahutait les bidons de lait dans le couloir, Heinz secouait la paille de son balai sur la terrasse, toutes les portes étaient ouvertes et claquaient à tout vent tandis que des bruits poussifs, pitoyables et absolument désespérés montaient de la salle d'escrime. J'ai résolument ouvert la porte. Derrière il y avait les jumeaux et, entre eux, les quatre sabots sur le parquet, la truie. Décidément, rien n'était normal dans cette maison.

– Au nom du hussard noir, disait Siegbert en dirigeant son fleuret vers le flanc de la bête, auquel une veste d'escrime était plus ou moins attachée.

Les manches flottaient autour de ses pattes avant et la fermeture éclair bâillait sur le col. Siegbert lui infligeait des bourrades dans les côtes.

– Laisse-la partir, tu vois bien qu'elle n'aime pas ça, ai-je dit.

– Oui, laisse-la tranquille, a dit Friedrich. Détachons-la, Sigi.

La truie a poussé des cris perçants pendant la séance de déshabillage puis a filé, dans un bruit assourdissant de sabots, à l'autre bout de la salle où elle s'est terrée, le cul contre le mur. Contrairement à d'autres animaux, les cochons, à l'image des humains, semblent faire des manières. Ils se mettent à couiner avant d'être saignés. Quand le maître est entré, la truie l'a regardé droit dans les yeux, un regard d'entendement à faire frémir.

– Qu'est-ce que c'est que ça ?

– Nous jouons, maître.

Siegbert a abaissé son arme.

– *Le Hussard noir.*

– Quoi ?

– *Le Hussard noir*, vous ne l'avez pas vu ? a demandé Friedrich. Il est peut-être encore en salle. Maman disait qu'on devait le voir. C'est à mourir de rire. Ça se passe pendant la guerre contre Napoléon, le capitaine de cavalerie von Hochberg s'introduit dans le château du roi de Pologne sous divers déguisements…

– Tais-toi donc ! a dit le maître en montrant le poing. Dieu seul sait ce que vous allez voir dans ces cinémas. Comme si la réalité n'était pas assez intéressante ! Quand je vois les frasques que vous faites, j'ai l'impression que vous n'avez pas la moindre idée de ce que c'est. Vous êtes ici pour travailler l'escrime, pas pour enquiquiner un malheureux cochon. Je vais en parler à votre mère tout à l'heure. Vous vous prenez pour qui, bande de petits morveux ? Vous n'êtes bons à rien et vous êtes toujours dans nos pattes.

Les frères se sont regardés, confus. Ils n'avaient pas l'habitude de se faire houspiller, sans quoi ils auraient sûrement éclaté en sanglots. Quelque chose pouvait-il les faire pleurer ? Restaient-ils toujours impassibles ? Le maître les provoquait peut-être pour qu'ils deviennent des enfants normaux. Mais ils ne posaient pas de questions, ils s'étaient juste rapprochés l'un de l'autre. Dans nos pattes ? On ne pouvait pourtant pas dire qu'ils s'imposaient. C'étaient toujours les autres qui attendaient quelque chose d'eux, ils n'avaient jamais eu besoin de personne. Ils ont regardé le maître manœuvrer la truie vers la porte. Elle avait remué la queue dès qu'il avait posé une main sur son dos.

– Je ne lui ai pas fait de mal, a chuchoté Friedrich à mon oreille. Au début, elle avait bien envie de venir avec nous, mais Siegbert n'a pas pu s'empêcher de l'embêter. Il est devenu tellement agressif, j'ai parfois du mal à le reconnaître.

– À l'entraînement, et que ça saute ! a dit le maître. En silence ! Je ne veux pas entendre un seul mot et juste le minimum de cliquetis d'armes.

C'était un exercice que nous connaissions déjà. À chaque bruit que nous émettions, il retirait un point. Nous faisions des efforts, mais en évitant le bruit nous nous évitions aussi les uns les autres. Nous entamions des parades circulaires plus larges que nécessaire pour que nos armes ne se touchent pas. Nous nous esquivions sur la piste et plusieurs fois nous avons opéré une retraite en plein milieu d'une attaque. Nous semblions effectuer des va-et-vient dans un spectacle de marionnettes dont le marionnettiste aurait oublié le texte. Quand nous nous sommes aperçus que le maître nous avait à nouveau laissés tomber, nous avons senti monter la colère mais n'avons rien dit, nous avons gardé nos mots derrière nos masques. Seuls nos pieds frappaient le sol plus fort. Pendant la dernière partie contre Siegbert, mon halètement était audible. Il avait fait beaucoup de progrès. J'ai paré son arme avec trop de force et je l'ai attaqué au bas-ventre.

Friedrich a alors brisé le silence.

– Bravo, Janna. Démolis-le. Fais-le-lui sentir.

Siegbert a arraché son masque.

– Crève ! Ne va pas croire que je suis dupe de votre manège. Janna, ceux qui se mettent entre nous disparaissent et ne reviennent jamais. Tu ne seras pas la première.

Sur ces menaces, il a quitté la salle, nous laissant interloqués. Puis nous avons entendu claquer plusieurs portes. Des voix ont empli le hall. J'ai reconnu celles de Siegbert, Léni, et une autre voix de femme.

– Maman, a murmuré Friedrich.

C'était bien elle, hélas ! Qu'est-ce qu'elle venait faire ici tôt le matin, celle-là ? Il a remis le fleuret dans son sac et est venu vers moi. J'ai senti ce qui allait arriver. Nous essayions encore de ne pas faire de bruit. Nous ne parlions pas, nos langues étaient assez occupées. Je m'accrochais à mon fleuret, mon dernier refuge. Il cherchait ma peau sous la veste. J'ai fermé les yeux, je sentais son haleine sur ma joue, j'ai trouvé ses lèvres à nouveau. Il m'a serrée fort, et je me suis laissée tomber. Nos doigts s'étaient croisés, ils s'emboîtaient agréablement. Dans la nature, nous aurions fait un joli couple. Tous deux jeunes, éclatants de santé, le mâle un peu plus grand, blond, elle brune, vigoureuse aussi. Rien à redire. Pourquoi étais-je donc amoureuse d'un homme trop vieux, boiteux, amoché et bougon ?

Pourquoi je ne sentais rien à ce moment-là alors que dans les bras d'Egon les odeurs m'inquiétaient et me rendaient heureuse à la fois ? La nature se moquait-elle de la beauté ? Elle ne manquait pourtant pas d'harmonie. J'avais appris que les pétales d'une fleur poussaient tous dans des proportions et à distance semblables afin de recevoir la même quantité de lumière. Cependant, un bel étalon pouvait monter un vieux canasson. Je n'osais pas regarder Friedrich, craignant qu'il ne voie que cette belle harmonie me laissait froide. Il s'est retourné brusquement. Sa mère pénétrait dans la salle.

– Il est là mon enfant !

Ah, cette horrible voix ! Votre enfant est un homme. Il vient de passer sa main sous ma veste d'escrime et vous savez quoi ? Je ne porte pas de protège-poitrine. C'est un homme et vous n'avez pas idée à quel point il embrasse bien. Vous, il vous colle un baiser rapide sur la joue et il s'en va, vous faites celle qui ne s'aperçoit de rien et vous commencez à me parler.

– Alors, la leçon s'est bien passée ?

J'ai haussé les épaules. Elle a rougi, placé une mèche rebelle derrière son oreille. Une belle pierre sertie d'argent. Une aigue-marine probablement. Je sentais son haleine. Alcool. Si tôt dans la journée. Elle avait roulé jusqu'au Raeren en état d'ivresse.

– On me dit qu'aujourd'hui encore vous n'avez pas eu d'entraînement. Qu'il a été grossier envers vous.

– Pas envers moi.

Quand elle s'est accroupie, sa jupe est remontée. Ça l'amusait que je puisse voir ses jarretières.

– La *Sippenhaftung*, tu connais ?

J'ai secoué la tête. L'intérieur de ses cuisses faisait penser à un poisson blanc. Chez nous, au marché, il y avait un homme qui vendait des maquereaux fumés. Il criait toute la journée : « Grosses cuisses, grosses hanches. » Il était on ne peut plus sérieux, il parlait vraiment de poisson, seulement de poisson.

– Tu ne sais vraiment rien. La *Sippenhaftung*, c'est quand les enfants paient pour les fautes de leurs parents. La responsabilité du clan. Leur sang est mauvais ? Verse-le jusqu'à ce qu'il soit purifié. Une pratique qui remonte au Moyen Âge germanique. Les Juifs la connaissaient aussi, ne les innocentons pas trop vite. « Le roi ordonna que les accusateurs de Daniel soient amenés et jetés dans la fosse aux lions avec leurs enfants et leur femme. Avant qu'ils ne soient parvenus au fond de la fosse, les lions les attrapèrent et brisèrent tous leurs os. »

Elle m'a regardée droit dans les yeux. Aigue-marine. Même si elle les plissait, ces pierres froides continuaient à me fixer.

– Tu sens la sueur.

– Et toi l'alcool.

Rien à foutre, je l'avais dit.

– Écoute, on se calme. Je ne te mettrai pas de bâtons dans les roues. Amuse-toi avec mes garçons, tu peux les essayer l'un après l'autre. Laisse les gens les mépriser, leur cracher dessus, les violer. Parce que ce sont des fils de pute, les fruits de la trahison. Vas-y, amuse-toi puisque sous peu les barbares viendront les chercher pour une guerre ou une autre. Je les perdrai de toute façon. En fait, je ne les ai jamais eus.

Elle s'est levée et a rabaissé sa jupe. Elle était plus mince que moi. Ses hanches étaient fines comme les miennes auraient dû l'être, pas des hanches de mère.

– À moins que tu ne préfères un autre homme ?

J'ai reniflé. Si elle reculait d'un pas, elle marcherait sur mon sac d'escrime et, là, je la pousserais et elle trébucherait sur ses précieuses jambes. Je n'attendais que ça, qu'elle le fasse, ce pas. Elle a poussé un soupir.

– Tu ne vas quand même pas me dire que tu es amoureuse de ton maître ? Ah, mon Dieu, c'est un tel cliché ! Le maître et son élève. Mais qu'est-ce qu'il t'apprend, au juste ? Aujourd'hui, une fois de plus, tu n'as pas eu de leçon. Ce ne sont pas mes affaires, mais tu dois savoir…

Naturellement, elle cessait de feindre la discrétion, la fieffée commère.

– Tu dois le savoir : tu n'es pas là pour t'entraîner. Tu as été invitée parce qu'il avait un différend à régler. Avec ton père.

Ah ? Qu'est-ce qu'elle en savait, l'idiote avinée ? Complètement saoule, oui ! Elle avait les larmes aux yeux. Elle s'est mise à tourner en rond, comme la loutre l'avait fait, mais sans logique. De petits cercles furieux, de plus en plus petits, à vous donner le tournis.

– Tu es déçue ? a-t-elle dit. Egon rassemble autour de lui les gens avec qui il a un compte à régler. Vengeance de sang, d'honneur ; il se couche et se réveille avec ça. Comme un vieux Teuton. Il n'y a pas de quoi être amoureuse, ma petite, plus maintenant. Tu aurais dû le voir avant. Comme il était beau quand il est parti à la guerre ! Tout était si neuf en lui ! Ses guêtres moulantes, sa lance resplendissante avec le drapeau enroulé autour, le fond de son pantalon d'équitation… d'après moi, même sa queue était neuve. Moi, en tout cas, je n'y avais pas touché. Pas encore. Il se pourrait qu'il soit parti vierge au front, on était bien élevés, à l'époque. Tu ne me crois pas ?

Elle s'est regardée dans la glace et a défait ses cheveux. Ils étaient fins et teints. Elle a mis les épingles dans sa bouche et s'est fait une double raie.

– La décadence, ça n'a commencé que vers la fin de la guerre. Alors on s'est laissé aller. Que veux-tu ? La mort entre dans les villages et la raison s'enfuit. Que faire d'autre quand les hommes reviennent sans drapeau, sans jambes ? Nous, les femmes, nous avons renoncé. Quel que soit notre milieu. J'ai vu des paysannes aller seules au café, et des dames de la noblesse. Elles y entraient et en ressortaient au bras d'un vieil ivrogne, avec l'air de porter un panier de linge trop lourd. Il n'y avait pas beaucoup de choix.

Il suffisait que l'homme auquel elles s'accrochaient tienne sur ses deux jambes. Fidèle ? Ça ne voulait plus rien dire ; dans une guerre tout est dilapidé. À quoi peut-on encore être fidèle ? À la terre, qui comme l'ivrogne s'abreuve de ce désastre ? Et puis un officier est venu au village. Il était encore d'une seule pièce. Le lieutenant von Mirbach était en permission mais avait l'air de se réveiller d'un sommeil récupérateur de trois ans. Ah ! Il était comme nous étions tous autrefois. Parfaitement conservé. Si propre, honnête et beau, un vrai scandale ! On le suivait du regard. Je me suis accrochée à lui avant qu'une autre ne le fasse. S'il me restait un peu de dignité, c'était ma dernière chance. Je me suis soumise corps et âme et je me suis fait engrosser.

Je ne voulais pas la regarder. Pourquoi me racontait-elle tout cela ?

– Pendant la guerre, les femmes doivent se débrouiller seules, Janna. Ne sous-estime pas ce qu'il en coûte, car même le soldat au front n'est pas complètement abandonné. On lui donne des ordres et de la nourriture alors que nous, on nous abandonne avec le bétail. En Prusse orientale, les cosaques qui traversaient les villages pendaient les femmes et les enfants aux arbres, paraît-il, comme on le fait pour les cadavres contagieux. Nous avons fini par adapter notre conduite à la situation. Nous devions nous reproduire coûte que coûte.

J'ai regardé le dos sec de sa main, son petit nez symétrique, ses cheveux fins, ses yeux pâles, et la seule image qu'elle a éveillée en moi était celle d'un oiseau. Elle a sorti une longue cigarette mais ne l'a pas allumée.

– Ne va pas te sentir coupable, Janna. Ça n'a été facile pour personne. C'est parfois plus simple de subir que de voir vraiment. Ce que ton père a fait…

– Mon père n'a rien fait de mal.

Elle a eu un geste évasif de la main.

– Nous sommes tous innocents. Moi aussi. Je pensais qu'Egon était mort. Une première année sans nouvelles a passé, puis une seconde. Plus tard j'ai appris que la censure interceptait toutes les lettres qui venaient des camps d'internement. Ses mots, qui m'étaient destinés, atterrissaient dans les mains avides d'autres femmes. Oui, c'étaient des femmes qui étaient chargées de la besogne. Il paraît qu'elles sont douées pour ça. Tu voudrais, toi, lire des déclarations d'amour qui ne te sont pas destinées ? Moi, ça me rendrait triste. Jalouse aussi.

Peut-être qu'Egon le lui avait dit, directement quand elle est entrée : « La fille lit les lettres. » Combien de lettres lui avait-il écrit finalement ? Pas beaucoup sans doute, puisque les prisonniers n'avaient droit qu'à deux timbres par mois, il l'avait lui-même écrit à mon père.

– Tu as fini par les avoir ? ai-je demandé.

– Non. Et c'est peut-être mieux ainsi. Je me sens déjà assez coupable comme ça. Les lettres d'amour, ça fait partie de la guerre, mais dans mon village aucune femme n'ouvrait une enveloppe le cœur tranquille. Tous ces mots gribouillés dans les tranchées, retirés des lambeaux humides des poches intérieures des morts, ils ne s'adressaient pas à nous mais à des anges. Nous n'étions pas des anges. Ce que nous étions, nous ne le savions pas nous-mêmes et les garçons que nous connaissions à peine le savaient encore moins. La censure a décidé que je ne devais pas attendre un garçon que je connaissais à peine. Elle a décidé que j'épouserais un héros. Mon mari a plus de médailles que je n'ai de bijoux. J'étais enceinte de six mois quand il a été décoré. Nous avions tous deux une bonne raison d'être fiers. Il avait battu les Russes à Tannenberg, ensuite combattu en Alsace, puis dans la Somme. Pendant ce temps, Egon était enfermé dans son camp à ne rien pouvoir faire. *Der liebe Leibhusar.* Je préfère t'en informer, Janna. Il rêvait d'être un héros mais il était coincé. De là vient sa rancœur. Alors que j'ai si souvent essayé de lui faire comprendre qu'on n'a rien à faire pour être un héros. Il suffit d'un peu de fantaisie. Il n'en a pas.

– C'est mon maître. Le meilleur maître que j'aie jamais eu.

– Je ne veux pas te le prendre. Ton héros, je veux dire. Je n'aurais pas dû te raconter ça.

– Et pourquoi tu pleures, alors ?

Elle a secoué la tête sans s'essuyer les yeux.

– Une femme trompée ne pleure pas parce qu'elle ne veut pas perdre son mari, mais parce qu'elle a peur d'être abandonnée. Être une femme abandonnée, ça c'est terrible.

Elle a quitté la salle dans un sanglot. Je lui ai couru après et j'ai crié :

– C'est le trompeur qui est trompé !

Qu'est-ce qui me prenait ? J'espérais qu'elle allait partir, disparaître au plus vite dans son bolide. Mais elle est restée dans le couloir. Stupéfaite, je l'ai vue fouiller dans son sac, en tirer une clé et ouvrir en pleurnichant la porte du couloir menant à la chambre d'Egon. Ah, mais, ça ne se passerait pas comme ça ! J'ai jeté mon fleuret et je suis passée derrière la maison, mes chaussures de gym dérapant sur l'herbe mouillée. D'où me venait cette audace ? Je m'étais dressée contre une dame de la bonne société qui avait l'âge d'être ma mère ? Et à présent je frappais comme une forcenée contre une fenêtre derrière laquelle deux adultes me fixaient. C'était un de ces très courts moments pendant lesquels on se convainc qu'on se moque éperdument de ce que pensent les autres. Egon me regardait avec des yeux comme des soucoupes, elle se cachait la tête dans son cou et respirait l'odeur que j'aimais.

– Laissez-moi entrer !

Derrière eux, je voyais le coin de son bureau sur lequel une boîte, une caisse, non, un tiroir était posé. Bon dieu, c'est pas vrai ! J'ai cogné comme une furie sur la vitre. Il lui a parlé, je n'entendais pas ce qu'il disait, elle secouait la tête en faisant la moue. Il a chuchoté quelque chose à son oreille et elle est partie. Désinvolte comme un gardien de prison, elle a déverrouillé la porte puis l'a aussitôt refermée derrière elle. J'ai plaqué ma tête contre la vitre. Egon m'a tourné le dos et est allé s'asseoir à son bureau. Je ne voyais que ses mains. Elles ont disparu dans le tiroir, en ont retiré une carte postale et ont craqué une allumette. Elles ont lâché la carte lorsque les flammes allaient lui brûler les doigts. Des volutes de fumée s'élevaient du cendrier, flottaient sous la lampe qui éclairait la gravure de Thibault. Il a promené son cigare allumé au-dessus de l'antique gravure, qu'il a ensuite lissée comme un vagabond son dernier argent.

7

À minuit pile, la porte était entrouverte. Une heure auparavant, elle était encore fermée à clé. Je marchais dans le couloir, l'oreille tendue. Les arbres, derrière les fenêtres, ployaient sous le vent, gémissant comme la truie le matin. Pourquoi ici le vent soufflait-il plus fort la nuit que dans la journée ? Dans sa chambre, une bougie venait de s'éteindre. Encore un quart d'heure, ai-je estimé. Il dormait ou faisait semblant. Une ombre s'est levée au pied de son lit, la chienne me regardait calmement. Quand je lui ai chuchoté de se recoucher, elle a obéi dans un clappement de langue prolongé. La chambre, dans laquelle on se gelait, s'est remplie d'une odeur de pelage. Je me serais volontiers allongée auprès de son maître, qui était agréable tant qu'il dormait, avec ce torse comme un appel à se laisser bercer, mais je devais examiner son bureau. La gravure de Thibault était placée au centre. Autour, tout avait été rangé avec une précision quasi maladive : trois crayons taillés à égale distance les uns des autres ; plus bas, à droite, un compas ; sur le coin gauche, un bloc-notes dont la moitié était déchirée et, posée dessus, entre les lignes, une gomme. C'était, ai-je réalisé plus tard, le bureau d'un homme tourmenté. Il classait des objets pour chasser la confusion de ses pensées. L'une après l'autre, il avait froissé les feuilles dans son poing puis les avait jetées en boule dans la corbeille à papier. Et il dormait à présent, d'un sommeil triste. J'ai levé la bougie au-dessus de l'homme pour moitié écorché de Thibault. Sa main droite pointait vers le haut, la gauche, la main écorchée, vers le bas et les mots CONCAVITAS MUSCULORUM FEMORIS, et, au-dessus : PERINAEUM, PENIS, ANUS. Des pervers du XVIIe siècle ! Un demi-cadavre ne devrait pas avoir de sexualité. J'ai tâté le bloc-notes, des trous de compas avaient percé le papier. Sur son lit, Egon avait toujours les yeux fermés, les mains croisées au-dessus du sexe. CIRCULUS N° 1,2,3,4,5. J'ai aussi fouillé dans la corbeille à papier. Des cercles, des chiffres, des lignes, un gribouillage illisible, déchiré avec rage. J'allais me redresser quand ma main a touché quelque chose de dur. C'était un morceau de carton à moitié calciné, probablement celui qu'il avait voulu brûler la veille. Un tampon restait visible dans la suie, *Gasthuis Calvariënberg*, et, écrit à la main, *garde d'honneur E. von Bötticher*. Pourquoi n'avais-je pas trouvé cette carte plus tôt ? Je l'ai retournée.

16/8 : Dégâts causés par mousquet, buccaux. Fracture du col du fémur… syndrome post-commotionnel… fascia musculaire… vascularisation lourdement menacée. 17/8 : Traction de Br… t. 18/8 : Nécrose buccale noire, granuleuse… débridement… 1/9 : Fièvre élevée et choc.

Le carton s'ouvrait du côté mordillé. À l'intérieur, il y avait une lettre qui s'est presque désagrégée entre mes doigts.

Troubles dissociatifs… demande à être examiné plus sérieusement. Le patient s'imagine être un sosie de lui-même. Certains signes indiquent qu'il a bien une notion émotionnelle mais pas cognitive de son identité. Une confrontation avec le miroir le rend extrêmement confus, il pense qu'il y a illusion d'optique… Les troubles neurologiques sont probablement dus aux dommages causés à la tempe droite par un sabot de cheval. Le patient ne réagit pas aux stimuli de la moitié gauche du corps. Motricité f… Je suis persuadé que ce cas pourrait servir à approfondir les recherches sur l'hippocampe de Ramón y Cajal ou les travaux de Janet sur le principe de réalité et la psychasthénie. Afin de servir la science nationale et dans ce but uniquement, conscient de la gravité de la guerre et sans la moindre condescendance envers la mission de votre hôpital, la Gasthuis, je vous demande de garder le patient E von Bötticher quelques mois supplémentaires en observation, d'autant plus que, pour le moment, on ne s'attend pas à un nouvel afflux de blessés de guerre dans la région.

– Tu peux encore la déchiffrer ?

J'ai laissé tomber la carte. D'après sa voix, il était bien réveillé, mais dans la demi-pénombre, je ne pouvais pas bien juger de l'expression de son visage.

– Vous êtes plutôt doués pour cela, vous, les Néerlandais. Déchiffrer. Tout doit concorder.

– Cette note est de mon père, ai-je dit.

Une piètre excuse.

Il a hoché la tête.

– En effet. Il me l'a enfin envoyée, parce que je la lui ai demandée. J'espérais que cela me disculperait, mais il n'y a rien là-dedans qui puisse me servir. Jacq avait de grandes ambitions. Un médecin encore en formation qui voulait égaler le célèbre Cajal. Il n'y est pas vraiment parvenu, hein ? Sans mon corps il n'était rien, et j'ai dû le décevoir. Apparemment je n'étais pas assez cinglé et lui pas assez talentueux.

Je louchais vers le couloir, je devais partir.

– Je suis désolée, je n'aurais pas…

J'avais presque atteint la porte quand il m'a saisi le poignet et a pressé en ricanant ma main sur sa tête, si fort que j'ai senti son pouls battre sous la tempe.

– Pas assez dérangé, a-t-il murmuré. Et ce n'était pas un sabot, mon cheval n'est pas à blâmer. C'était un vide gigantesque et assourdissant. Depuis, cette oreille ne veut plus rien entendre. Et ça… Il a appuyé ma main sur sa cicatrice, ils ont dû le rouvrir. Pour en retirer la mort. La nécrose, la décomposition, comme dans la moitié de mon esprit. Qu'est-ce qu'il pensait ton père ? Qu'une conscience peut surmonter un tel coup ? Je suis, en tout cas, devenu un homme meilleur. Pour vivre, il faut avoir goûté à la mort. Tiens, goûte.

Je me suis dégagée d'un mouvement brusque. Alors que je m'enfuyais dans le couloir, je l'ai entendu ricaner et j'ai pris la ferme résolution de ne plus aller le voir, jamais !

J'ai tenu deux jours. Il ne sortait plus de sa chambre, et nous nous faisions tous du souci. D'après Léni, il ne mangeait rien. Elle avait remporté le plateau qu'il avait posé devant sa porte sans avoir touché à la nourriture. Heinz n'avait vu aucune lumière briller dans sa chambre au cours des dernières vingt-quatre heures. Pour lui, si le patron se conduisait souvent comme un sauvage, cette fois, ça durait quand même bien longtemps. Les jumeaux ont profité de l'occasion pour se soustraire à toutes leurs obligations. Chaque fois que je les trouvais sur mon chemin, ils étaient allongés. Sur le divan, sur le tapis du salon, l'air absent devant le feu dans la cuisine. Je m'entraînais seule, avec en tête Girard Thibault pour frère d'armes. Décomposer les gens en différentes parties, était-ce vraiment possible ? Cette méthode ne pouvait tout simplement pas fonctionner parce que personne ne se mouvait, ne pensait, ne rêvait de la même façon. Thibault partait du principe que tout le monde respecterait les règles, mais la pointe de l'arme ciblait toujours les poumons. La mort par suffocation. Et je n'étais pas du tout sûre de pouvoir la regarder tranquillement dans les yeux. Soudain j'ai eu l'impression qu'il faisait plus chaud dans la salle, comme si une autre respiration s'était jointe à la mienne. Je me suis retournée brusquement, le fleuret en position d'attaque. Elle a fait un bond en arrière, a trébuché et s'est appuyée au montant de la porte afin de ne pas tomber.

– Oh, Léni. Je ne savais pas que c'était toi.

Elle semblait plus petite que d'habitude. Elle fixait mon ventre ouaté avec respect. Elle mettait toutes les semaines nos tenues à tremper dans du soda mais ne nous avait encore jamais vus nous battre. La salle d'escrime, avait-elle décrété, était un domaine privé : ce qu'il s'y passait, elle ne le comprenait pas, elle l'admirait et s'en méfiait comme elle l'aurait fait d'une religion étrangère ou de l'université. Je me suis vue dans le miroir : j'étais toujours en position d'attaque, la dominant tel un ange blanc tandis qu'elle tirait nerveusement sur son tablier.

– Je voulais te demander… Enfin, j'ai reçu un télégramme. Si tu veux bien, si ça ne te dérange pas trop, tu pourrais m'aider à la cuisine ?

Elle s'est détendue quand j'ai rangé mon fleuret.

– Raconte-moi, Léni. J'en ai terminé ici.

– J'ai besoin d'aide. Je dois préparer un buffet pour vingt personnes. C'est une surprise, von Bötticher ne doit rien en savoir.

À petits pas dansants qui trahissaient une joie anticipée, elle m'a précédée dans le couloir, qui sentait le beurre et l'oignon.

– Je l'ai prévenu la semaine dernière déjà que je devrais bientôt aller voir ma sœur. Elle vit à Cologne. C'est une longue histoire, Janna, pas très réjouissante.

Dans la cuisine, Léni a tiré sa chaise noire du coin de la cheminée, où elle s'emboîtait parfaitement grâce à son dossier cassé. Mais, quand elle s'est assise, sa grosse cuisse a glissé hors du siège.

Elle s'est penchée en avant pour rétablir son équilibre et a murmuré :

– Ma sœur est clouée au lit depuis un bon moment, elle ne va pas bien, de mal en pis, dit mon beau-frère. Von Bötticher m'a promis que je pourrais aller la voir demain, mais depuis j'ai reçu ce télégramme.

Elle a sorti de son tablier le papier du ministère des Postes du Reich.

– Il m'est personnellement adressé, a-t-elle dit fièrement. Lis-le.

CHÈRE LÉNI DEMAIN EN FIN D'APRÈS-MIDI
QUINZE ÉTUDIANTS ARRIVERONT AU RAEREN.
SURPRISE POUR HR EGON. GARDER FÊTE SECRÈTE – DR REICH.

– Tu comprends maintenant quel est mon problème ? C'est une surprise, je ne peux rien dire.

– Et tu obéis sans réfléchir ? Peut-être que le maître n'en a pas envie !

Irritée, elle m'a arraché le télégramme des mains.

– C'est le Dr Reich qui l'a envoyé. Une mission pour moi. Donc je le fais. J'ai déjà dit à Heinzi : si le maître n'est pas content, il n'aura qu'à les mettre dehors et moi je leur donnerai la nourriture à emporter. Je soupçonne que c'est pour son anniversaire. Si j'ai bonne mémoire, l'année dernière et l'année précédente à la même date, il avait aussi des invités. J'en suis donc presque sûre. Il ne le fête jamais, mais lui demander, ce ne serait pas une bonne idée. Surtout maintenant, dans l'état où il est. Bref, on va faire trois pâtés de viande et trois tartes à la crème. Et je voudrais que tu m'aides, si ce n'est pas trop demander, car je dois aussi préparer mes bagages.

Impatiente, elle a soulevé les couvercles des casseroles dans lesquelles des carottes et des pommes de terre mijotaient dans le saindoux avec des oignons et des feuilles de laurier. Une odeur qui m'a ouvert l'appétit. Ces ingrédients pouvaient encore être la base de nombreux plats, mais elle allait y ajouter des tranches de porc et en remplir des moules que je devrais recouvrir de la pâte brisée au saindoux qui reposait sur le rebord de la fenêtre.

– Madame Julia n'a pas dit si elle venait, mais la plupart du temps elle vient sans prévenir, a-t-elle crié en battant les côtelettes. Janna, ne m'en veux pas, mais j'ai pensé… Je vous ai entendues, difficile de faire autrement. Tu pourrais me dire pourquoi vous vous disputiez ?

Elle avait un air de gamin pris en faute. Ce n'était pas à cause de son attendrisseur de viande que je me méfiais. Elle était la femme d'un domestique hargneux, et la seule façon pour elle d'attirer son attention le soir était de lui rapporter des ragots sur l'homme qu'il détestait. Je ne lui dirais rien.

– Tu veux que je lui demande si c'est son anniversaire ?

– Hein ?

Elle s'est tournée vers la fenêtre. Dehors, les jumeaux promenaient la truie attachée à une corde. Les garçons et la bête paraissaient bien s'entendre à présent, elle les suivait de bon gré. Ensuite, elle s'est assise dans l'herbe en écartant les jambes comme une courtisane.

– Il leur manque une case, a lâché Léni. Qu'en penses-tu, ce sont ses enfants ?

– Quoi ?

Avait-elle vraiment dit ça ?

– Qu'est-ce que tu racontes ?

– Il leur manque une case, a-t-elle répété. Ils s'adorent, mais en même temps pas trop. Ils me font froid dans le dos, ils donnent toujours l'impression de fomenter un mauvais coup. Il y a quelques jours, je suis allée dans leur chambre parce que j'avais entendu crier. Quand je suis entrée, le sol était inondé et la bassine était au milieu de la pièce. Ils étaient tous les deux savonnés… ce ne sont plus des gamins, a-t-elle ajouté en rougissant. L'un était assis sur le lit, le visage dissimulé dans ses mains, l'autre avait du sang sur les doigts et il le suçait ; il s'était coupé et réclamait un pansement. Dis-le-moi, a-t-elle ajouté en me regardant, pleine d'espoir.

– Ce sont les enfants de von Mirbach, point.

Son regard s'est figé.

– Plus mince, a-t-elle dit en inspectant la pâte que j'aplatissais.

Je ne suis pas obligée de t'aider, ai-je pensé. Demande donc à ton gringalet de mari. Mais à cet instant il a ouvert en grand la porte de la cuisine, et son accoutrement m'a tellement surprise que j'en suis restée bouche bée. Heinz était propre jusqu'au bout des ongles, il portait un pantalon de golf maintenu par une ceinture probablement achetée d'occasion. Il paradait dans la cuisine tel un pigeon malingre.

– Alors ? Tu lui as parlé ? a demandé Léni, pas le moins du monde impressionnée.

– Non, aucune chance. Je l'ai vu quand il se rendait aux toilettes, je lui ai dit que son cheval devait être monté, mais il n'a rien voulu entendre.

Il s'est dirigé vers la fenêtre en imitant de façon ridicule la démarche d'un bourlingueur et, les mains derrière le dos, il a fixé le ciel, où se préparait un orage.

– Quand on ne monte pas les chevaux, ils deviennent bêtes, a-t-il dit. Ils se laissent aller, oublient ce qu'ils ont appris et se dessèchent, comme leur selle. Contrairement aux humains, qui réagissent quand on les ignore, se mettent en colère et aiguisent leur langue avant d'aiguiser leurs couteaux.

– Pssst, a fait Léni.

Dehors, sous un ciel qui se colorait de vert foncé à un rythme effréné, les jumeaux en étaient venus aux mains. Ils roulaient dans l'herbe, s'attrapaient les bras et se distribuaient des taloches du plat de la main. La truie trottait autour d'eux tel l'arbitre d'un match de boxe.

– Fais quelque chose, Heinzi, a dit Léni. Ne laisse pas cet animal avec eux.

Heinz a coincé une cigarette entre ses lèvres et cherché du feu.

– Ce cochon doit être saigné.

– On a assez de viande.

– Toutes ces nigauderies, ça ne rend pas sa viande plus tendre. Elle est désorientée et se fait du mauvais sang. Il y a des gens qui dorlotent ces bêtes en pensant que ça les rend heureuses, mais c'est tout le contraire. Un jour, ma grand-mère m'a raconté une histoire sur un cochon. Elle la tenait de sa grand-mère à elle…

Il a inspiré profondément la fumée. Derrière lui, un des jumeaux plaquait d'un genou son frère sur le sol tandis que la truie les reniflait. À leur visage, on voyait que les premières gouttes étaient déjà tombées.

– … sur le cochon de l'aubergiste, continuait Heinz.

Cela se passait après l'année sans été, quand les gens mouraient de faim. 1817. L'aubergiste attendait des gens de la haute, mais il n'avait rien à leur mettre sous la dent. Les provisions étaient épuisées, la terre était stérile, les paysans ne pouvaient plus nourrir leurs enfants. La femme de l'aubergiste s'était prise d'affection pour un cochon, une vieille truie maigrichonne qui lui tenait chaud. Comme elle voyait le malheur arriver, la nuit, elle avait attaché l'animal à un arbre de la forêt et dit à son mari que la truie s'était fait la belle. L'aubergiste, au désespoir, remplissait l'auberge de ses gémissements. C'était un bon mariage et la femme ne pouvait pas supporter le chagrin de son homme. Elle lui a promis de préparer un bon repas pour les invités et s'est enfoncée dans la forêt pour chasser du gibier. Mais, après l'année sans été, même la forêt était vide. Et donc elle est allée récupérer la truie et, la mort dans l'âme, elle s'est préparée à commettre un acte horrible…

– Accouche, a grogné Léni. Tu nous embêtes avec tes fariboles.

– Eh bien, elle l'a emmenée à l'étable où, avec l'habileté d'un chirurgien, elle lui a fendu une artère sur la longueur. Après avoir tiré deux livres de sang, elle a recousu la blessure avec une aiguille et du fil. Elle a mélangé le sang avec du seigle et des oignons pour faire un délicieux *Möppkenbrot*. Le repas plut si bien aux très honorés invités qu'ils sont repassés par l'auberge sur le chemin du retour. Là, c'est l'aubergiste qui s'est occupé de la truie, et ainsi de suite pour des gens qui avaient eu vent de l'aubaine. Chaque fois, cet animal intelligent devait passer sous le couteau. Aussi, pressentant quel était son destin, la truie s'enfuyait en poussant des cris atroces dès qu'elle entendait une calèche approcher du portail. Mais l'aubergiste assoiffé de sang arrivait toujours à la rattraper. Sa femme ne le reconnaissait plus, elle ne pouvait plus supporter la situation. Elle a fini par se pendre. Horrible, non ?

Il a pris une bouffée de sa cigarette et s'est mis à rire.

– *Möppkenbrot*, vous imaginez ? Morale de cette histoire : ne soyez pas trop sentimental avec le bétail. Les cochons doivent être saignés. Vite et bien.

– Qui doit être saigné ?

Egon se tenait sur le pas de la porte, une valise et un chapeau à la main. Il avait l'air vaseux du timonier qui a trop longtemps contemplé les vagues. Il avait dû lire sans s'arrêter, peut-être comme je le faisais toujours, portée, lettre après lettre, par le désir d'arriver à bon port, jusqu'à réaliser que je n'avais rien retenu en chemin.

– Les cochons, a dit Heinz en tirant bêtement sur son pantalon, il ne faut pas les laisser gambader trop longtemps, c'est mauvais pour la qualité de la viande.

Nous avons tous regardé la truie qui s'ébrouait en trottinant.

– Dans ce cas, il faudra le faire, a dit Egon en mettant son chapeau. Je la saignerai à mon retour.

– À votre retour, où allez-vous donc ? a dit Léni.

– Je pars dès que le ciel s'éclaircira. Vous devrez tous vous débrouiller sans moi.

– Sans vous ? Mais c'est impossible ! Je vous ai pourtant dit que je devais aller voir ma sœur !

– Vous faites ce que vous voulez. Je vois que vous avez constitué des réserves. La demoiselle prendra votre place le temps qu'il faudra.

– C'est impossible ! a crié à nouveau Léni, les larmes aux yeux. Des gens pourraient venir… pour votre anniversaire.

– Mon anniversaire ? Vous délirez ? Heinz, j'aimerais que tu t'occupes des jeunes roses. Je sens qu'il faut s'attendre à de fortes gelées nocturnes.

Il a saisi sa valise et il est sorti. Léni s'est mise à virevolter de long en large dans la cuisine, tel un poulet qu'on poursuit, soulevant les uns après les autres tous les couvercles comme si la solution mijotait au fond des casseroles.

– Qu'est-ce que je vais faire, maintenant ? Ah, Heinzi, qu'est-ce que je peux faire ? Il faut l'arrêter ! Peut-être que le temps ne va pas s'éclaircir, qu'il va faire mauvais jusqu'à l'arrivée du Dr Reich ? Qu'est-ce que tu en penses, Heinzi ? Dis quelque chose enfin !

Mais un bruit de moteur se faisait déjà entendre, beaucoup moins fort, après quelques ratés, qu'on ne pouvait s'y attendre d'une aussi grosse voiture. J'ai jeté la pâte sur le bloc en bois et j'ai couru après lui.

– Arrête-le ! criait Léni. Dis-lui tout s'il le faut !

Il m'a vue dans son rétroviseur. Je hurlais et dérapais sur le gazon mouillé dans mes chaussures de gymnastique, mais il n'en avait cure.

– Vous ne pouvez pas partir sans dire où vous allez ! C'est à cause de moi ? Je suis désolée !

La voiture, tel un corbillard avec sa capote d'un noir profond, a disparu dans l'orage. J'ai cligné des yeux pour chasser les gouttes de mes paupières et j'ai vu la fumée que la voiture avait laissée derrière elle. Elle semblait vivante à traînasser dans l'air, elle aussi, avant de disparaître au tournant. Je suis restée en plan avec toute cette eau qui me coulait du nez vers la bouche, délayant les larmes sur mes joues et ruisselant sournoisement dans le col de ma tenue. Je n'avais pas froid. Je sentais à nouveau la chaleur de quelqu'un, comme le matin dans la salle d'escrime. Hélène, ai-je décidé. Je n'avais pas rêvassé depuis des semaines et mon imagination revenait avec cette impression de déjà-vu qui, comme de bien entendu, s'est évaporée dès que j'ai cherché à savoir où j'avais déjà rencontré cette gigantesque Hélène. Ces flammes sortant de sa tête couronnée de laurier, sa main tendue, brûlante… Je la connaissais et je savais ce qui allait suivre : « La flamme olympique », a dit l'un. « Non, a dit l'autre, la Vierge néerlandaise. » Ce devait être dans un rêve. Une lardure dans le lobe du sommeil. Et voilà qu'elle se mettait à parler. Elle disait que je devais partir, qu'ici je n'apprendrais rien, alors que j'étais venue pour cela. J'ai acquiescé en hochant la tête. Elle avait raison, la gigantesque Hélène, rêverie ou pas.

La réalité s'est rappelée à moi dans un hennissement. Nez au vent, par-dessus la porte de l'écurie. Quand je l'ai rejointe, elle a poussé contre ma veste ses quinze kilos d'organe olfactif, mais sa bouche qui mordillait légèrement mon habit ne me dirait pas comment la seller. C'était toujours Heinz qui sellait les chevaux, or ce que je voulais à présent ne le regardait pas. Dans la sellerie, j'ai placé la lourde selle sur mon bras gauche tandis que du droit je décrochais la bride du mur. Sur le poêle, il y avait une chabraque en feutre. Avec ça, je devrais m'en sortir, ai-je pensé. Mais, quand j'ai voulu lui passer le mors, la jument a serré les mâchoires avec l'entêtement déraisonnable d'un animal beaucoup moins malin qu'il n'en a l'air. J'avais bien vu Heinz frapper d'un doigt les dents de Loubna pour qu'elle ouvre la bouche, mais la grimace jaunâtre de Mégaira m'a découragée. Un homme avait perdu deux doigts en faisant cela dans le village de ma grand-mère. Jument effrayante. Diablesse noire.

– Bourrique, aide-moi donc !

Elle m'a regardée crânement. L'animal n'était pas pressé. Je pensais qu'il suivrait son maître sans que j'aie à lui indiquer le chemin : son grand naseau pouvait le sentir à cent cinquante mètres de distance. Mais, le temps que je la selle proprement, une demi-heure avait passé. Quand j'ai ouvert la porte de l'écurie, elle a commencé à se démener. Elle s'est mise à tourner en rond si bien que, un pied à l'étrier et les rênes dans une main hésitante, j'ai dû la suivre en sautillant sur l'autre pied. Si Heinz nous surprenait, il nous faudrait filer à toute vitesse. En fait, je n'ai même pas eu à lui donner de l'éperon. Dès que j'ai été en selle, elle a filé comme l'éclair. Je regardais horrifiée les mouvements brusques et saccadés de son encolure, une furie en mal de liberté qu'une fois lancée aucune main d'homme n'aurait su arrêter. Elle a jailli hors du porche dans un virage serré et a galopé droit vers la forêt. Il commençait à faire nuit, où avais-je la tête ? Si je tombais, ce serait lourdement, et Dieu sait où… Par précaution, je me suis penchée, mais pas assez. Une branche m'a saisi les cheveux, mes jambes sont devenues flasques, le blanc de ses yeux, ses larges narines sont les dernières choses que j'ai vues. Je savais, ou peut-être avais-je décidé, que je tomberais. Quand le cheval s'est éloigné, la terre m'a recueillie en son sein. J'aurais préféré rester allongée entre les feuilles dans ma tenue d'escrime, mais une jument qui à aucun prix ne devait s'échapper galopait dans la forêt, une diablesse qui avait une promesse à tenir, une guerre à gagner, le maudit guerrier et l'étranger ainsi qu'Hérodote avait parlé des chevaux. Étourdie, j'ai commencé à marcher. La forêt ressemblait à une boîte à images avec des arbres découpés et collés contre un décor crépusculaire. Leur cime était dénudée, seule demeurait une guipure capricieuse éclairée par une lune invisible. De petites lanternes dansaient devant moi sur le chemin, elles ne disparaissaient pas lorsque je clignais des yeux. Si j'avais su qu'il s'agissait de lucioles, je n'aurais pas paniqué. J'aurais aussi compris que les sons sortant des buissons étaient des croassements de grenouilles. Un temps j'ai cru entendre un trot désespéré. J'ai retenu mon souffle, mais le bruit s'est éteint. Comme je les éprouvais, mes insuffisances, la surdité de mes pauvres sens, l'impuissance de mes membres asymétriques et – « Mégaira ! » – la portée si limitée de ma voix alors que l'animal la percevait facilement de loin ! C'est elle qui avait l'avantage. Elle pouvait décider de revenir, de sceller une alliance opportuniste en échange d'une bouchée de l'herbe des champs, comme ses ancêtres l'avaient fait six mille ans plus tôt. Elle était là. Magistral destrier, broutant, la tête penchée. Elle sentait encore l'été récolté dans les champs et mis à sécher dans les granges. Elle me reniflait elle aussi et enregistrait mon soulagement. Après cette discussion sans paroles, nous sommes retournées au Raeren, où nous resterions jusqu'au retour du maître.

20 septembre 1917

Cher Egon,

Rien n'est plus paisible qu'un champ de bataille après les combats, quand la poussière est retombée, que le sang s'est enfoncé dans la terre, que les corps ont été évacués. Aujourd'hui, le soleil n'était pas aussi impitoyable qu'il y a trois ans, quand nous nous mordions les poings pour supporter l'odeur (le fromage de Herve, avait dit Gérard, mon infirmier de la Croix-Rouge, pense au fromage de Herve, l'odeur sera plus supportable) ; le ciel était plutôt nuageux et l'air un peu humide. Pourtant j'ai vu des hommes faucher le blé au loin. Ils ont raison, ai-je pensé, la terre ne porte pas le deuil, alors pourquoi devraient-ils se recueillir ? Naturellement, je ne savais pas à quoi ils pensaient, penchés ainsi sur ce sol. Moi, en tout cas, je me souvenais de ce jour ensoleillé de 1914.

Nous avions décidé de ne pas nous rendre sur le champ de bataille mais d'attendre un véhicule allemand qui nous apporterait les blessés, et puis nous avons appris que le véhicule en question avait une panne de moteur. Quand nous l'avons rejoint et avons constaté qu'à l'intérieur l'officier était mort, tous les infirmiers à l'exception de Gérard ont fait demi-tour. Plus loin, il n'y avait plus personne à sauver, nous avait-on assuré. Gérard était resté parce qu'il avait envie de vivre une aventure, l'imbécile ! Moi, je suis resté pour aider les hommes à creuser. Ils transportaient le patient et aussi une pelle, parce qu'ils attendaient la mort comme un invité malvenu, mais à l'évidence ils frôlaient l'épuisement et n'avaient pas la force de le ramener jusqu'à la fosse pleine à ras bord de cadavres qu'ils avaient refermée derrière eux. « Je ne creuse plus, répétait l'un d'eux. Fini pour moi. » Il m'a regardé sans me voir avec ses yeux gonflés et m'a tendu la pelle. Gérard et moi avons creusé une tombe à tour de rôle. Pendant ce temps, un soldat avait réparé le moteur, mais il ne voulait pas faire demi-tour. Il n'y avait plus aucun blessé là-bas, disait-il, seulement la Faucheuse qui faisait sa ronde à la recherche d'un reste de vie tel l'ivrogne qui, à l'heure de la fermeture, cherche un dernier reste d'alcool dans le verre des autres. Oui, si j'avais écouté mes infirmiers de la Croix-Rouge ou tes compagnons de lutte, tu étais condamné à attendre la mort.

Quand nous sommes arrivés sur place, l'odeur était irrespirable. Il n'y avait peut-être plus de blessés, mais bon Dieu à l'odeur, des blessures à foison ! Le champ de bataille, rien qu'un pré devant une ferme en fumée, était jonché de chevaux. Ils étaient étendus à l'état de cadavre, leurs ventres gonflés à l'air, mais certains agonisaient encore, les sabots tremblants et le naseau dilaté… Je me suis affairé d'un cadavre à l'autre et, malgré leur beau costume, leur casque encore resplendissant, les hommes étaient devenus laids et raides comme s'ils avaient été en bois. Pas toi. Toi, tu étais tranquillement allongé dans ton fossé, tel un nourrisson dans ses langes. Tu semblais ne pas te préoccuper des vers qui sortaient déjà de tes blessures et tu ne t'es pas plaint quand on t'a transporté jusqu'à la voiture. Le voyage vers Maastricht a duré longtemps, pourtant tu es resté allongé entre nous, un vague sourire sur ton visage en sang. Comme toi, nous nous taisions tous les quatre. Je crois que les Allemands n'auraient pas eu la force de creuser une nouvelle tombe. Ils ont dû penser : celui-là, au moins… Tous leurs espoirs se portaient sur ton corps, qui respirait encore. Ils savaient aussi que tu étais pour moi, sous le couvert de : ce que tu trouves est à toi. Tu étais le trésor que j'avais sorti de la terre, je pouvais t'examiner à mon gré.

La guerre est bénéfique à la médecine. Nous devons la découverte des antiseptiques au conflit de 1870 et, avec celui-ci, dans les universités tout le monde parlait des travaux de Jan Essen, notre propre chirurgien néerlandais, qui avait fait un travail formidable à Brno. Il avait rendu un visage à quantité de soldats mutilés qui ne pouvaient plus ni manger ni parler. J'ai lu que l'afflux constant de blessés l'avait poussé à essayer de nouvelles techniques et que le travail dans l'urgence avait stimulé son imagination. En temps de paix, avec les règles auxquelles nous sommes assujettis, de nombreux problèmes auraient été tout simplement éludés. Lui a reconstitué la main d'un soldat avec son pied gauche, un autre a eu un nouveau nez grâce aux tissus de sa joue. La guerre est un maître sanglant. Je peux t'assurer, la main sur le cœur, qu'en ce qui te concerne elle n'a pas été inutile. Ton but était peut-être de déconstruire puisque c'est, ma foi, le but de tous les soldats. Mais c'est la reconstruction qui en est sortie. Ton rétablissement, en cette journée oppressante de 1914, a marqué le début de celui de nombreux civils. C'est ce que je m'étais promis lorsque je t'ai trouvé. Nous avons, dans la mesure du possible, nettoyé et bandé tes membres blessés, constaté une fracture de la jambe, mais c'est ta tête qui a retenu mon attention. Quelque chose, là-dedans, devait avoir provoqué cet étrange sourire. C'est seulement à l'hôpital que tu as perdu conscience, mais pas ton sourire. Je venais d'étudier la théorie des localisations cérébrales et, embrouillées par l'odeur de mort et de pourriture, mes pensées s'emballaient. Comme je m'étonnais de ce sourire, je me demandais où était passé ce bellicisme qui ressortait de ton accoutrement. Et si une simple intervention chirurgicale pouvait supprimer cet inutile esprit belliqueux. Si l'argent nécessaire pour mener une guerre n'aurait pas été mieux employé dans la recherche sur le cerveau, afin que nous sachions localiser avec précision le siège de l'esprit pacifique.

Évidemment, ces considérations idéalistes se sont envolées dès notre arrivée à l'hôpital, où il a fallu agir dans l'urgence. Mais, aujourd'hui, je pense souvent à ce fameux Esser qui, dans le même type d'urgence, avait fait fureur avec un tour de force en chirurgie de la tête. Grâce à ses connaissances neurologiques, il avait réussi à retirer une balle du crâne d'un soldat qui était pratiquement condamné, et ce sans endommager le tissu cérébral. Pourquoi a-t-il choisi ensuite la chirurgie reconstructive ? Qu'est-ce qui l'a choqué dans les sciences du cerveau ? Tous les chercheurs de ce paysage secret craignent les effets de leurs travaux sur l'image qu'on a de soi. Ainsi savons-nous de nos jours que l'émotion et la raison ont chacune leur propre hémisphère. La symétrie de notre cerveau, la beauté à laquelle nous aspirons, s'avère n'être qu'une donnée anatomique.

Je t'ai déjà dit que la symétrie était la seule chose qui t'apaisait quand tu t'es réveillé en pleine confusion. Sur ta table de nuit, les objets devaient être rangés suivant un certain ordre, les rideaux tous fermés de la même façon ; un effort obstiné pour retrouver l'ordre si dramatiquement perturbé dans ta tête. Quand tu as été déclaré guéri, toi, mon trésor de la terre, et que tu as dû quitter l'hôpital de Calvariënberg, j'ai décidé de consacrer ma vie à la neurologie.

Peut-être que cette matière ne t'intéresse pas beaucoup. Sache dans ce cas que j'essaie simplement de formuler une excuse pour adoucir ton sort. Je dois, en effet, te décevoir à nouveau. Comme tu me l'as demandé, je suis parti à la recherche de ton cheval mais je ne l'ai toujours pas trouvé. J'ai demandé au maréchal-ferrant du village, j'ai décrit son apparence et sa marque au fer rouge à chaque paysan des environs. Ils ne savaient rien et se fichaient probablement pas mal que ce soit un cheval belge ou français. Deux m'ont laissé inspecter leur écurie, mais il n'y avait là que quelques grands chevaux de labour, de gros bourrins du Limbourg, quelque chose de ce genre. Du reste, si ça peut te consoler, comme nous-mêmes n'avions pas d'armes, nous avons donné l'ordre aux soldats de soulager immédiatement de leur peine les chevaux agonisants. Ce qu'ils ont fait sur-le-champ.

Dans l'espoir d'une réconciliation, je te salue,

Ton ami, Jacq

8

Ils sont arrivés le lendemain, en klaxonnant. Dix, avec une seule valise, ont sauté d'une haute Benz, le calot en biseau sur le sommet du crâne, les mains dans les poches de leur culotte de cheval. Ils n'étaient pas saouls, mais leurs gestes annonçaient assez bien l'euphorie avec laquelle ils se métamorphoseraient à l'intérieur. Ils n'en étaient déjà plus au stade des intentions. Ils avaient acquis un droit en suivant l'Impartial, mon cauchemar fait homme en capote. Il était le seul à avoir les mains derrière le dos. Raide et légèrement penché en avant, telle la souche d'un arbre mort, il regardait s'ébattre les étudiants. Ils riaient ; pas lui. Soudain, il s'est tourné vers la fenêtre de la cuisine et j'ai dû me cramponner au vitrage pour ne pas tomber. Ils se dirigeaient vers la maison. Des pas lourds dans des bottes d'équitation. Le chauffeur a fermé le bus et j'ai compris que j'avais des raisons de m'inquiéter : la loutre n'était pas avec eux.

– Il viendra peut-être plus tard, a dit Heinz.

Il a soufflé l'allumette avec laquelle il venait d'allumer le four. Tôt le matin, il avait attelé Loubna pour emmener Léni à l'autobus. Elle avait l'air d'une dame, ça l'avait fait pouffer quand elle était montée dans le véhicule en tapotant nerveusement sa voilette. Peu importait que le but du voyage soit triste, ce qui comptait, c'était qu'elle partait régler ses propres affaires en laissant tout en ordre derrière elle. Si elle en doutait, elle espérait toutefois que le maître rentrerait le soir même et qu'il apprécierait, en bonne compagnie, le pâté en croûte qu'il suffisait de réchauffer. Et, parce qu'elle n'attendait rien de son mari, qui ne l'avait pas même aidée à soulever sa valise, elle semblait avoir placé toute sa confiance dans le Dr Reich, le brave médecin qui transformerait le Raeren en un lieu de paix et de plaisir. Elle l'avait décidé aussi résolument qu'elle avait planté son chapeau sur sa tête. Et voir sa voilette danser comme un oiseau avant l'orage m'avait donné un sombre pressentiment

La loutre n'était pas venue, évidemment. Les hôtes indésirables qui cognaient à présent à la porte avaient eux-mêmes envoyé le télégramme. Alors que Heinz s'empressait d'aller ouvrir, je réfléchissais à un endroit où me cacher. L'escalier, je n'y arriverais pas à temps. La seule issue, c'était la petite porte de la réserve, à l'entresol. L'endroit était sombre et froid, je m'y suis cogné la tête. Mes doigts ont glissé sur des bocaux de conserves et sur de gros oignons à l'odeur et au contact rassurants tandis que mes autres sens ne m'étaient d'aucun secours et que mon ouïe s'efforçait d'ignorer le bruit de la menace qui approchait dangereusement : la porte de la cuisine claquant contre le mur, le chahut dans le couloir et, à une longueur de bras, une voix chevrotante :

– Êtes-vous en train de cuisiner, mon brave ?

– Bien sûr que non, c'est ma femme qui a tout préparé, je n'ai qu'à mettre le repas au four. Vous êtes combien ? D'autres sont en route ?

– Nous verrons cela plus tard, mon brave. Dites, même froid, ce n'est pas mauvais. Qu'est-ce que vous nous servez à boire ?

La porte de la cuisine a claqué à nouveau. On poussait la tyrolienne au-dessus de ma tête, mon genou s'est cogné contre la malle-cabine et je me suis assise sur le sol en serrant les poings. Des formes anciennes commençaient à se dessiner – porte-manteaux, miroir brisé, fille d'empereur avec bonnet à tête de mort –, mais ça ne me touchait plus. Le service tintait dans le placard, quelqu'un a crié de douleur, puis on a ri de bon cœur, plusieurs hommes en même temps. Le Raeren n'avait jamais été si bruyant. Bien sûr, le crescendo de nos armes brisait chaque jour le calme matinal, nous tapions du pied pour signifier la victoire et nous jurions quand nous perdions. Bien sûr, le gramophone avait résonné dans toute la maison, aussi faux que les chansons aux paroles éteintes de Léni, et il y avait eu des disputes. Mais là c'était un bruit nerveux, l'amorce d'autres bruits désastreux.

– Monsieur !

– Anton ! Allez déjà vous entraîner dans la salle d'escrime, je dois avoir une conversation avec le maître des lieux. Qu'en pensez-vous ? On laisse les garçons se dégourdir un peu, non ?

– Naturellement.

– Vous avez été jeune, vous aussi, monsieur Kraus.

– Heinrich. Mais je ne suis pas le maître des lieux, hélas.

– Ce qui n'est pas peut advenir, Heinrich.

– Un petit verre pour commencer ?

– Un petit verre, c'est un bon début.

Le froid montait du sol. Je craignais que ma vessie ne me lâche. C'était désespérant, finalement j'étais la seule femme dans cette maison. Il fallait qu'ils partent.

– Il a donc filé à l'anglaise.

– Oui, cet après-midi.

– Il a dit où il allait ? Quelqu'un a dû le prévenir, ce n'est pas possible autrement. Pourtant, s'il n'a rien à se reprocher, il n'a rien à craindre. Les gens ne cessent de m'étonner, ces jours-ci ! Pas vous ? Nous vivons une époque passionnante, Heinrich. Trinquons !

– À l'avenir !

Il y a eu un long silence, que j'ai exploré comme un chien en terrain inconnu. Les deux hommes étaient donc assis à ruminer leurs pensées, autour d'une bouteille. Ils s'étaient probablement déjà parlé. Ils avaient fomenté quelque chose qui était tombé à l'eau, et à présent ils devaient se regarder dans les yeux et chercher une solution. Mais une troisième personne est entrée dans la cuisine et a interrompu leurs pensées.

– J'ai laissé quelque chose traîner ici.

Une voix douce comme de l'huile. Friedrich.

– Fais vite alors.

Ricanements. Je me suis plaquée contre le mur. Merde alors, il venait par ici ! Quand la lumière s'est allumée, je me suis cachée derrière la malle-cabine.

– Qu'est-ce que tu fais là ? a-t-il murmuré trop fort.

– Ferme la porte !

Il a allumé la lanterne et l'a posée dans un coin. Ensuite il s'est avancé à quatre pattes vers moi.

– Tu sais que de nombreux secrets se cachent ici ? Je peux te les montrer.

J'ai réprimé un sourire. Toi, magnifique éphèbe, tu n'es pas le seul à fouiner dans la chambre au trésor de ton pédotribe…

– Pas maintenant. Attendons qu'ils partent.

– Tu peux attendre longtemps, Heinz est en train de prendre l'apéro avec ce type, tu sais, le drôle de zèbre qui est parti fâché l'autre soir, au dîner.

– L'Impartial.

– Oui. Il est en train de boire en costume d'apparat avec Heinz. On se demande pourquoi il n'est toujours pas chez les SA ou ce qu'il en reste, celui-là ! Von Bötticher a dû le lui interdire. Bah, d'après mon père, c'est le bazar en ce moment. Que des gens de la plèbe, comme notre Heinzi. Autant faire tout de suite son service militaire, dit-il.

Il s'est tu, et dans la lumière jaunâtre j'ai vu ses yeux se voiler. Il s'est rapproché de moi, j'ai senti qu'il avait bu.

– Je peux t'embrasser ?

Comme il se doit, l'éphèbe avait du poil sur la lèvre supérieure mais pas encore au menton. Il avait dû promettre aux dieux, aux olives et aux figues de son pays de défendre devant l'assemblée des démotes tout ce qui était pur. L'avait-il fait ? Je l'ai repoussé.

– Seulement si tu me défends.

– Toujours, a-t-il répondu en hochant avidement la tête.

Dans la cuisine, les hommes se raclaient la gorge. Ce qu'ils avaient décidé, ils ne le disaient pas à haute voix. Gardaient-ils les portes de leur esprit méfiant fermées pour l'autre ou communiquaient-ils par gestes parce qu'ils se savaient écoutés ?

– Puisque nous sommes là, tirons-en le meilleur parti, a fini par dire la voix de chèvre.

– Il y a assez à manger.

– Nous ne sommes pas venus ici pour manger.

– Il reviendra peut-être dans la soirée.

– Dans ce cas, il comprendra vite. Bien, on en reparlera. Un verre d'abord.

Friedrich a posé ma main sur sa poitrine. Il était brûlant, j'ai frissonné. Non, je n'ai pas froid, ai-je murmuré, mais il a glissé sa main sous mes fesses, agrippé le petit mont dans mon maillot et m'a attirée vers lui. Un petit fardeau de femme, prêt à emporter. J'ai saisi son cou des deux mains et je l'ai embrassé, il pouvait à peine respirer, j'ai reniflé sa chaleur. Dans la cuisine, on se resservait à boire, on marmonnait, on se mettait d'accord. J'ai enfoncé ma langue sur la sienne. Il étudiait mon service bas, moi son service haut.

– Personne ne sait quoi en penser. Je me souviens par exemple qu'un jour, alors qu'il revenait de la garnison d'Aix-la-Chapelle…

– Von Bötticher, il connaît des gens là-bas ?

– Il est rentré saoul. Il a dit à Léni que ça ne valait pas un pet, que les Français, s'ils voulaient, ils pourraient renvoyer les nôtres traverser le Rhin et plus loin encore, même en chaussettes.

– Quel salaud ! Je gage que les Français admirent le Führer pour ce qu'il a fait. Merde à Locarno. Je bois à la santé du Führer.

Je ne savais pas ce qu'ils buvaient mais ils en buvaient beaucoup. Ils remplissaient les verres à moitié et les vidaient cul sec. Friedrich se penchait sur moi, il paraissait plus musclé ou était tendu comme un ressort mais, dans la pénombre et le silence que nous devions garder, il sentait ce qu'il fallait faire, comme si c'était écrit en braille sur mon corps. J'ai constaté avec satisfaction que mon maillot retenait son poignet à sa place. On verrait bien.

– Quel salaud, ce von Bötticher, de dire un truc pareil ! Tu sais, Heinrich, j'étais là ce printemps, quand ils ont défilé sur le pont à Cologne. Les uniformes sobres, les visages résolus. Et je peux te dire : j'avais les larmes aux yeux. Et je n'étais pas le seul. Ça faisait tellement longtemps qu'on n'avait pas vu nos soldats ! Le courage, ça, ils ne nous le prendront pas.

– Je me souviens des hussards, ai-je entendu dire Heinz. En 1914. Il n'y avait pas de quoi se pâmer. De beaux uniformes, ça oui, mais parmi eux certains n'avaient visiblement jamais serré les poings, de joyeux gros lards qui ne crachaient pas sur les saucisses et des intellos à lorgnon dont on pouvait se demander comment ils allaient s'en tirer là-bas.

– Des intellos à lorgnon ? Des Juifs conspirationnistes, oui ! Pas faciles à éliminer, ils se faufilent partout, comme les cloportes.

La musique qui sortait du gramophone retentissait à l'étage, une kyrielle de mauvais fox-trots qui auraient fait fondre le cœur de n'importe qui, mais pas de l'éphèbe. Rien ne pouvait le détourner, lui, l'homme impétueux, de moi, la première femme. Ce qu'il retiendrait toujours de notre jardin d'Éden au milieu des courants d'air : ma chatte qui se fermait, par anticipation, entre ses doigts.

– Dites-moi, Herr Raab, le Dr Reich n'en serait-il pas lui aussi ? De ces Juifs conspirationnistes ?

– Pourquoi penses-tu qu'il n'est pas avec nous ? Il n'y a que ton patron pour fréquenter cette vermine apatride. Mais il a un carnet d'adresses bien rempli, il faut y aller doucement. Nous en reparlerons, en attendant…

– Des hommes intelligents, a dit Heinz, la langue pâteuse. Les scientifiques. Il ne se passe pas un mois sans qu'ils fassent une nouvelle découverte, et pourtant pas un seul ouvrier n'est épargné. Quand je travaillais encore à l'usine, ils ont dû embaucher des gens qui savaient se servir des machines. Mais est-ce que le travail était mieux fait ? Non. La machine s'était mise entre nous, personne ne la comprenait. Personne ne savait plus à quoi servait son travail…

Son discours s'est enlisé dans une quinte de toux et, par-dessus le marché, la bouteille s'est écrasée sur le sol, ce qui a provoqué une série de jurons de la part de l'Impartial.

– J'en prends une autre, a haleté Heinz, ce n'est pas ce qui manque.

Je l'ai entendu farfouiller tout près. Que faire s'il se rappelait que Friedrich était dans la réserve ? J'ai cherché une meilleure cachette mais Friedrich en a profité pour baisser mon maillot et cogner son membre affolé contre mes cuisses. Je ne l'ai pas aidé à trouver son chemin. J'ai décidé de rester hors de la lueur de la lanterne pour sonder son regard. De la pénombre où j'étais, j'ai vu sa passion inquiète s'envoler dès que, chaud bouillant quand même, il m'a pénétrée. Ensuite, il n'y a plus eu que des constats. Les siens : C'est moi, c'est moi qui suis en train de faire ça, et les miens : Je ne devrais pas faire ça. Où était donc passée sa beauté ? En reculant, j'ai essayé de me soustraire à son étreinte, mais la seule chose que je voyais était la hâte de ses mouvements sous ses vêtements défaits.

– L'ouvrier, il ne comprenait plus pourquoi il travaillait, nom de Dieu ! criait Heinz tout près de nous. Il s'isolait de plus en plus ! Nous étions seuls, ces années-là. Hein ? On n'était pas seuls, bon Dieu, nous tous, ces années d'après-guerre ?

– Ce temps est révolu, Heinrich. Maintenant, nous avons un guide.

– À la fin de la solitude. *Heil !*

– *Heil !*

Quand nous sommes sortis, ils dormaient, affalés sur la table. Il n'était pas encore sept heures. L'oreille de l'Impartial reposait sur le brassard à croix gammée, son petit oreiller sur mesure. Tels qu'ils étaient, là, endormis sur la table, séparés par le pâté en croute qu'ils n'avaient pas réchauffé mais avaient creusé avec leurs doigts et mangé entièrement, ils faisaient penser à des animaux. Une bouteille et demie de genièvre de pommes avait encore disparu dans leur gosier, d'où ne sortaient à présent que des ronflements ; une conversation plus facile qu'avec des mots. Friedrich a saisi deux morceaux qui restaient du pâté et les a posés sur leur langue.

– Corpus Christi.

Les dormeurs étaient ridicules, mais ce n'était pas pour eux que j'étais gênée. Ce qui me gênait, c'était la façon dont Friedrich se pavanait dans la cuisine, la cigarette qu'il avait trouvée et allumée, et l'intention affichée par sa chemise ostensiblement déboutonnée. Je m'attendais qu'il quitte la réserve avec un sentiment, même minime, de sacré, qu'il éprouve peut-être le besoin d'être seul un moment, qu'il flâne dans le jardin en regardant le ciel, qu'au moins il évite mon regard. Voilà comment naissent les hommes à femmes, ai-je pensé amèrement. Ils mettent un gibus en sortant du bordel et laissent leur honte et leur étonnement derrière eux, dans la pénombre. Tout en fumant, il m'a gratifiée d'un sourire, le même sourire qu'a son frère quand il gagne une partie et jette le masque derrière lequel il vient de vivre mille morts. J'étais une bonne perdante, mais je méprisais les escrimeurs qui se persuadaient, après un assaut, qu'ils avaient toujours eu la victoire dans la poche.

– Et si on allait voir ce qu'il se passe là-haut ? ai-je proposé en remplissant deux verres à ras bord. D'après le bruit, ça m'a l'air d'être un sacré bordel.

Qu'il n'aille pas s'imaginer que je comptais lui courir après. Je l'ai laissé attendre pendant que je tressais mes cheveux devant le miroir et je me suis arrangée pour pénétrer avant lui dans la salle d'escrime. Il y régnait en effet une belle pagaille. Dix bouches grandes ouvertes mangeaient et buvaient sans prendre le temps de goûter, remuaient sans qu'une parole sensée n'en sorte, accompagnaient le gramophone en gueulant sans chanter. Pourtant, ils ne paraissaient pas méchants. Ils portaient tous le même uniforme ajusté des étudiants avec un ceinturon et un brassard rouge qui soulignait que, jusque-là, on n'avait vu aucune croix gammée au Raeren. Avant que ces bras gauches n'envahissent la salle d'escrime, cet emblème avait eu une existence grisâtre sur des timbres-poste et sur les reichsmarks, les petites cuillères des fêtes commémoratives, la besace militaire de Heinz et la camionnette du boucher, qui était d'ailleurs le seul de nos visiteurs à remplir son devoir en faisant le salut hitlérien. Mais jamais auparavant je n'avais vu la croix gammée se déchaîner en noir-blanc-rouge sur des êtres vivants.

– Une femme ! Enfin !

Il était de loin le plus grand de tous, probablement le plus âgé aussi. Il avait une bouteille de genièvre dans une main, un saucisson dans l'autre.

– C'est la Néerlandaise, a dit quelqu'un.

Le grand a rempli un second verre à côté du sien. Le saucisson, ils l'avaient probablement apporté eux-mêmes, mais dans le ravage de miettes de gâteau et de chantilly j'ai reconnu les tartes à la crème de Léni. Chez nous, à la maison, il était interdit de mélanger le sucré et le salé. D'après ma mère, c'était se conduire comme des porcs et d'après mon père ça donnait des ulcères à l'estomac. On devait manger à des heures fixes en respectant des règles strictes. Sur ce point, au moins, ils étaient d'accord.

– Une Néerlandaise, a dit le grand avec un air pensif, ça ne me pose aucun problème, Willy. Les Néerlandais sont des Germains. Tu ne disais pas tout à l'heure que toutes les tribus germaines devaient s'unifier ? La communauté des peuples. Je m'y mettrais bien sans tarder avec grand plaisir. Qu'en pensez-vous, *freule* ? Un peu de communauté des peuples, vous et moi ?

J'ai accepté le verre.

– Pour commencer, j'aimerais danser.

Hurlements de rire. Alors que j'avançais jusqu'au milieu de la salle au bras du grand, j'ai vu Siegbert raide et pâle devant la fenêtre. Il ne nous accordait pas un regard, il fixait Friedrich. Avait-il senti quelque chose, comme un animal ? Avait-il senti l'euphorie de son frère depuis le moment où il m'avait pénétrée ? Je n'avais pas envie d'y penser.

– On s'amuse bien, vous ne trouvez pas ? a dit le grand en conduisant ostensiblement la danse. Quel dommage que le maître des lieux nous prive de sa présence ! Vous ne savez probablement pas où il se trouve ?

Il avait de beaux yeux verts, mais c'était bien son seul atout. Le nez, qui avait pris une grosse calotte du côté droit, accaparait une bonne partie de son visage, qui devait pourtant faire une livre de plus qu'un visage moyen tellement il avait de chair. Ses lèvres, pleines et inégales, semblaient avoir été découpées au couteau, comme le font les enfants avec les pommes de terre. En fait, il était touchant.

– Un de ses neveux, ou… qui sont-ils ?

– Des élèves, des sabreurs.

– Fascinant. Ils se battent aussi l'un contre l'autre ?

– Tous les jours.

– Je ne pense pas qu'ils soient capables de se toucher pour de bon. On dit que les monozygotes peuvent sentir la douleur de l'autre parce qu'ils ont partagé le placenta de leur mère. Ils ne peuvent donc pas se battre l'un contre l'autre, cela équivaudrait à se faire mal à soi-même.

L'air m'a manqué tout à coup. Le miroir venait de me renvoyer l'image d'un ours de cirque et d'un clown s'imaginant danser. Quelqu'un a fermé les rideaux pour empêcher le soleil couchant de pénétrer dans la pièce. Maintenant, cela se jouait entre nous. J'ai marmonné que je devais manger quelque chose, il m'a serrée contre lui, si fort que le bouton en acier de sa poche-poitrine a raclé ma pommette.

– On va s'en occuper. Léo, tu ne pourrais pas mettre une autre musique ? Ces airs-là, on commence à les connaître. La demoiselle nous révélera sûrement où son patron cache sa collection.

J'allais dire que von Bötticher n'aimait pas la musique quand, à ma grande surprise, Friedrich a déclaré que le patron avait des tas de disques. Et il savait où ils étaient : dans sa chambre. Heinz en avait la clé, mais comme il était saoul il ne serait pas difficile de la lui dérober. J'aurais dû agir, les devancer, cacher la clé, dissuader Friedrich de mener à bien son plan. La chambre de Bötticher, c'était la tanière dans laquelle je me glissais, la chambre de fermentation au couvre-lit rouge, mon premier baptême du feu. Mais je n'ai rien fait. J'ai joué la ballerine froissée dans les bras d'un soi-disant vrai homme, une armoire à glace nazie qui coupait pour moi des tranches de saucisson et remplissait mon verre sans me lâcher, parce que autrement – y croyais-je moi-même ? – je me serais évanouie. En vieillissant, on jette un regard attendri sur ses erreurs de jeunesse. Mais je n'avais, à l'époque, aucune sympathie pour moi-même. C'est pourquoi je vidais un verre après l'autre.

– Ça fait peur, tout de même, a dit le grand quand Friedrich est sorti. Être deux de la même personne, ça me paraît effrayant.

Si quelqu'un n'est jamais unique, dans quelle mesure peut-il se donner entièrement ? Personnellement, je douterais sérieusement de la loyauté d'une moitié de jumeaux. Tu voudrais en épouser une ? Pas moi. Pour le tableau complet, je ne dis pas, mais il faudrait que la loi autorise la polygamie. Ce n'est d'ailleurs pas une mauvaise idée, la population a besoin de croître.

– Ç'a été le cas après la guerre de Trente Ans, est intervenu un étudiant.

Il avait des cheveux clairsemés pour son âge et un visage étonnant qui ne m'était pas inconnu. Il a posé son verre près du mien et y a vidé la bouteille.

– C'était autorisé parce qu'on manquait d'hommes, et la nation s'est repeuplée grâce à tous ces bâtards. Maintenant, nous sommes confrontés au même problème. Plus assez d'hommes, encore à cause de la guerre. Le Parti ne condamne pas les mères célibataires, mais que la bonne semence se gâche. C'est un péché démographique.

Le grand a hurlé de rire tout en débouchant une nouvelle bouteille. J'ai évalué son tour de poignet – dix centimètres au moins. Pour le moment, j'étais assez occupée avec ce colosse. Je danserais encore une petite heure, puis je monterais l'escalier jusqu'à mon pigeonnier, seule, bien entendu. Foutez-moi le camp, bande de mochetés, allez crever ailleurs !

J'avais parlé tout haut ? J'étais saoule.

– Willy aime les théories, a dit le grand.

– Mais pas les médecins et leur progéniture, a dit le chauve.

Là-dessus, à l'aide de son petit doigt, le grand a retiré mon médaillon de la Vierge de ma robe. Un geste incompréhensible, mais je ne tenais pas particulièrement à ce médaillon.

– Catholique, Willy, a-t-il ricané.

C'est alors que tout a commencé. Léo a ouvert la porte d'un coup de pied parce que ses bras étaient surchargés, et pas seulement à cause du coffret à disques. Il avait aussi apporté quelques babioles et des livres qu'il a étalés sur la table avec un air sérieux. Friedrich avait dégoté une grosse bouteille de vin rouge de l'Ahr qu'il voulait servir aux étudiants, mais ceux-ci ne s'y intéressaient pas. Ils s'étaient réunis autour du *corpora delecti* sur la table. J'ai reconnu le tableau représentant une tête de cheval et l'uniforme d'Egon. La petite colonne dorique et le serpent qui se mord la queue, je les voyais pour la première fois. L'atmosphère a basculé quand Willy s'est mis à lancer les disques à travers la salle. L'un d'eux a heurté un tableau, un autre est resté accroché au lustre mais personne ne riait, on n'entendait que des cris rauques. De la musique interdite ! De la merde judéo-américaine, regarde ! Qu'est-ce que je disais ? Irving Kaufman, psss, Louis Armstrong, *nota bene*. Friedrich jetait alentour des regards apeurés, il a bu à même la bouteille et le vin rouge lui a coulé sur le menton. Un imbécile a enfilé le manteau d'officier, la petite colonne a été brisée sur le sol, l'ouroboros a disparu dans une poche, la tête de cheval est passée de main en main jusqu'à ce que l'une d'elles traverse la toile. Pour finir, les livres ont été brûlés. Le titre d'un des livres qui fumait encore les a fait rire : *L'Avenir d'une illusion*.

Heureusement, personne ne m'a suivie. Pas étonnant, je n'étais pas belle à voir quand j'ai quitté la salle en chancelant. J'étais ivre, comme on dit, mais mon esprit restait clair ; il pouvait en tout cas établir que je ne contrôlais plus mes membres. Maintenant l'escalier. Ah ! Si seulement je n'avais pas tant grandi ! Je m'étais dit cela petite, je me le redirais vieillarde, et toute ma vie je me souviendrais de ces marches que je montais alors, hébétée mais consciente de mon état. Je ne pouvais accuser personne de ce que j'avais fait, c'était à vomir. J'ai atteint ma chambre sur mes deux jambes ; je n'étais donc pas complètement cuite. Une fois couchée, je me suis retournée plusieurs fois dans mon ivresse, au milieu des bruits étranges que j'avais aussi entendus le matin. Ils alternaient avec des silences de mort qui se prolongeaient de plus en plus et devenaient de ce fait de plus en plus inquiétants. Plus tard, je me suis réveillée en sursaut pour vomir. Dans l'obscurité la plus totale, la bassine entre mes genoux tremblants, j'ai constaté que l'acoustique du Raeren se restaurait. Au loin, on entendait des cris de joie et le cliquetis des lames qui se croisent.

Léni. C'était bien elle. Elle a claqué des mains et on a vite compris qui était la maîtresse de maison. Un mauvais pressentiment l'avait fait rentrer plus tôt et elle avait chassé la racaille. De mon balcon, je les ai vus avancer en trébuchant dans le jardin. Un étudiant, le bonnet d'Egon sur la tête, aidait l'Impartial, qui portait sa capote sur les épaules, à monter dans le bus. J'ai cherché le grand des yeux et je l'ai trouvé, les jambes écartées, le bassin en avant, une main appuyée sur le tronc d'un arbre. Après leur départ, j'ai aidé Léni à remettre de l'ordre dans la maison. Nous n'avions pratiquement pas échangé un mot et nous avons continué à nous taire en rassemblant les morceaux qui ne pouvaient pas être recollés. La pagaille que nous trouvions derrière chaque porte nous laissait sans voix. Le Raeren contenait beaucoup plus d'objets que nous ne l'avions soupçonné. J'ai découvert des tableaux en pièces que je n'avais jamais vus en entier, des restes de vêtements sous la cendre que je n'avais vu porter par personne, des journaux, des livres, des lettres dont je ne soupçonnais pas même l'existence, déchirés. Nous avons jeté tout ce qui était cassé ; à quoi bon garder ce qu'on ne remarque que lorsque cela pose problème ? C'est seulement après avoir mis un peu d'ordre dans le chaos qu'on a trouvé les jumeaux. Ils dormaient, l'un près de l'autre, dans leur tenue d'escrime sur la plate-forme du perron. Leurs pieds décontractés aux orteils légèrement courbés. Leurs mains désarmées jointes sur leur poitrine, et leur visage qui affichait l'expression d'un sommeil d'enfant heureux. Tout était redevenu comme avant. Le ciel, la terre et les garçons étaient blancs comme s'il avait neigé. À l'exception d'une tache rouge sur le col de Friedrich : du vin d'Ahr qu'il avait renversé.

9

Le grand nettoyage a eu lieu le lendemain, quand Egon est rentré avec le visage réjoui des amoureux. C'est, du moins, ce que Heinz lui a marmonné quand il l'a salué dans le hall.

– Vous rayonnez comme si vous aviez rencontré l'amour.

– Mais c'est exactement ça, a répondu Egon en sortant de son manteau un gros livre fragile. J'ai trouvé ce vieux maître à Amsterdam.

Et j'étais jalouse ! D'une chose, un livre ou n'importe quoi d'autre dont je ne faisais pas partie. J'étais rangée parmi le personnel et les jumeaux, ces sales garnements dans le couloir de la maison saccagée, mais il ne remarquait rien. Il était, en effet, aussi aveugle qu'un amoureux. Nous avons retenu notre souffle quand il est entré dans sa chambre mais nous n'avons pas entendu hurler. Il n'a pas demandé ce qu'était devenu le tableau avec la tête de cheval, pourquoi un carreau était cassé, pourquoi la tapisserie et les rideaux étaient déchirés, non, quand il en est ressorti il avait toujours l'air ravi et les joues roses. Il a allumé un cigare et déclaré que le Raeren devait être entièrement rénové. Alors Léni a éclaté en sanglots. Elle a dit que ce n'était pas notre faute, que nous avions fait de notre mieux pour tout nettoyer, qu'ils étaient venus à dix, avaient induit en erreur ce pauvre innocent de Heinzi, enfin, ils l'avaient saoulé, et que la jeune fille et les garçons n'avaient évidemment rien pu faire, ils étaient trop nombreux, mais que, de Cologne, elle, Léni, elle avait senti qu'il y avait du grabuge.

– Tout ça, c'est à cause du Dr Reich, vous comprenez, il n'est pas venu et il nous a laissés avec cette bande de voyous sur le dos, vous pouvez comprendre, n'est-ce pas ? Et, entre nous soit dit, le docteur on ne peut pas lui faire confiance.

Elle m'a lancé un regard tranchant et si insistant que je me suis bien gardée de la contredire.

– Et ce pauvre Heinzi a emporté quelques objets dans son atelier pour voir si certains pouvaient encore être sauvés, a-t-elle dit en tournant à nouveau les yeux vers Egon.

– C'est bien ça, Heinzi ?

Heinz a acquiescé obliquement de la tête, depuis deux jours il n'arrivait plus à la tenir droite, les mots de Léni lui rentraient par une oreille et ressortaient par l'autre. Le centre de son visage s'était plissé depuis sa cuite, il était clair que pendant un bon moment, il n'en sortirait rien de sensé. Egon lui a donné une tape sur l'épaule, ou peut-être qu'il s'est seulement appuyé sur lui pour décrocher le miroir ovale du mur.

– Tout ce qu'on n'utilise pas, on le jette. Trop de choses ne fonctionnent pas dans cette maison. Je vais vous montrer ce qui doit disparaître, peu m'importe comment à condition que je ne le voie plus.

– Mais c'est péché, ça peut encore servir ! a dit Léni, qui répéterait cette phrase plusieurs fois dans la journée.

Egon désignait en effet un tas de choses, tellement que Heinz avait dû prendre la brouette. Sa roue sale laissait de longues traces de fumier dans la maison, mais Egon ne se fâchait pas parce que le fumier, lui, au moins, se décompose, tandis que le bazar produit par la main de l'homme nous colle aux basques comme une vraie saleté. Il disait que les gens ne s'intéressaient qu'aux produits quand l'important était le travail de la pensée qui les avait engendrés.

– Ce n'est pas la roue qui importe, mais l'intelligence qui la fait advenir. Le reste est anecdotique.

Adieu, donc, la chaise au dossier cassé. Nous l'avons jetée sans hésiter, comme les oiseaux poussent hors du nid leurs œufs à la coquille fêlée, mais avec le casse-noisettes bavarois nous avons eu du mal et personne n'a compris pourquoi il fallait se débarrasser de la pendule. Heinz essayait de mettre le plus de choses possible de côté pour les vendre tandis qu'Egon s'amusait à jeter les pièces du service à moka dans la brouette de façon à ce qu'elles se brisent du premier coup. Les livres étaient épargnés, ainsi que les armes et une ribambelle de chaussures éculées que nous avons trouvées au grenier derrière un rideau.

– Pas la moindre idée à qui elles appartiennent, a dit Egon. En y regardant bien, on comprend que leur propriétaire a filé sans demander son reste.

– Il est devenu fou ! répétait Léni. Il va le regretter.

Les meubles qui, comme de jeunes mariées abandonnées, attendaient dans le salon sous des draps blancs, ont été marqués d'une croix. On avait recruté des hommes forts pour les emporter, ainsi que quelques bons peintres et tapissiers. Egon n'allait pas se contenter de faire du rangement. À la fin de la journée, Heinz a préparé un bûcher dans le jardin. Nous l'avons regardé emboîter et empiler les objets jusqu'à en faire une tour si solide qu'on aurait pu bivouaquer dedans. Il y a mis le feu avec la même conscience professionnelle, à l'aide du portait de la fille de l'empereur trempé dans de l'alcool à brûler.

– Je peux m'en accommoder, a-t-il dit quand les flammes bleues ont attaqué la tête de Victoria Louise. Ça ne va pas m'empêcher de dormir.

La photo se tordait et s'enroulait sous l'assaut des flammes. C'est moi, ai-je brusquement pensé. Une de ces filles qui n'empêchent personne de dormir, quoi qu'elles fassent ou de quelque façon qu'elles se démènent, s'habillent ou se déshabillent. Qui ne présentent pas assez d'intérêt pour qu'on les garde. Les flammes prenaient la forme des objets qu'elles avalaient. Chaque fois que j'en reconnaissais un, j'avais l'impression qu'il devait être sauvé, mais j'oubliais pourquoi dès l'instant où les flammes l'avaient englouti. Si Egon avait raison, si c'étaient les pensées qui importaient et non pas les choses, où étaient-elles passées, ces pensées ? Dans l'avancée de l'humanité, aurait dit mon père, pour qui tout travail intellectuel allait dans le sens du progrès. Mais, alors que le feu faisait son travail, tous, même Egon, nous fixions les flammes sans penser à rien. Médusés, comme les hommes des cavernes. Toutes les civilisations disparues avaient fourmillé d'idées, naturellement. S'il suffisait de supprimer des nouveautés pour les retrouver, si la fin d'une chose correspondait toujours au commencement d'un projet passionnant, alors j'aurais volontiers jeté son gros livre au feu.

Le lendemain après-midi, le feu brûlait encore sous les cendres. Par la fenêtre de la cuisine nous voyions les débris carbonisés voleter au-dessus d'elles comme de la vermine tenace. Heinz a abattu son poing sur le rebord de la fenêtre. Egon venait de lui dire qu'en plus des peintres, un fermier était en route avec un tracteur pour « réorganiser » le jardin.

– Le patron veut une vue dégagée, a-t-il dit, furieux. Il faut vraiment n'avoir jamais enfoncé une pelle dans le sol pour sortir de pareilles âneries ! Le jardinage, c'est une question de confiance entre le jardin et le jardinier. Quand je suis arrivé ici, la terre était aride, un sol de forêt. Je l'ai nourri comme si c'était mon père malade, cuillerée après cuillerée, et qu'est-ce qu'il fait ? Il fait venir un tracteur !

Je voulais lui dire que c'était le plus beau jardin que j'avais jamais vu, que j'avais appris à bien le connaître au cours de l'automne, des racines d'agrostides devant mes yeux à la terre dans mes cheveux, mais j'ai dit que les belles choses s'achevaient toujours plus tôt que les laides, qu'il fallait espérer que les gens auraient bonne mémoire, qu'ils regretteraient et avoueraient que c'était quand même bien beau. J'ai alors entendu Heinz déglutir, comme s'il essayait de ravaler quelque chose. Je l'ai regardé : des larmes.

– Il a compris un truc, là-bas, à Amsterdam, a-t-il dit. Dieu seul sait ce qu'il a fabriqué dans votre capitale. On m'a raconté combien cet endroit était maudit. Il paraît que les Juifs y pullulent, et pour le reste des gens du port et leurs putes.

J'ai repensé à l'été 1928, la seule fois où j'ai visité la capitale culturelle du pays. Nous partagions un petit taxi avec deux inconnus, c'était moins cher que le tram, mais devant le stade la foule nous empêchait d'avancer. La femme blonde à côté de qui j'étais assise avait fait la moue. Quand les colporteurs étaient passés devant la voiture, elle avait ouvert sa fenêtre et craché sa chique sur un type avec un accordéon.

– Tire-toi de là, un peu ! En v'là une idée d' se planter là-devant quand nous autres on va au stade !

L'accordéoniste avait passé tranquillement la main par la fenêtre et l'avait retirée avec une perruque entre les doigts.

– Alors, poupoule, tu m'achètes une chansonnette ?

Nous ne savions pas où nous mettre, mais la femme, chauve à une touffe près, avait hurlé de rire.

– C'est ce qu'on appelle l'humour amstellodamois, avait dit mon père.

Heinz n'a pas quitté sa place quand l'engin qui allait détruire son œuvre a surgi.

– Un Lanz Bulldog, a-t-il constaté.

Les yeux rougis, il a fixé le semi-diesel qui nous épiait par-dessus la grille. Quand Egon est enfin allé ouvrir, le monocylindre est entré en aboyant, a fait quelques tours sur le gazon puis, dans un fracas épouvantable, a abaissé son soc sur les rosiers. Heinz s'est enfui et n'est revenu que trois jours plus tard, lorsque le jardin avait été rasé et que le Raeren s'était mis à ressembler à un sanatorium avec juste le strict nécessaire entre des murs gris cendré et des portes blanc laqué.

– Le patron a pris au moins une bonne décision, a-t-il dit à Léni. Le cochon. Le boucher peut arriver d'un moment à l'autre.

Le boucher du village était d'apparence impeccable, on avait du mal à croire qu'il avait parcouru huit kilomètres sous la pluie avec sa charrette à bras. Il a pénétré dans la cuisine, où l'eau chauffait déjà dans les bassines, a poussé son sac avec ses outils sous la table et s'est affalé sur une chaise comme un client de café. En fait, c'était un peu le cas, car le schnaps que Léni lui a servi était un épiphénomène naturel dans son métier, et un deuxième petit verre n'était pas de refus car « on ne tient pas debout sur une seule jambe ». Mais ce n'était pas un rustre. Il avait un regard intelligent, des joues bien rasées, et il se tenait mieux à table que les jumeaux, qui se goinfraient en prenant appui sur les coudes. Ils n'avaient pas la moindre idée de ce que l'homme qui leur faisait face venait faire, pas même quand Heinz lui a présenté une masse.

– Tiens, tu peux l'emprunter.

– Un coup sur la tête, sans broche ?

– On fait ça depuis des siècles. Un coup sur la tête, puis on l'égorge.

Le boucher a secoué la tête, abasourdi.

– Pas question. Où est le maître des lieux ?

– Un masque d'abattage ne donne pas assez de sang, s'est entêté Heinz.

Le boucher a sorti de son sac un instrument de forme cylindrique et l'a posé sur la table, sous le nez de Siegbert, qui ne soupçonnait toujours rien.

– Fabrication allemande, pyrotechnique. Ne m'a jamais fait défaut, que la bête pèse cent ou deux cents kilos.

Une demi-heure plus tard, la truie était poussée dehors. Elle braillait, très mélodieusement pour un cochon, en répétant deux tons décrescendo. Nous en avions le frisson. Les jumeaux, les mains sur les oreilles, pleuraient sur le seuil de la porte. Léni trimballait de l'eau chaude et de la paille comme si quelqu'un s'apprêtait à accoucher. Le maître nous a fait signe de dégager, il boitait encore plus que d'habitude à présent qu'un étui contenant un couteau de boucher était attaché à sa cuisse. Seul Heinz riait, tournant autour de la truie qui ne voulait pas se tenir tranquille, criant « halte ! » tel un arbitre. Il a finalement réussi à l'attacher par la patte arrière à la porte de l'écurie. Et, pendant tout ce temps, elle s'égosillait, les oreilles baissées tandis que ses yeux enregistraient le boucher qui l'approchait par-derrière, puis à droite, puis à gauche, jusqu'à ce que le pistolet d'abattage soit placé sur son front.

– Halte !

La truie s'est écroulée en se convulsant sur le béton. Le boucher a tourné les talons, tel l'athlète qui ne veut pas encore voir le résultat de son lancer. Heinz a immobilisé les pattes arrière qui continuaient de gigoter pendant que le maître plaçait une bassine sous le cou de la bête. Il a ensuite sorti le couteau de son étui et quelque chose de très noir a coulé devant mes yeux.

Un peu de temps a passé, peut-être, avant que je les ouvre à nouveau et que je voie, dans la campagne déserte, la silhouette de trois hommes qui mettaient la bête à genoux et lui ouvraient le dos avec un couteau. Léni m'a dit d'aller chercher du sel, pour empêcher la coagulation. Cette nuit-là, je suis sûre que les autres ont eux aussi entendu les longs sanglots de la bête au-dessus de la coupe rase qui entourait la maison.

TROISIÈME PARTIE

Clèves, 11 janvier 1616

Au très érudit sieur Gerbrand Adriaenszoon Bredero,

Respectable et cher ami,

Hier seulement j'ai reçu votre aimable lettre, qui m'a fait grand plaisir. J'ai été ravi d'apprendre que vous étiez en bonne santé et que vous acceptiez d'écrire un liminaire à mon travail. Le graveur Michel Le Blon, que vous connaissez bien, m'a lui aussi proposé ses services : il est très enthousiaste de ce qu'il a pu comprendre du traité. L'Académie de l'Espée *sera assurément plus ingénieuse et plus complète que ce que mes maîtres espagnols à la Destreza, que je tiens en grande estime, ont pu produire. Mon vœu le plus cher est que cet ouvrage préserve nos descendants de verser inutilement leur sang, car nous ne devrions pas tolérer que la soif de vengeance nous fasse perdre davantage de jeunes vies. Si c'était en mon pouvoir, je retournerais dès aujourd'hui à Amsterdam. Je pourrais alors en faire accélérer l'impression et me réjouir de votre compagnie, vous, mon élève le plus exceptionnel, le plus dévoué et le plus artistiquement doué. Mon devoir, hélas, me commande de rester à la disposition de l'Électeur de Brandebourg quand celui-ci visite ses terres récemment conquises et de lui enseigner l'escrime chaque fois qu'il en émet le désir. Il ne se passe pas une journée sans que je me reporte avec nostalgie à la vie que nous menions à Amsterdam. À notre frontière du sud-est, le pays ne connaît pas la même bonhomie, de mémoire d'homme, ce n'est ici que rancœur et revanche. Je pense parfois que personne ne sait plus quand ni pourquoi la méfiance s'est installée. La paix est encore jeune, le traité a été signé il y a un an et demi seulement, mais la rancune se transmet de père en fils. L'Électeur, notre margrave, ne s'est pas encore résigné. Il prend les droits qui lui ont été assignés avec beaucoup de légèreté et ses nouveaux sujets ne verront pas de grande différence avec autrefois, mais Wolfgang-Guillaume est et demeurera son rival jusqu'à la mort. Aujourd'hui encore, sa bile s'échauffe quand il ressasse que Wolfgang-Guillaume a, autrefois, chassé ses troupes de Düsseldorf dans le seul but d'assister à la messe, une telle ostentation catholique ! J'ai la sagesse de me taire quand il m'interroge sur mon passé en Espagne.*

Je crains que nous ne nous trouvions tous deux dans une maison d'hébergement temporaire et que nous ne voyions, de notre vivant, une nouvelle guerre éclater à propos de Clèves. Cette paix imposée est comme un enfant sous-alimenté qui refuse la becquée. Ici, les trêves ne durent jamais longtemps. Bien sûr, ce sont les Espagnols qui, les premiers, ont occupé Aix-la-Chapelle, et notre prince, mon illustre élève, ne pouvait demeurer en reste. Je lui ai fait faire le serment de n'utiliser mon art que pour la défense de la patrie et de ne pas en mésuser en tuant quelqu'un à dessein. Mais qui s'embarrasse encore de ces nobles résolutions ? Ah, cher ami, cela me chagrine énormément ! Et ce sont à nouveau mes voies respiratoires qui souffrent du manque d'air salin. Mon traité doit être imprimé le plus vite possible, avec de bonnes et belles illustrations, car mes nobles élèves n'entendent pas ce que je dis avec la langue. Jean-Sigismond est un homme mélancolique, naturellement bon, mais, aussi extrêmement têtu. Il m'a demandé un jour comment il pouvait apprendre à mieux toucher. Je lui ai répondu qu'il ferait mieux de se concentrer sur la science de l'invincibilité. Vous comprenez ce que je vous dis, nous en avons souvent parlé.

La géométrie est la science qui convient le mieux à l'escrime. Elle enseigne à penser logiquement et méthodiquement, sans s'encombrer des émotions. Un bon escrimeur garde la tête froide ; débarrassé de l'esprit de vengeance, il considère son adversaire à distance. Il est ainsi le spectateur de son propre combat, il n'est pas commandé par ses affects mais par une vérité absolue. Il observe, comme le scientifique qui envisage un problème d'arithmétique, comme un mathématicien, il mesure et établit. Reconnaissez-le vous-même, si quelqu'un possède la science de demeurer intouchable, à quoi servent alors ces assauts émotionnels ? Si votre art de combattre se base sur l'observation des intentions de l'adversaire, vous remarquerez que vous vous rapprochez de lui, car vous êtes dans la même situation. Il est dans votre intérêt à tous deux de travailler de concert.

J'essaie constamment d'en convaincre l'Électeur, dans l'espoir vaniteux que je pourrais éviter une nouvelle guerre. N'est-il pas toujours plus raisonnable d'observer avant que de verser inutilement le sang ? Chaque duelliste devrait savoir à quel point les assesseurs sont importants, leur regard distancié et équitable ne se laisse pas influencer par la soif de sang des combattants, et ils prennent des notes pour la postérité. J'espère humblement que l'histoire se souviendra de moi comme du guérisseur de la vengeance aveugle.

Ceux qui ne veulent pas le comprendre, je les renvoie à la halle aux viandes, au-dessous de notre chère école d'escrime, la cave près de votre maison natale dans la Nes, qui, au moment de mon départ, comptait déjà au moins une cinquantaine d'échoppes de boucher. Notre très honoré maître dans les mathématiques, le maître d'escrime Van Ceulen, était si fier de sa salle au-dessus de la bibliothèque universitaire de Leyde qu'il ignorait qu'ainsi, il retenait la science sous ses semelles. Nous, du moins, si nous tapons du pied sur le sang des boucheries, nous avons conscience, à chaque assaut, que nous ne sommes pas des bêtes.

Adieu, mon remarquable élève, et ne m'oubliez pas,
Votre très dévoué maître,

Girard Thibault

1

Egon parlait de Thibault comme s'il l'avait connu personnellement et d'Amsterdam comme si le Siècle d'or était toujours d'actualité. Il avait navigué sur l'Amstel dans un coche d'eau, des flots écumants à ses pieds, des nuages craquelés au-dessus de la tête. Une bonne d'enfants lui avait indiqué le chemin de la bibliothèque, et dans des venelles de plus en plus étroites, elle avait soulevé ses jupes, mais il devait aller plus loin, longer les chamailleries des quartiers populaires et des ménages équivoques. Finalement le bibliothécaire avait accepté ses deniers et s'était rendu dans les catacombes, où il avait subtilisé son trésor. Sourire édenté, bien du plaisir et bouche cousue. Le Hollandais tout craché, un de ces obscurs mangeurs de crevettes. Sur le Rokin, il avait failli glisser sur des épluchures, ce peuple de magouilleurs passe son temps à croûter. L'alcool sucré qu'une femme lui avait offert dans un bar, alors qu'il ne demandait qu'à dîner, était franchement à vomir. Il s'était fait gruger par un marchand de moules dans les relents d'une lampe à pétrole, mais tout cela n'avait pas été en vain. Quel triomphe, quel honneur de ramener Thibault dans le pays de son Électeur, pour que nous puissions, nous, tristes sybarites pourris gâtés, recevoir enfin la mystique connaissance ! Si nous y arrivions, le reste suivrait, il en était persuadé.

Ce nouveau von Bötticher me paraissait dénué d'intérêt. À l'humilité avec laquelle il me laissait voir le maître du XVIIe siècle par-dessus son épaule, à la dévotion avec laquelle il avait posé le gros livre sur la table, les gants docilement enfilés pour en tourner les pages, on aurait dit un sacristain. Si ça prenait cette tournure, ce serait sans moi. J'espérais que ma physionomie le montrait clairement, j'en faisais des tonnes au point d'avoir les yeux qui piquaient. Je ne le voulais plus, je ne l'avais jamais voulu, mais je ne pouvais quand même pas le laisser seul, le pauvre ! J'avais, quant à moi, encore toute une vie pour devenir une bonne fleurettiste, avec ou sans son livre. Quand il le montrait, je haussais les épaules en reniflant. Ces illustrations ridicules ! Des messieurs en pantalon bouffant, des marionnettes, répliques les unes des autres, avec des visages identiques dans des poses figées parce qu'elles ne doivent pas s'écarter des diagrammes figurant sous leurs pieds. Sur une illustration, huit de ces pantins se faisaient face, le bras armé tendu tandis que des anges écrivaient de sages propos en latin et qu'un lion élevait un compas et une équerre au-dessus de sa tête. Mais oui, pourquoi pas ? Siegbert, le jeune géomètre, était ravi, bien sûr. Mais Friedrich a fait ce que j'aurais voulu faire. Il a quitté la salle en disant qu'il n'avait nulle envie de ce pinaillage avec des chiffres, qu'il préférait un bon vieux combat à l'ancienne, au besoin avec les sabres antiques qui, en dépit du grand rangement récent, pendaient toujours au mur. Egon est alors brièvement sorti de son rôle de missionnaire. Il a attrapé le petit morveux par le bras, l'a traîné dans la salle et l'a remis à la place qu'il était censé occuper, comme s'il était un pion dans un jeu d'échec. Nous étions prévenus : toute résistance envers le fantôme du maître antique était inutile.

Heureusement, les dindons de cette farce, c'étaient surtout les jumeaux. Je pouvais me contenter de les regarder se taire, se tenir immobiles une bonne heure l'un en face de l'autre pendant qu'Egon les façonnait au gré des exemples du livre. Il passait de l'un à l'autre avec l'air d'un ajusteur de précision, posait un mètre le long de leur arme, qu'ils devaient maintenir dans la même position jusqu'à ce que leur bras tremble. Il prenait beaucoup de notes dans un petit carnet qu'il retenait d'une main sur son genou en rappelant :

– Debout sans bouger, vous autres.

Parfois, il regardait leurs membres comme s'ils étaient difformes et grommelait :

– Il y a quelque chose qui cloche.

Les jumeaux frémissaient d'humiliation quand il les touchait de sa plume. L'atmosphère se dégradait de jour en jour. Personne, et Egon pas plus que nous, ne se sentait à l'aise dans le Raeren démantelé et nous ne parlions plus de l'ancien qui, comme une louche tenancière, avait abrité nos méfaits. En fait, Siegbert était le seul à ne pas avoir à se sentir coupable. C'est peut-être pour cela que, le troisième jour, il a jeté son arme. Sa pointe a rebondi sur le sol. C'était impensable. Même à Maastricht ça se serait soldé par une correction. Et, comme si cela ne suffisait pas, il a donné un coup de pied dans son fleuret.

– Nous voulons nous battre, a-t-il dit. Nous voulons toucher, pas seulement apprendre à parer.

Le maître a ramassé l'arme et nous a enfin regardés, la tension nous donnait des bourdonnements d'oreilles. Nous en sommes pourtant restés là, car à cet instant quelqu'un est entré dans la salle. Un être de chair et de sang. Nous allions sourire de soulagement quand nous avons vu à quel point il avait changé. Le Dr Reich semblait revenir exténué d'un voyage au royaume des morts. Il ne restait plus grand-chose de la loutre insouciante. Ses joues étaient rigides, sa moustache tondue et ses yeux, qui paraissaient à jamais assujettis au bavardage et à la mastication de sa bouche, prenaient à présent toute la place dans son visage. Ils trahissaient des nuits d'insomnie. Il a enlevé son chapeau et regardé la salle autour de lui, la nouvelle tapisserie sur les murs nus, les cercles que les peintres avaient tracés sur le parquet.

– Ici aussi il y a du changement, a-t-il dit. Tout change.

Egon a poussé un soupir. On avait interrompu sa leçon.

– Nous avons mis un peu d'ordre. Regarde.

Il montrait les cercles peints sur le sol, et la loutre a hoché la tête, il les reconnaissait, bien sûr, mais quelle importance ? Il s'est assis précautionneusement sur la seule chaise que la salle comptait encore et s'est croisé les mains pour contenir leur tremblement.

– Je dois encore te remercier, a dit Egon. Le livre dont tu m'as parlé, je l'ai trouvé. Thibault. Tu n'avais jamais vu l'original, je crois ?

La loutre s'est figée à distance du livre telle une fille délaissée que son amour secret aurait invitée à danser. Mais Egon a insisté. Il a pris les jumeaux pour faire une démonstration, comme la loutre l'avait fait, mais en mieux. Il tournait autour d'eux en faisant des gestes hâtifs.

– Il s'avère qu'il est erroné de penser en termes de moitié. Deux moitiés de piste, deux demi-cercles : erreur. Un homme divisé est condamné à l'échec. Les cercles de Thibault se superposent, mais restent entiers et se déplacent avec l'individu. Tant que tu observes le cercle de l'autre, tu es sauf. Les escrimeurs sont à un pas de distance l'un de l'autre…

– Comme pour la Mensur ! s'est écrié Friedrich, ce qui lui a valu une calotte.

– Pas du tout, a dit Egon. Je parle de l'École espagnole. Les maîtres de la Destreza, qui demeuraient toujours sains et saufs, quel que soit le nombre de leurs combats. Il faut savoir qu'à l'époque les duels coûtaient la vie à plusieurs personnes par jour, et eux s'en sortaient sans une égratignure. Tout le monde s'en étonnait, les langues allaient bon train, mais le savoir de la Destreza demeurait secret. Au final, plus personne ne les provoquait. Et, ce que nous devons atteindre, c'est d'être craints, comme eux. Il importe peu que ce soit avec un sabre ou avec un tank, l'important, c'est le mythe de l'invincibilité.

Il a poussé Friedrich sur le côté et provoqué Siegbert en donnant un petit coup sur son fleuret, ensuite il a écarté les bras pour l'inviter à attaquer. Siegbert a baissé son arme, a attaqué et constaté avec stupéfaction que la pointe de son fleuret était à cinquante centimètres du flanc du maître. Un autre petit coup, Siegbert a réagi à la seconde, pourtant, alors qu'il avait pris la bonne décision en attaquant haut, son arme ne s'est pas retrouvée à l'endroit ciblé. C'était incompréhensible. Je devais surveiller de près les pieds du maître, qui exécutaient des tours de passe-passe, mais, à la troisième manœuvre, il a fait un pas inattendu, et à nouveau Siegbert a manqué son but. Le maître a porté lentement l'acier de son arme vers le cou de son adversaire. La loutre, scandalisée, a sauté sur ses pieds.

– Qu'est-ce que tu fais subir à ces enfants ? Regarde-les, tu leur ôtes toute la passion du sport ! Je ne serais pas étonné si, après ça, ils ne voulaient plus tenir une arme.

– Au contraire.

Egon a rendu l'arme qu'il avait empruntée à Friedrich.

– Ces garçons vont être à l'avant-garde d'une nouvelle génération de combattants. En tant que jumeaux, ils peuvent servir d'exemple, comme les figures de Thibault, qui sont toujours semblables. Je vais peut-être choisir davantage de jumeaux pour élèves. Toi, en tant que médecin, j'espère que tu pourras m'en trouver. Tu as des jumeaux parmi tes patients ?

La loutre s'est affaissée sur sa chaise en secouant la tête. Egon n'a pas insisté. Il était en conversation avec lui-même. Il s'était tu assez longtemps à propos du savoir qu'il avait rapporté sous son bras au domaine. Pendant le grand ménage, il avait laissé le livre reposer dans son cabinet d'étude, tel un hôte important qui aurait rendu une visite impromptue, mais maintenant, la maison était prête, et il aurait aimé pour se distraire avoir un ami partageant les mêmes intérêts. Il oubliait, pour plus de commodité, qu'il en avait un, un ami lointain qui, le premier, lui avait parlé de Thibault. Mon père, ce lâche.

– Des soldats intouchables, a-t-il dit, il y en a toujours eu. Des jeunes gens comme ceux que j'ai vus au front. Qui ne sont jamais touchés et se jouent de la mort. Mais qui ne savent pas d'où leur vient ce don, ils sont nés ainsi. La science de Thibault a déchiffré le mystère de l'invincibilité. On peut maintenant l'apprendre.

– Je t'en supplie, Egon, arrête avec ça, a chuchoté la loutre. On ne vit plus au XVIIe siècle. Des horreurs se préparent.

– Certains animaux ont aussi ce don, a poursuivi Egon. Une confiance en soi inébranlable les entoure comme une cuirasse. Ma jument, Fidèle, ne pouvait pas être touchée. Elle galopait vers le front et continuait alors qu'autour d'elle ce n'étaient qu'incendies et hurlements. Était-elle un mythe ? Certainement. Personne n'aurait osé la toucher. Tandis que moi, misérable, je crevais sur le sable, parce que ma confiance se limitait à la tête de mort de mon bonnet de hussard.

– Cette tête de mort, c'est la Waffen-SS qui la porte à présent, a dit la loutre d'une voix blanche.

– L'ostentation, c'est du vent.

– Pourtant, je t'assure qu'on tremble de peur quand une de ces têtes te transperce du regard et décide que le sang qui est dans ton corps, n'a pas le droit de couler. Là tu te dis : quelque chose se prépare. Je suis venu te faire mes adieux.

Maintenant que Bötticher l'écoutait enfin, la loutre s'est calmée. Il a tiré le livre vers lui, et l'a ouvert. Apparemment, le contenu lui était familier.

– À l'université, pour mon anniversaire, on m'a fait cadeau d'un livre plein de mystères. *Le Manuel des maladies nerveuses chez l'homme*, de Moritz Heinrich Romberg. Il décrit de nombreuses pathologies plutôt rares, mais qui parlent si bien à l'imagination que le lithographe en a fait de nombreuses illustrations. *Hemiatrofei faciei progressiva*, semi-atrophie faciale ! Le cas Pauline Schmidt, moitié jeunesse, moitié dégénération. Il y a cent ans, tous les médecins européens la connaissaient, ils écrivaient des thèses sur elle, sans crainte de poser les questions des plus saugrenues. Ses pensées étaient-elles scindées elles aussi ? Pouvait-elle n'aimer qu'à moitié ? À l'époque, la science connaissait encore la passion. De nos jours, tout doit être utile, les cas atypiques ne nous intéressent plus.

En tournant les lourdes pages, il s'est perdu dans ses pensées. Il était clair qu'il désirait les partager, mais il hésitait, comme s'il tenait un rat par la peau du cou, un rat qui risquait fort de le mordre dès qu'il le lâcherait.

– Le soin avec lequel ce livre a été fabriqué, ça ne se voit plus nulle part, a-t-il dit au bout d'un moment. Pourquoi les gens sont-ils si pressés de nos jours ? Ils me font penser à des bêtes qui se dépêchent d'avaler leur nourriture avant qu'on ne les attrape. Ces dernières années, on a abattu beaucoup d'arbres pour en faire du papier à journaux. Les animaux se sont enfuis, des races ont disparu parce qu'elles ne rapportaient rien, en Australie par exemple. On ne peut plus voir une cascade sans penser énergie, ni un travail honnête sans le mécaniser. L'organique cède à l'organisationnel, mais attention, la violence avec laquelle cela se fait, cette rage qui n'épargne rien ni personne, elle est abjecte ! Et toi, Egon, qu'est-ce que tu fais ? Tu apprends à ces enfants à rester patiemment à l'intérieur d'un cercle tandis qu'à l'extérieur ils se feront dévorer tout crus. Ce qui est en marche dans ce pays, on ne peut plus l'arrêter.

Dans sa forme ancienne, lors d'une promenade solitaire sur son cheval, ou en taquinant ses bêtes dans le jardin, Egon aurait été d'accord avec la loutre. Il avait si souvent ruminé les mêmes pensées. Mais, depuis qu'il était revenu d'Amsterdam, sa mélancolie avait fait place à des projets qu'il désirait mener à terme et il n'avait pas l'intention de se laisser ébranler par un médecin qui prédisait des lendemains désenchantés. Il a quand même fini par nous renvoyer. Les jumeaux sont sortis en courant avec leur fleuret. Ils voulaient encore s'exercer dans le jardin. Un vent glacial a pénétré par la porte d'entrée. J'ai traîné un peu dans le couloir avec l'espoir d'intercepter quelques bribes de phrases, mais dans la salle on avait la sagesse de se taire. Je suis allée sur le perron, tremblant de froid et de l'audace de mes intentions. Ils ne se débarrasseraient pas si facilement de moi. Je savais les portes entrouvertes parce que Egon aérait la salle après chaque leçon pour faire partir l'odeur de notre sueur, plus forte depuis que la maison sentait le neuf. J'ai vu, entre les vitrages, qu'ils se tenaient face à face à l'endroit où j'avais dansé. J'avais valsé avec le bourreau venu pour départager les hommes en victimes et en coupables. Qui connaissait le fin mot de l'affaire ? Heinz, peut-être, qui fuyait notre regard depuis que le patron était rentré ? Quand le vent a tourné, j'ai entendu son nom.

– Heinz.

– Ah, ce pauvre diable, il fait le travail pour lequel il a été engagé !

– Je te jure, ils avaient pris mes armes. Chargées. C'est un miracle qu'elles soient à nouveau en ma possession.

– Et tu vas où ?

– Bordeaux.

– Tu y as des amis, de la famille ?

– De la famille. Ils veulent traverser l'océan, mais je pense qu'on n'en arrivera pas là.

La loutre a mis la main dans sa poche et en a retiré un petit livret.

– Avec un passeport comme le mien, on ne va plus très loin. C'est pourquoi Erich m'a dégoté celui-là. C'est grâce à lui si je suis encore en vie.

J'ai vu qu'il se frottait les yeux mais pas s'il pleurait. Egon lui a pris le document des mains, l'a reniflé.

– Impression or sur cuir. Il faut avouer, ils ont du goût. Mais où est l'Aigle de Weimar, il s'est envolé ?

– C'est un nouveau modèle avec l'emblème national. Je ne la vois pas d'un bon œil, cette swastika. Quelque chose en elle… Tu sais qui l'a ramenée en Allemagne ?

Egon a secoué la tête tout en feuilletant avec attention le document. Un coup de vent a fermé les vitrages. Comme si elle savait que je ne pouvais plus la voir, la loutre a élevé la voix.

– Le vieux Schliemann. Quand Schliemann a découvert Troie, il a trouvé la swastika dans la tombe d'Agamemnon. La croix et le masque.

– Schliemann est mort depuis un demi-siècle, a dit Egon.

– Possible, mais ensuite tous les autres archéologues ont défilé, dont Kossinna, qui a affirmé que la civilisation grecque était, en fait, germanique et que les héros de Homère étaient des Aryens. Schliemann, lui, voulait simplement prouver que l'Odyssée était une histoire vraie.

J'ai pris le risque d'avancer sur la pointe des pieds jusqu'à l'entrebâillement de la porte. La loutre marchait pas à pas sur le cercle de Thibault. Selon mon père, approcher la folie de trop près finit par rendre fou. Il l'avait observé à la clinique mais il craignait aussi d'être contaminé par la folie de sa femme. La loutre dans mon étroit champ de vision, je me demandais si le risque était plus important quand on ne se contentait pas d'être un simple spectateur, mais qu'on plissait les yeux pour mieux reluquer.

– Cet emblème est maudit, s'est emporté le Dr Reich. Je ne suis pas loin de penser que les malédictions poursuivent ceux qui profanent les tombes. Depuis que Schliemann a profané celle d'Agamemnon, une malédiction pèse sur les Allemands. Cette maudite croix qu'ils ont fait tourner de quarante-cinq degrés continue de tourner, elle nous entraîne dans une spirale négative, on finira par se mordre la queue. Une malédiction de ce lancier d'Agamemnon, un arithméticien néerlandais comme Thibault ne peut rien contre.

C'est alors que le vent a ouvert en grand les portes. La loutre a vu le regard d'Egon et s'est aussitôt tournée vers moi. Les deux hommes étaient frappés de stupeur. Que le vent tente de cacher ma honte en m'entourant d'un rideau de vitrage ne changeait rien à l'affaire, ils m'avaient surprise en flagrant délit d'espionnage. La loutre a grommelé quelques mots puis a haussé les épaules. Il était trop tard de toute façon, j'avais tout entendu. Le docteur s'est mis à rire, un rire hésitant d'abord puis de plus en plus fort, probablement parce qu'il n'avait plus ri depuis deux semaines.

– Quand on parle du loup ! N'a-t-elle pas l'air d'une déesse grecque, affublée de ce rideau !

Quand il a fini par prendre congé, Reich était particulièrement calme, presque dans son état habituel. Il chantonnait en se dirigeant vers sa voiture, il a retiré son chapeau pour s'asseoir et l'a remis une fois installé derrière le volant. Alors que je le regardais s'éloigner, je reprenais espoir. Peut-être que quelque chose de l'ancien Raeren était réapparu au domaine, quelque chose dont nous avions oublié l'utilité mais qui était trop familier pour qu'on s'en débarrasse. Quelque part sur ses murs vierges, une de ces petites choses inutiles venait de ressurgir, un petit miroir, trop haut pour qu'on puisse s'y mirer, et même pour qu'on puisse le voir.

2

J'ai été réveillée par un rêve qui ne s'est pas laissé rattraper. Dehors il faisait nuit, les oiseaux avaient cessé de chanter. Ma petite sieste s'était prolongée. J'ai refermé ma veste avec des fourmis dans les doigts. Une partie d'escrime, manger un bout et je me sentirais mieux. J'ai attrapé mon sac d'armes et je suis descendue. Un agréable fumet flottait dans le hall, Léni avait peut-être gardé un plat au chaud pour moi. Quelques détails d'un rêve étrange me sont revenus, un hibou géant appuyait sa tête ouatée contre la fenêtre, un vague adversaire se présentait avec deux armes qui n'étaient finalement que des chrysalides de papillons. D'un coup, je n'ai plus eu faim. Certains rêves font que le rêveur ne sait plus qui il est, ils baignent dans une lumière insolite et laissent un arrière-goût qui s'étend sur toute la journée. Je m'étais réveillée dans une maison où je n'avais rien à faire, où vivaient des étrangers qui ne se préoccupaient pas de moi, où des intrus prenaient ma place avec désinvolture. Ces tristes pensées se répétaient à l'infini, comme une récurrence programmée de la solitude dans laquelle j'étais désespérément enfermée. Le maître n'avait pas reparlé de mon départ. « Encore deux semaines », c'est bien ce qu'il avait dit, mais elles étaient pratiquement écoulées. Évidemment, je pouvais lui demander de me conduire à la gare, mais il serait peut-être trop content d'accepter. Je me voyais déjà dans le train, dans la même tenue qu'à l'aller, sans photo, n'ayant rien appris. La fin ridicule de mon *Guerre et Paix*. Le mieux était encore de demander à mon père de venir me chercher sans prévenir le maître. Cela ferait un beau remue-ménage, Heinz devrait se rendre au village pour envoyer un télégramme. Il était bien le dernier à qui j'aurais voulu confier cette mission.

Quelqu'un a toussé. La porte de la salle d'escrime était entrouverte, il y avait de la lumière à l'intérieur. Cela ne me rassurait pas.

– Il y a quelqu'un ?

Pas de réponse. J'ai mis mon masque pour me redonner du courage, mais aussitôt une autre image m'est revenue en mémoire : la chrysalide d'un papillon, à qui la reine remettait la médaille d'or. Continuer à avancer.

– Qui est là ?

Une femme se tenait dans la salle d'escrime, masquée elle aussi. Nous avons sorti nos armes en même temps. Elle avait la même taille que moi, elle a sautillé sur place comme je le fais toujours avant une partie. Une petite avancée, retour, trois petits sauts sur la pointe des pieds, puis soudain, sans hésitation, en garde, position parfaite. Qui était-elle ? Je respirais fort dans mon masque. Cela promettait un jeu excitant, surtout prendre les bonnes décisions. La poignée bien ancrée dans la paume de ma main, je suis passée de la quatrième à la huitième position puis j'ai effectué un raccourcissement du bras. J'étais prête. Qui était-elle ? Était-elle humaine ? Son corps se déployait à une telle vitesse que je n'aurais pas été étonnée de lui voir pousser une queue au bas du dos. Elle ne se déplaçait pas de manière fluide, mais en s'accordant de courtes pauses, comme les oiseaux. En un clin d'œil, elle a été sur moi. J'ai reculé, rabattu son arme, vaine riposte. Elle s'était retirée aussi vite qu'elle était arrivée. La grille de son masque était serrée, la lumière des appliques trop faible, je ne pouvais pas voir son visage.

Je sentais, en revanche, qu'elle était furieuse. Avant que j'aie eu le temps de réagir, elle m'avait touchée au ventre.

Elle est retournée triomphalement à sa place. Prêt, allez ! Sans aucune difficulté, elle a exécuté une fente digne d'Hélène Mayer avec une allonge défiant toute proportion. J'ai constaté avec stupéfaction que la pointe de son arme était sur mon flanc. Elle continuait à attaquer, ça m'agaçait sérieusement. J'avais appris qu'on pouvait mettre à profit ce type de comportement, il fallait laisser fulminer l'adversaire et réagir au bon moment, comme un psychiatre le fait avec un patient en crise, mais j'ignorais qui elle était, c'était bien le problème ; c'était peut-être moi la folle après tout. J'ai écarté le buste pour la déséquilibrer. D'une prime, j'ai enfoncé latéralement la pointe de mon arme sur sa taille, nous nous valions peut-être, finalement. Soudain, j'ai vu qu'elle souriait elle aussi. Nous croisions le fer, arme par-dessus et par-dessous celle de l'adversaire, serrions les poings de la même façon quand nous touchions et nous nous retenions de crier quand nous étions touchées, même si nous en mourions d'envie. En fait, je n'avais encore jamais aussi bien combattu. Au huitième assaut, j'avais deux points d'avance, mais je n'éprouvais pas le besoin de gagner, je souhaitais que cette formidable partie ne se termine jamais. Mais alors elle a retiré son masque.

J'ai vu Hélène Mayer, avec ses tresses très blondes plaquées sur les oreilles. L'instant suivant, je ne savais plus qui je voyais, comme on ne comprend pas ce qu'on mange quand ce qu'on a dans la bouche ne correspond pas à ce qu'on pensait y avoir mis. Puis j'ai reconnu ses yeux bleu azur, son menton volontaire, ses lèvres rouges et sévères. Avec ses joues gonflées de fatigue, Julia semblait plus jeune que jamais. Elle aurait pu être ma sœur.

– C'était ton premier ?

– Pardon ?

– Egon n'était pas mon premier.

Elle a eu un sourire amer.

– Mon mari non plus, il est arrivé trop tard lui aussi. Tu vois, on baisait à tour de bras. Toutes les femmes du village avaient attendu bravement jusqu'à ce qu'elles comprennent ce qu'elles avaient vraiment à perdre. Je peux te les montrer, les femmes qui sont restées fidèles, puis n'ont pas fait le bon choix et ont maintenant l'air d'avoir trente ans de plus que moi. Dans une guerre, la virginité, c'est de la rigolade.

Comment le savait-elle ? Egon n'avait certainement rien dit. Est-ce que les jumeaux s'en étaient rendu compte et l'avaient répété à leur mère, ou, pire, peut-être ne parlait-elle pas d'Egon mais de Friedrich ? J'ai passé la main sur mon visage comme si je pouvais y découvrir ce qu'elle y avait lu.

– Tu penses maintenant : comment le sait-elle ? Je sens ce genre de chose. N'oublie pas, je suis la mère de jumeaux. Une demi-déesse. C'est ce que disent les indigènes en Afrique, que les jumeaux sont des dieux, qu'ils naissent sans que leur mère soit fécondée.

Elle racontait bien, même si c'était du travail d'actrice. Elle a parlé de jumeaux qui émergeaient de la brume à la frontière nigérienne et partaient à la recherche d'une femme qui allait devenir leur mère. Le père ne comptait pas, encore moins que Joseph dans la Bible, n'importe qui pouvait tenir ce rôle ; Egon ou son mari, ou n'importe quel autre gars qui aurait eu la chance de s'arrêter dans un village où les femmes se laissaient prendre comme si leur vie en dépendait. Tout tournait autour de ces magnifiques enfants. Eux qui regardaient avec deux yeux et parlaient d'une seule bouche. Eux qui l'avaient choisie. Elle marchait de long en large de ce pas léger qui se voulait flottant, se regardait de la tête aux pieds dans le miroir, puis quittait son image spéculaire en souriant. La garce. Je me suis souvenue que, pour les Indiens, les jumeaux étaient une malédiction. Que, selon leurs croyances, la mère s'était disputée quand elle était grosse, que ses enfants devaient continuer à boire son urine, sans quoi ils la tueraient. J'avais lu cela quelque part et cela pouvait tout aussi bien être vrai. Mais je me suis bien gardée de le lui dire quand elle est venue se mettre face à moi.

– On est très seule quand on est la mère de jumeaux. C'est comme si je ne les avais jamais eus. Leur amour, ils le portent avant tout à leur autre moitié.

Allons bon, elle remet ça ! Cela m'étonnerait beaucoup que cette femme puisse inspirer de la tendresse à qui que ce soit. Terriblement seule, ô la pauvre ! De la pitié ? Et puis quoi encore ?

– Et ces pauvres filles qui tombent amoureuses d'eux… Car ne sont-ils pas beaux, ne sont-ils pas parfaits ? Pourtant je peux déjà leur dire que dans l'intimité elles ne posséderont que la moitié d'un homme, l'autre moitié appartenant pour toujours à son frère. Il faut qu'ils fassent leur service militaire le plus tôt possible. D'après mon mari, ils y apprendront à se mettre au service des autres et s'occuperont un peu moins d'eux.

La surface de ses yeux s'est brisée, de l'eau sous la glace. Elle ne jouait pas la comédie car son nez s'est gonflé et sa bouche s'est pliée en une grimace clownesque qu'elle n'aurait sûrement pas trouvée jolie. Elle a pris ma main, la sienne était moite.

– Tu sais, a-t-elle dit, pour les indigènes du Cameroun, les jumeaux sont des dieux parce que leurs deux âmes sont visibles en même temps. Mais en fait nous sommes tous des jumeaux. Selon ces indigènes, chacun de nous a une âme qui vit notre vie et une autre, une âme-ombre, qui nous suit et nous observe, se tient à l'écart jusqu'au moment de la mort, où elle raconte tout ce que nous avons vécu à notre nouveau corps. Ça ne serait pas beau, ça ? Que tout soit noté ?

Pour illustrer son propos, elle a montré son ombre cocasse sur le mur. J'ai marmonné que j'avais aimé me battre avec elle mais que je devais aller me coucher. Elle a haussé les épaules et elle est sortie par la porte du balcon dans l'obscurité naissante. Disparue, comme ça. Pas de bruit de moteur, rien. Seulement, à hauteur du chêne, un scintillement indéniablement féminin et hautain, mais cela pouvait aussi bien être un de ces esprits qui ne se manifestaient qu'en présence de Heinz. La tempête comprimait l'air autour de la maison. Les fenêtres s'étiraient comme pour conserver le silence oppressant qui, désormais, s'annonçait de plus en plus tôt. Un mois auparavant, à la même heure, Egon avait joué aux cartes avec Heinz, ils s'étaient disputés, puis une bouteille avait été débouchée, mais à présent la cuisine était vide, rien ne mijotait sur le fourneau et dans la cheminée les cendres avaient refroidi. Je n'entendais plus couiner les marches dans l'escalier, qui me semblait sans fin, comme si le grenier se trouvait un étage plus haut que d'ordinaire. Le malaise était si fort que je tapais du pied en souhaitant que le jour se lève afin de pouvoir sommer Egon de m'emmener à la gare. Je ne voulais plus m'endormir sans que quelqu'un me souhaite bonne nuit, je me sentais plus seule que jamais et, si j'avais une âme-ombre, elle était bien discrète. Peut-être que ma vie ne valait pas la peine d'être observée, que rien de ce que je vivais ne valait la peine d'être transmis. Peut-être que le Raeren était interdit aux ombres, qu'elles flottaient derrière l'enceinte comme des mendiants que l'espoir d'être accueillis n'aurait pas quittés.

Et, pourtant, quand j'ai ouvert la porte de ma chambre, j'ai senti la chaleur d'une autre main sur la poignée. Il y avait une lettre sur mon lit. Le dos de l'enveloppe était tourné vers moi, comme si l'expéditeur s'était enfui immédiatement après l'avoir léché. Sur le devant, mon nom, dans une écriture négligée que je ne connaissais pas. J'ai fait un rapide tour de la pièce. Il n'y avait personne sous mon lit, le balcon était vide. *Janna*. Oui, d'accord, c'était moi. Cette enveloppe n'avait pas besoin d'être cachée ou brûlée, elle m'était adressée, je pouvais l'ouvrir tranquillement. Mais je n'en avais pas envie. Dans la lettre qu'il m'avait confiée, mon père disait savoir qu'Egon la lirait puisque je la lui remettrais en main propre. Il ignorait que toutes ses lettres avaient été lues. Les enveloppes déchirées avec brusquerie, les lettres lues et relues avec attention. Egon y avait même répondu, mais les réponses n'étaient pas arrivées à destination. Il aurait fallu pour cela qu'Egon se donne la peine de coller un timbre, de trouver une boîte aux lettres – des détails. La chose importante, c'est qu'il avait adressé ses mots à mon père, hors d'atteinte il est vrai, et qu'il les avait gardés pour un meilleur moment. Jusqu'à ce que je me mette entre eux. Que je reçoive, moi aussi, une lettre qui me rendait nerveuse, tel le pilleur d'épaves se retrouvant nez à nez avec celui qu'il a volé. J'ai reniflé l'enveloppe. Il est très rare qu'on n'ouvre pas les enveloppes. Les laisser fermées quand on n'en connaît pas le contenu, c'est au-dessus de nos forces. Nous pouvons nier ce qui a été dit, mais les mots écrits nous les répétons tout haut en pensée et, après seulement, nous décidons que nous aurions préféré ne pas les lire. J'avais la nausée en dépliant le fin papier. La lettre ne remplissait qu'un quart de page d'une écriture pompeuse et insensée.

À la plus belle, la plus charmante des mousquetaires !

Notre première danse, je ne l'oublierai jamais. Oui, nous avons dansé, c'est ainsi. Je sais encore exactement quel oiseau chantait quand je suis sorti, et quand j'ai levé les yeux vers la chambre où tu te remettais de ton trouble, cette maudite maison m'a semblé aimable, parce qu'elle se souciait de toi. Tu te tais depuis, parce que tu avais vaguement perdu connaissance et que tu n'as pas bien compris ce qui s'était passé. Mais ceux qui nous ont vus, qui ont vu nos pas se rapprocher puis s'éloigner, ce qui s'appelle danser, savent qu'il ne s'agissait pas de combat, même si nous sommes tous deux des escrimeurs et que nous avons grandi de part et d'autre de la frontière. L'ennemi, c'est l'autre qui, sans qu'on lui ait rien demandé, est venu se mettre entre nous. Celui-là, je le vaincrai, même si je sais que tu ne le souhaites pas. Ne m'en veux pas de ne pas signer cette lettre. Bien que je ne croie pas un mot des bruits qui courent sur les raisons de ton séjour au Raeren, je pense qu'il est dangereux, ces temps-ci, de révéler ses sentiments, même s'il s'agit d'amour. S'ils sont partagés, nous nous retrouverons, comme la passion tend vers le fleuret et le fleuret vers le cœur.

Janna, je t'aime, ne me désavoue pas.

Zut alors ! Je devais fuir, quitter ces lieux au plus vite. C'était tout simple, je n'avais que deux ou trois choses pratiques à faire, préparer ma valise, acheter un billet de train, des détails. C'était le meilleur moment. Je n'aurais pas à faire mes adieux, je sortirais ma valise en douce et j'attendrais Heinz, mon porteur faux jeton. Il me conduirait au village et, dès que nous aurions franchi le portail, mon ombre innocente, qui m'avait attendue derrière le mur d'enceinte, se joindrait à nouveau à moi et je rentrerais à la maison avec une conscience aussi pure que celle avec laquelle j'étais partie.

3

La journée a débuté par un cri. Il venait de loin, d'en bas, était monté dans les étages, puis s'était transformé en un gémissement sourd avant de s'éteindre, telle la bouilloire qu'on retire du feu. Heinz était tombé du grenier à foin. Il avait raté un échelon et s'était retrouvé quatre mètres plus bas, près des balles qu'il avait, peu avant, jetées au sol. Nous l'avons découvert les mains autour des chevilles sur le sol en pierre. Le saint-bernard était assis près de lui et remuait la queue comme s'il y avait de quoi se réjouir.

– Cassée, merde ! gémissait Heinz. Ma cheville est cassée et tout le monde s'en fout !

Egon a constaté que rien n'était brisé, foulé tout au plus, mais Heinz a voulu être soutenu pendant qu'il se rendait à cloche-pied à la cuisine, où on l'a bandé, on lui a servi un alcool de prune, et ne restait-il pas un morceau du pain d'épice que Léni avait cuit ? Après quelques petits verres, il s'est essuyé les yeux, pourtant secs, avec les jointures de ses poings et a déclaré que cette fois il avait eu son compte. Egon s'est assis à côté de lui en soupirant. Si ça allait durer encore longtemps, son petit jeu ? Heinz lui a jeté un regard aussi noir que la crasse de ses ongles et, les mains à plat sur la table et penché en avant, Egon a soutenu son regard. Ils se sont observés ainsi, en chiens de faïence, tendus, méfiants, jusqu'à ce que les jumeaux viennent demander si ce n'était pas l'heure de la leçon.

Je pensais m'être remise de mes doutes nocturnes mais, à la vue de ces profils délicatement peints, je me suis souvenue, mot pour mot, d'une phrase : *Mais ceux qui nous ont vus, qui ont vu nos pas se rapprocher puis s'éloigner, ce qui s'appelle danser…* Une phrase avec trois indices en direction de l'expéditeur. Un escrimeur avec qui j'avais dansé et qui vivait de l'autre côté de la frontière. Le seul homme avec qui j'avais dansé au Raeren, si on pouvait appeler ça danser, c'était le bourreau. Une farce avec la seule femme présente, un peu de « communauté des peuples » selon ses propres mots. Je n'avais sûrement pas fait grande impression sur lui. C'était un escrimeur, il était allemand, mais c'était aussi le cas pour trois des quatre hommes qui, tous, à la table de la cuisine, m'ignoraient. Les jumeaux ne m'avaient même pas saluée, ils avaient compris qu'il n'y aurait pas de leçon ce jour-là et avaient tiré vers eux le pain d'épice de Heinz. Friedrich se léchait les doigts un par un. L'écriture était pompeuse, pas celle de quelqu'un capable d'écrire des phrases bien construites depuis seulement une petite dizaine d'années. Les mots étaient tracés à grands traits, comme dans les vieilles lettres d'Egon, mais une écriture pouvait-elle rester à ce point la même quand vingt ans plus tard des tas d'autres lettres avaient été écrites ? Avec le temps, nos projets mais aussi nos gestes rapetissent.

Non, donc. Je n'avais jamais dansé avec Egon. Julia oui. Il avait entamé dans ses bras un début de valse avec l'air d'un animal qu'on aurait habillé pour s'amuser. Il n'aurait probablement pas accepté de danser avec moi. Il aurait voulu conduire, soi-disant parce que ces danses-là je ne les connaissais pas, et j'aurais dû me débrouiller avec sa claudication. J'ai regardé son dos dans sa chemise en coton et j'ai pensé avec satisfaction que je l'avais connu. Chaud, doux, solide comme un meuble poli. Quand mes mains le caressaient, je savais que vers le milieu je devais les soulever parce qu'il y avait là une irrégularité. Une vilaine verrue. Encore plus bas, vers son sacrum, c'était l'endroit le plus chaud, on n'avait plus l'impression de toucher du bois, mais du métal. Ce n'est pas là que j'aurais mis ma main, si on avait dansé.

Ils continuaient à se taire. Les frères entre eux, le serviteur envers le maître et vice versa. Leur méfiance était palpable, toutes les rumeurs et suspicions qui, jusqu'ici, étaient restées suspendues dans l'air s'entrelaçaient au-dessus de cette table pour former un solide cordon. Je n'avais aucune envie d'entendre ce qui se dirait si le nœud était tranché. Je me suis avancée et j'ai posé une main sur son épaule.

– Viens faire un tour avec moi, me suis-je entendue dire d'une voix qui à ce moment-là dans la cuisine devait sembler bien raisonnable. J'ai quelque chose à te demander.

Egon a hoché la tête et s'est immédiatement levé, de bien meilleure humeur que je ne le soupçonnais et plus aimable que ceux qui étaient restés assis à se taire. Une fois dehors, en jetant un coup d'œil par la fenêtre, j'ai vu qu'ils avaient gardé leur position, la tête si échauffée qu'au-dessus d'eux l'air aurait pu se rider. À l'extérieur, la température était autour de zéro degré. L'herbe était dure sous nos pieds et sous les pattes du saint-bernard qui courait devant nous dans son nuage d'insouciante chaleur canine. Au milieu du chemin, Egon a trouvé un bâton qu'il s'est mis à jeter en l'air et à rattraper en secouant la tête pour chasser ses pensées.

– J'échangerais volontiers ma place contre la sienne. Pas toi ? Courir un peu dans l'ici et maintenant, ça me semble être une bénédiction. C'est l'histoire qui nous distingue des animaux, mais ça nous sert à quoi ? Je m'en serais bien passé, de l'histoire.

Son regard s'est perdu dans le lointain mélancolique de ses terres automnales. J'attendais qu'il parle, qu'il raconte une histoire que j'aurais trouvée acceptable, mais il n'a rien ajouté. J'ai croisé les bras, parce qu'il était exclu que nous puissions jamais marcher bras dessus bras dessous.

– Pourquoi n'as-tu pas envoyé ces lettres ?

Il m'a fait un clin d'œil, si bref que j'étais en droit de me demander si je n'avais pas rêvé. Il s'en fichait probablement, je partais de toute façon.

– Ça aurait servi à quoi ? a-t-il dit avec nonchalance. Le courrier des camps d'internement était toujours censuré. Mes lettres auraient été interceptées par des mains malveillantes. Des doigts fureteurs, noirs d'encre, les auraient feuilletées en quête de mots imprudents. Ce sont de drôles de gens, tu sais, je les connais bien. Pas des héros, pas des salauds non plus, des anonymes solitaires qui prennent peur quand on s'adresse à eux directement. J'avais écrit ces lettres dans l'idée de les envoyer plus tard, mais la guerre a pris fin et ça n'avait plus d'importance.

Il a attendu, parce que c'était mon tour d'aborder les affaires pratiques. J'ai obéi, comme je l'avais fait ces dernières semaines.

– Je pars.

– Je sais.

– Mais je pars dès cette semaine et j'aimerais que mon père vienne me chercher.

Il a acquiescé d'un hochement de tête.

– Tu as toujours la photo ?

Je me suis tue, interloquée.

– La photo que tu as montrée au cours du repas, de ton père et de cet homme ?

– C'était toi.

– Non. Il a souri mollement. Je n'étais pas moi-même.

Il s'est un peu éloigné. Quand était-il lui-même ? Devant moi marchait mon premier amour, l'homme qui aurait préféré ne pas avoir de passé et avait décidé de vivre dans un éternel présent, comme son chien. Cet homme n'était déjà plus celui que j'avais espionné, je n'avais plus à chercher qui il était, il le racontait lui-même, sans se faire prier. Il abandonnait avec désinvolture son passé, nous y laissant enfermés, mon père et moi, telle une vieille moisson oubliée. Ceux qui les voulaient pouvaient les avoir, ces histoires poussiéreuses, car de nouvelles s'annonçaient.

– J'étais méconnaissable, a-t-il crié dans le vent. Une ombre de moi-même. Ton père a dû te parler des troubles dont je souffrais ? État maniaque, besoin compulsif de régularité et d'équilibre. Toutes les choses devaient s'accorder, toute la sainte journée. Parfois je me creusais la tête du matin au soir pour recréer l'harmonie, mais ça ne fonctionnait jamais. Alors je n'osais plus bouger parce que mes draps auraient pu prendre un mauvais pli. La nuit, je trouvais que la lune avait besoin d'un coup de rabot parce qu'elle mettait en danger l'équilibre de l'univers. Ou bien c'était l'arbre. Il n'était pas exactement au centre de la vue qui s'offrait à moi et me rendait nerveux. Je demandais à l'infirmière de déplacer mon lit pour remédier à cet inconvénient, mais elle refusait. Son œil droit était plus grand que le gauche, ce qui me poussait à fermer les yeux dès qu'elle entrait dans la pièce. Plus tard, ton père et moi avons fait de prudentes promenades. Buissons qui n'avaient poussé que d'un côté. Pavés inégaux. Le portail que nous passions tous les jours avait perdu une pierre, le trou avait été bouché n'importe comment. Cela ne se limitait pas à des désordres visuels. J'avais la nausée si le chant d'un oiseau dérangeait mes attentes en se brisant sur un triolet. Jacq m'a donné le nom de ma maladie, mais je l'ai aussitôt oublié. Je me moquais pas mal de son diagnostic, mon mal était la conséquence logique de ce qu'il m'avait fait subir.

Il m'a jeté un regard investigateur. Il savait que je savais ce qu'il allait me dire. Je l'avais lu. Il devait simplement me le rendre plus intelligible, ajouter quelques commentaires dans la marge.

– Ils m'ont empêché de faire mon travail, je n'ai pas pu le terminer, et ils m'ont enfermé dans le désespoir, a-t-il dit en hochant la tête. Je me suis soudain réveillé sur un tertre aux Pays-Bas, un vaudeville avec des rues pavées, des oiseaux piailleurs, des infirmières bancales et les accessoires d'un quotidien banal et mensonger, alors que la vraie vie continuait quelques kilomètres plus loin. N'importe qui aurait vrillé à ma place. Qu'ils m'aient laissé errer ainsi pendant quelques mois, passons, je pouvais le supporter, mais qu'ils aient voulu m'immortaliser dans cet état, ça allait trop loin. J'ai essayé de fuir l'appareil photo. Si j'avais su alors ce qui m'attendait, qu'ils allaient encore m'enfermer, je serais vraiment devenu fou. Sur la photo, j'étais encore une ombre. Plus tard, dans le camp, je suis devenu complètement invisible. Ton père n'a jamais compris que mon esprit ne pouvait trouver la paix que dans la guerre.

Il s'est penché pour cueillir une fleur sur la terre durcie. Même si la clarté du soleil se faisait de plus en plus faible et durait de moins en moins longtemps, afin de ne pas se faire d'ombre, les petits pétales blancs étaient toujours disposés selon un angle de 137,5 degrés autour de la tige. Soudain j'ai vu mes parents marcher devant moi au cours d'une de ces promenades du dimanche où nous tapions du pied. J'ai vu les bottes de mon père écraser les broussailles tandis que ma mère se traînait dans ses pas. En fait, elle était incapable de le suivre. Elle aurait peut-être préféré marcher à son bras, mais sa crédulité en faisait une étrangère aux yeux de mon père. Peut-être aurait-il dû, lui aussi, lui raconter de temps à autre une histoire de l'ordre du merveilleux, comme la géométrie sacrée de la nature, les coquillages logarithmiques, les rayons hexagonaux de la ruche, les orgues basaltiques ; elle l'aurait écouté comme elle écoutait le curé, et, quand elle aurait dit que c'était la main de Dieu, il aurait hoché la tête puisque, n'existant pas, Dieu n'était pas réfutable. Ils auraient peut-être quand même eu un bon mariage. Egon avait mis la fleur dans sa bouche, il la mâchait d'un air pensif.

– On dit que la guerre c'est le chaos, mais c'est tout le contraire. Je n'ai jamais aussi bien dormi qu'au front. La vie y est ramenée à ses fondements, de la cuisson des patates sur un feu de bois au moment où on éteint la bougie avant de s'endormir. Le matin, on ouvre les yeux et on réalise que c'est peut-être la dernière fois. Cela a quelque chose de rassurant. Une pensée magnifique de simplicité. L'ennui, la satiété, cela garde les gens éveillés ; la richesse nous rend fébriles.

Il s'est mis à sautiller, le chien lui procurant une excuse bienvenue, et il le faisait étonnamment bien. En sautillant, il n'avait pas l'air de souffrir de sa jambe.

– C'est à nouveau dans l'air, a-t-il dit en montrant le ciel. Sens, c'est pour bientôt, on ne va pas tarder à remettre ça. Une fois le décor retiré, on pourra à nouveau se consacrer à l'essentiel. Terminer enfin ce que nous avons laissé en plan.

À ce moment précis, on a entendu le second cri de la journée. Une salve de oh et de ah s'échappaient de la gorge de Léni, qui courait vers nous à travers le pré, chancelant et trébuchant comme si elle boitait elle aussi, comme si boiter était devenu contagieux au Raeren.

– Mon Dieu, mon Dieu ! a-t-elle haleté quand elle nous a rejoints. En voilà une histoire ! Le pied d'Heinzi, qu'est-ce que je vais faire maintenant ? Le pied d'Heinzi ! Qui va me conduire au marché ?

Tout son corps se secouait, le ventre, les joues, la tête, les mains tandis qu'elle répétait « le pied d'Heinzi ! ». Elle avait du mal à se faire à l'idée que cet élément peu ragoûtant du corps de son mari s'avérait être un pilier essentiel de son ménage.

– On ira ensemble, a dit Egon tranquillement. Ensemble dans la voiture, comme au bon vieux temps, tu te souviens ? Et Janna vient avec nous, car nous devons envoyer un télégramme.

Une demi-heure plus tard, nous étions tous les trois dans la voiture, en route vers quelque chose qui n'avait pas sa place au Raeren et ne faisait pas partie de mes plans. La route du village était parsemée de branches mortes, Egon les contournait avec brusquerie. Il n'avait pas remonté la capote, toutes sortes de choses nous collaient au visage, des bouts de la forêt que nous laissions derrière nous. Je regardais le ciel où les oiseaux faisaient du surplace dans la tempête et où les feuilles tourbillonnaient ; puis les poteaux électriques et les fils téléphoniques sont apparus.

Choquée probablement par la profusion des couleurs, j'ai immédiatement oublié le nom du village. Les façades des maisons, bleu pastel, mauves et jaune citron, faisaient penser à des dragées ; à l'angle d'une rue, nous nous sommes arrêtés devant les auvents rayés rouge et blanc du marché et nous nous sommes mêlés à la foule des badauds avec leurs chapeaux de chasseur vert gazon ou bordeaux aux plumes bigarrées, leurs boutonnières, leurs sacs de jute noirs, leurs nez bronzés, leurs joues roses, leurs lèvres maquillées de rouge, leurs ongles, leurs dents, leurs éclats de rire, leurs clins d'œil, leurs cris, leur chahut, leurs vies qui leur promettaient encore tant de choses. Nous avons perdu Léni, mais Egon ne s'en inquiétait pas. Il a choisi un muret où s'asseoir et fumer une cigarette. Je ne regretterais pas d'avoir connu cet homme. Il valait la peine qu'on se souvienne de lui ; l'adresse de ses doigts, mais surtout ses lèvres hautaines me reviendraient toujours en mémoire et, aussi, son regard impassible et lointain quand il craquait une allumette parce qu'il savait faire ces choses à l'aveugle, la chaleur et les battements de son cou.

Les autres visages, dans la rue, me semblaient tous bizarres, si différents de celui d'Egon et du mien. Même Léni était une autre sorte de mammifère. Je ne comprenais pas leur langue. Celle de ces gens ne ressemblait pas à ce que je pouvais comprendre au

Raeren. Les sons se bousculaient les uns les autres. Un boucher, derrière son étal, aurait pu être mis en broche tant il était bien nourri, pétri comme ses saucisses, complètement chauve de surcroît, pas de sourcils non plus. Il servait une femme qui remplissait sa poussette à ras bord. Un petit tonneau de miel reposait à la place de l'enfant. Tout le monde se connaissait apparemment. Une femme plus âgée a enlacé la femme à la poussette, elles se parlaient à l'oreille en riant. En regardant mieux, j'ai reconnu Léni. Elle a hoché la tête dans notre direction, répondant probablement à un signe d'Egon. Nous nous sommes dirigés vers la poste, lui et moi.

Elles étaient de nouveau là, les croix gammées.

J'ai repensé à ce que la loutre avait dit à propos de l'archéologue qui avait exhumé le funeste symbole. La piétaille faisait ici ses courses, la malédiction d'Agamemnon suspendue au-dessus de sa tête. Dans mon imagination, le gai bourdonnement de la foule se confondait avec le mugissement d'un maelström ou le bruit qu'on entend dans la spirale d'un coquillage et je voyais ces gens aspirés vers le bas avec leurs courses et leur folklore. C'était leur destin. Ils n'y échapperaient pas ; la swastika les étourdissait et les entraînait dans ses tourbillons.

– Tu te sens bien ? a dit la voix d'Egon, qui semblait lointaine. Tu es si pâle.

Le silence, dans le bureau de poste, était aussi profond que dans une église. Une fenêtre haut placée laissait pénétrer le soleil. Le carrelage, qui brillait comme un gros morceau de lard, s'étendait jusqu'à la réception en bois verni où un seul guichet était ouvert.

– *Heil Hitler*, a dit la femme, mais elle ne souriait pas, elle plissait les yeux à cause du soleil, elle avait un teint de cire et de laiton.

Egon a pensé qu'il valait mieux que je l'attende sur un banc. Il a suivi le cordon jusqu'à l'employée, qui lui a remis un formulaire. Il l'a rempli en s'appuyant sur le bois. Elle est demeurée immobile derrière son guichet. Ses yeux suivaient la main mais ne lisaient pas les mots. Dans son métier, seul leur nombre comptait, pas leur signification. Il a croisé une jambe derrière l'autre, a fini de griffonner sa missive puis lui a tendu le papier. Elle a compté les mots en les tapotant du dos de sa plume, comme si elle les codait déjà en morse. D'autres bruits ont suivi, comme celui d'un tampon, d'un tiroir, du chariot sur lequel la lettre était envoyée au télégraphiste et celui des reichsmark, ça aussi, j'avais failli l'oublier : l'argent. À présent je voulais vraiment rentrer chez moi.

Qu'est-ce que c'est, un chez-soi ? Je buvais comme un animal angoissé. En face de moi, Egon jouait aux cartes avec les jumeaux. Ils avaient refusé le jus de pommes et réclamé de la bière parce qu'ils estimaient qu'ils étaient de vrais hommes. Léni faisait frire le boudin blanc qu'elle avait acheté au marché, ça nous faisait saliver mais nous n'osions rien dire. Tout n'était qu'or brillant dans le plat qu'elle nous servait dans la graisse chaude et les pommes cuites. Comme une magicienne, elle a ajouté dans chacune de nos assiettes, d'une main une petite poignée de poivre, de l'autre une pincée de sel. Mais Egon a brisé le charme. Il a fait apparaître une carte scandaleuse en tapant sur le poignet de Friedrich, qu'il n'a plus lâché. Malgré les gants que nous portions pendant les leçons, nous étions reconnaissables aux durillons que le fleuret laissait sur nos mains. Les hommes et leurs armes ont le même âge, les fouilles l'ont prouvé. La main est notre arme la plus puissante, car l'homme a fait son apparition lorsque ses pattes ont disparu et que sa main s'est développée. Mais, sans arme, cet instrument ne vaut rien. Ce que Egon tenait, c'était une patte honteuse.

Heinz est entré en boitant. Il a d'abord vu devant nous la nourriture que nous n'avions pas touchée, puis nos regards, puis la patte. Il a compris et nous a rejoints. Nous étions désormais tous réunis : le tricheur, la voyeuse, les traitres. Une situation qui ne pouvait que dégénérer. Pourtant nous attendions tous un signe d'apaisement de la part du maître. En fait, il s'est mis à boire, sans frein. Heinz ne l'a pas accompagné. Il se maîtrisait depuis qu'il s'était persuadé que les rôles étaient inversés, que son patron était devenu son inférieur. Il avait tellement bu d'ailleurs, le patron, que j'ai dû le soutenir quand il a fini par se lever. Nous avons marché tous les deux, traversé son couloir, des pas pressés le long des grandes fenêtres, fuyant l'immense clarté de la lune. Une odeur de fauve régnait dans sa chambre. Il a balancé ses chaussures et culbuté sur le lit, marmonnant que mon père était sûrement en train de faire ses valises.

– C'était sa parole contre la mienne, a-t-il soufflé. Soit ma mémoire a été kidnappée, soit c'est moi.

J'ai déboutonné sa chemise. Tout bien considéré, cet homme était extrêmement bien fait. Il faisait penser aux modèles des cartes anatomiques du corps humain de mon père, des hommes de son gabarit, jamais les grands échalas ou les petits gros qu'on avait plus souvent l'habitude de croiser. Ce corps était le standard, cela avait été décidé une fois pour toutes. Avec un corps comme celui-ci, on pouvait facilement montrer que l'homme peut se diviser en extrémités et en tronc. Il était fait pour être décrit en latin, dessiné sur du papier quadrillé. Le visage, par-dessus, avec ses creux et ses rides, on le laisse dans le flou pour les besoins de la démonstration, car il n'est pas question ici d'émotions, mais d'organes et de tissus, choses que les gens ordinaires préfèrent ignorer. Seuls les médecins et les malades se soucient, disons, au hasard, d'un pancréas. Pas mon amour engourdi, qui s'est laissé déshabiller sans quitter son sourire béat. J'ai caressé l'intérieur de ses cuisses. Si j'avais eu un stylo, j'aurais noté : peau étonnamment douce mais ferme, système pileux peu développé, également autour du sexe, qui est chaud à la main et satisfait, comme le reste de sa personne. Si je partais à cet instant, je pourrais faire de lui ce que je voudrais. Il n'aurait aucune prise sur ce que je raconterais, je pourrais exagérer certaines choses, en taire d'autres, romancer à volonté. Je pourrais en faire un maître d'escrime aimable et un vagabond anarchique fou de moi. Je n'ennuierais personne avec des détails, ce serait un récit compact, bien articulé, qui tiendrait au dos d'une carte postale. Plus limpide, en tout cas, que le chaos de son domaine, son histoire et son avenir, dans lesquels j'allais le laisser sans connaissance derrière moi.

L'expression de son visage était indéniablement étrange. Il aurait fallu allumer pour voir s'il souriait vraiment, mais il se serait réveillé et je voulais pouvoir contempler encore cet autre Egon, pas le maître revenu égaré d'Amsterdam, mais une âme aimable qui me regardait à travers ses cils. J'ai enlevé ma culotte et je me suis assise sur lui. Son sourire s'est élargi.

4

On nous lorgnait. Je n'avais pas besoin d'ouvrir les yeux pour le savoir. Les reptiles ont un troisième œil dans le cou qui leur permet d'enregistrer la tension et la chaleur d'une attaque dans le dos. Je me suis immobilisée tel un iguane sur une pierre chaude, les fesses au soleil. Il nous a vus nus. Il a vu qu'une de mes jambes nues reposait sur une jambe d'Egon, que mon bras entourait son dos, et son bras mes épaules, et que nous nous étions endormis dans cette position. Il a vu un homme qui avait l'âge d'être mon père, avec, comme les cernes d'un arbre, les marques de cet intervalle de temps sur sa peau : la blessure de guerre sur sa cuisse, le firmament de taches mélaniques sur ses épaules, la corne sous ses pieds. Et, à côté, il a vu la plante des pieds virginale de la fille à qui il avait écrit une lettre d'amour. Je n'aimais pas trop marcher pieds nus, les clochards eux-mêmes n'y tiennent pas.

Je suis restée un moment à le fixer avec mon œil de reptile, jusqu'à ce que j'entende mon admirateur sortir d'un coup de sa stupeur tandis que, d'un mouvement brusque, il rattrapait un objet sur le point de tomber sur le sol. Quand j'ai été certaine qu'il s'était retourné, j'ai ouvert les yeux. Dans la lumière diffuse, j'ai vu son dos dans sa veste d'escrime, son poing qui, furieux ou choqué, avait laissé tomber quelque chose puis avait claqué la porte derrière lui. Il m'a semblé que le bruit faisait trembler la maison. Egon s'est réveillé avec sa raideur habituelle et a immédiatement fixé l'endroit d'où l'auteur de la lettre avait fait demi-tour. Pourquoi partais-je du principe qu'il s'agissait de l'auteur de la lettre ? Comment pouvais-je être si sûre que le contour furtif que j'avais entrevu – car c'était seulement un contour, une ombre, un ange – avait écrit la lettre ? Je n'en savais rien et c'est pourquoi je l'ai suivi. J'ai ramassé le drap qui traînait par terre, je m'en suis enveloppée des pieds à la tête et je l'ai serré pour m'en faire une cuirasse, car depuis que la maison avait tremblé, il y avait de la menace dans l'air. J'ai traversé le couloir à petits pas entravés, longé le paysage dénudé et hostile qui semblait vouloir m'éjecter du domaine. Une peine qu'il pouvait s'épargner, j'allais partir de toute façon, aussitôt que j'aurais éclairci cette énigme. Je l'ai à nouveau aperçu dans le hall, sa veste d'escrime flottant derrière lui comme des ailes. Direction la salle d'escrime : je voulais voir son visage mais une main apportant une missive m'a retenue. Léni me la tendait sans mot dire, en mastiquant, sans doute son petit déjeuner. Par chance, la feuille contenait uniquement quelques mots que mon père avait dictés à un télégraphiste de Maastricht : il arriverait en voiture vers l'heure du déjeuner, merci et salutations. J'ai hoché la tête, Léni est retournée à la cuisine, mâchant toujours comme un lanceur de couteaux. Encore une demi-journée et je n'aurais plus affaire à elle. Mais, ce dos, je devais savoir auquel des deux il appartenait. Marche arrière donc.

Dehors, l'atmosphère n'était peut-être pas aussi hostile que ma mémoire me le suggérerait plus tard. Le vent cinglant, les hurlements des animaux, la prolifération de la mousse sur les marches menant à la plate-forme, ce sont typiquement des détails que la mémoire crache quand on raconte. Comme si les simples faits n'étaient pas assez terribles. C'était probablement une douce matinée d'automne qui avait vu les jumeaux prêts à s'étriper. Ils avaient décroché les rapières tranchantes et il était clair qu'ils ne faisaient pas semblant. Ils étaient sans masque et furieux, ils n'avaient pas mesuré les distances ni évalué leur position. Ils attendaient que l'autre bouge, et ils n'avaient pas l'intention d'attendre longtemps. Chaque veste était à moitié déboutonnée. Peut-être avaient-ils décidé au dernier moment que cette partie d'escrime ne serait pas comme les autres. Ils avaient arraché les armes du mur sans se soucier de qui prenait laquelle. J'attendais, curieuse. Une de ces pointes allait faire ce pour quoi elle avait été aiguisée une bonne centaine d'années auparavant.

Bien sûr, si j'avais pu prévoir ce qui allait se passer, j'aurais agi autrement. Plus tard, quand les gens à qui je raconterais cette histoire seraient trop indignés pour continuer à m'écouter, je devrais me demander sérieusement pourquoi je ne suis pas intervenue. L'une des raisons était que je ne le pouvais pas parce que les portes du balcon étaient fermées. Les rideaux étaient ouverts, je voyais tout, mais je ne pouvais pas me rendre sur place. Pour être honnête, je n'en avais pas vraiment conscience à ce moment-là. Je n'ai pas tenté de m'approcher, je sentais, en fait, que ce duel n'avait pas besoin d'assesseur. Qui, mieux qu'eux, les sosies, pouvait surveiller leur âme jalouse ? Je n'ai pas bougé, je m'attendais à un beau match, une œuvre d'art avec des armes tranchantes pour rétablir l'équilibre entre deux sabreurs brouillés. Finalement, tout est allé beaucoup trop vite. Les instants ont culbuté les uns dans les autres. Avant il y avait eu deux frères, deux sabreurs, deux pas en avant. Ensuite, il n'y avait plus qu'une seule victime, un seul coupable.

D'emblée il n'a plus été question d'escrime. Un bref instant, les détails – la position des mains, les premiers pas à l'intérieur des lignes de la piste – sont encore entrés dans le cadre d'un combat régulier, mais très vite tout a dérapé. Après quelques mouvements abrupts, ils étaient plaqués l'un contre l'autre dans une étreinte convulsée. Je ne voyais pas de sang. Leurs armes sont tombées en même temps sur le sol, ils se sont tous deux affaissés, mais Friedrich a été le premier à se tordre, à suffoquer, les yeux écarquillés, comme si c'était par les yeux qu'il respirait. Je me suis précipitée contre la vitre, dont j'avais oublié l'existence. Au même moment, alarmé par un cri que je ne pouvais pas entendre, Egon est entré en trombe dans la pièce.

Quelque part, un silence écrasant s'était installé. Peut-être déjà pendant la poursuite dans le hall, alors que mes oreilles bourdonnaient ou que je lisais le télégramme de mon père en retenant mon souffle, mais plus certainement quand j'ai compris que les jumeaux se battaient pour de bon. J'ai repensé à l'accident sur la route de Maastricht à Kerkrade, au silence soudain dans le bus. Hommes, femmes, enfants, moches ou sots, gros ou maigres avec des chapeaux ridicules et autres attributs, le fourbi dans le sac, l'odeur de sueur sous les aisselles et celle des haleines : tous, ils étaient d'un seul coup devenus graves. Jusqu'à ce qu'on sache. Ce silence avant la confirmation du malheur, ce n'était pas de la lâcheté, mais une humilité instinctive face au destin.

Le son est revenu avec ce souvenir. J'ai entendu que l'un gémissait tandis que l'autre ouvrait grand la bouche, mais plus rien n'en sortait, plus rien n'y entrait. Quand Egon a compris qui avait été touché, il a pris le garçon dans ses bras et s'est mis à appeler, sans retenue, du plus profond de son être, comme les hommes savent le faire quand les choses tournent vraiment mal. Il a serré le corps de Friedrich contre lui, l'a soulevé et a poussé un hurlement de bête sauvage.

Ensuite, tout est allé encore plus vite. Heinz s'est rué dehors et a mis la voiture en marche. J'ai descendu l'escalier de la plateforme en courant, trébuchant sur le drap qui se défaisait, mais je ne sentais ni le froid ni la honte, plus rien n'avait d'importance, excepté le temps et l'air. Si seulement il était resté encore assez d'air et de temps, c'était vrai pour toutes les choses de ce monde, mais à ce moment-là, surtout pour Friedrich. Il respirait encore quand Egon l'a transporté au-dehors. Je n'avais jamais vu quelqu'un respirer aussi clairement. Siegbert suivait, Léni lui tenait la main, il était blanc comme un linge. Une tache rouge marquait sa veste. L'empreinte du sang de son frère. Il m'a regardée comme s'il était fatigué de vivre, j'ai eu un geste d'impuissance et j'ai vu qu'Egon couchait son double dans la voiture. Sa tête s'était renversée. Le premier véritable sang venait d'apparaître, une goutte bien visible qui a glissé comme un insecte sur le bord de sa veste, puis sur sa poitrine secouée de tremblements. Heinz a fait demi-tour, enfoncé sa casquette et démarré. Les trois hommes étaient à présent très calmes et solidaires. Y compris la victime qui avait cessé de respirer. J'ai scruté le ciel, m'attendant à le voir s'obscurcir, mais tout était calme au-dessus du garçon, jusqu'à ses cheveux qui restaient immobiles dans le vent. Il était devenu une chose. Lorsque j'avais connu son corps, il était bien chaud.

Quand ils ont disparu derrière le portail, Siegbert a commencé à trembler. Il sanglotait de plus en plus fort et respirait par à-coups.

– Calme-toi, le suppliait Léni. Calme-toi mon garçon.

Mais il s'est dégagé, comme s'il décidait *in extremis* de desserrer la corde qu'il avait au cou et de continuer à respirer.

5

On a décidé d'emmener Siegbert chez le paysan le plus proche. Il s'accrochait comme un enfant à la main de Léni, détournant la tête pendant qu'elle me donnait des instructions : amener les chevaux dans le pré, surveiller le gâteau dans le four, l'attendre. Elle serait de retour à temps pour recevoir mon père. Pour l'instant, elle devait amener le garçon chez Mme Wolf et trouver un téléphone afin de prévenir la mère. Léni était une femme pragmatique. Elle se préoccupait de la visite de mon père, qu'elle n'avait jamais vu, alors que quelqu'un qu'elle ne verrait plus jamais venait juste de partir. J'imaginais que, si un jour elle s'apprêtait à mourir, elle voudrait d'abord mettre le gâteau dans le four, le diable se cache dans les détails mais un gâteau ça se planifie, de la pesée des ingrédients au temps de cuisson à respecter. Le malheur, ce n'est pas une raison pour délaisser ce qui dépend de nous.

– Ça va aller ?

Son sourire était amer. J'ai vu aussi qu'elle désirait ardemment que le Raeren retrouve son calme, dès le lendemain si possible. Elle voulait se débarrasser de lui, cette créature maladive agrippée à sa main avec sa veste qui flottait au vent, ses cheveux en bataille, aussi laid à présent qu'un héron mouillé, et puis ces chaussures de sport qu'il avait enfilées le matin, amoureux, ne soupçonnant rien… C'était bizarre, mais je trouvais que Léni avait raison. Je regardais les nœuds de ses lacets et ressentais une vive aversion. Qu'est-ce qu'il s'était imaginé ? Ce gamin devait ficher le camp pour que je puisse sortir les chevaux et faire cuire le gâteau. C'étaient les dernières choses qu'il fallait accomplir avant mon départ pour que la maison que je laisserais derrière moi soit en accord avec mes souvenirs.

– Ne t'inquiète pas, ai-je dit en faisant quelques pas avec eux. Tout va rentrer dans l'ordre.

Elle a hoché la tête, c'était ce qu'elle voulait elle aussi. Au loin, les cloches ont sonné. La veille, j'avais été à l'endroit même d'où partaient les sons. Il me semblait que cela faisait un an et, même si cela n'avait été qu'une heure, je savais que plus tard c'est surtout de cela que je parlerais : du marché, des gens, du bureau de poste. Cela ferait un beau récit, tandis que le Raeren demeurerait l'histoire d'un désenchantement, ce qui reste d'un rêve quand la tentative de partager une expérience encore bien vivante s'essouffle devant les bâillements de l'auditeur.

Léni a poussé à fond le portail par où mon père passerait dans une petite heure. Siegbert restait planté sur place, avec cette tache de sang sur sa veste. Je m'étonnais que Léni n'ait pas essayé de l'enlever. Elle qui s'inquiétait toujours du qu'en-dira-t-on. Elle aurait eu le temps de tremper un chiffon dans de l'eau savonneuse, de remettre un peu d'ordre dans la tenue du garçon, j'avais bien eu, moi, le temps de m'habiller. Ça ne collait pas. Elle n'avait pas ouvert le portail en grand pour mon père. Elle n'allait pas chez les Wolf. Elle apportait la pièce à conviction à des hommes qui attendaient cela depuis des mois, qui avaient d'abord douté, parce que Herr von Bötticher jouissait d'un certain prestige, mais avaient fini par prêter une oreille bienveillante à ce que son serviteur et sa femme racontaient. Ils avaient pris des notes, leur avaient demandé de les tenir au courant. Maintenant, ils allaient taper une lettre qui n'aurait pas besoin de passer par un juge.

– Attends-moi ! ai-je encore crié, mais je savais déjà que je ne ferais rien.

Il fallait d'abord ranger les armes qui étaient restées sur le parquet de la salle d'escrime, pas dans une flaque de sang évidemment, mais elles devaient quand même être essuyées et mises à la cave. Ensuite, j'ai descendu ma valise. Mon bagage était le même que celui avec lequel j'étais venue, comme s'il ne s'était rien passé entre-temps, comme si le vécu ne pesait rien. Le gâteau remplissait imperturbablement les étages inférieurs d'une odeur alléchante, et dehors les chevaux donnaient des coups de pied contre la porte de leur box. Je devais me dépêcher. J'effaçais des preuves sans savoir si c'était pour la Gestapo ou pour mon père. Loubna était sale. Peu soucieuse de sa valeur esthétique, elle s'était roulée dans la boue ; retirer toutes les croûtes de ses flancs m'aurait pris une bonne demi-heure, aussi l'ai-je emmenée dans un champ à l'écart, loin des regards. Mégaira était plus propre, non pas parce que se rouler dans les prés était indigne de sa condition, mais parce qu'elle portait une couverture qui avait absorbé toute la boue. Elle s'est frotté le nez contre ma poitrine comme si j'étais un arbre.

– Ne t'en fais pas, tout va s'arranger, ai-je dit, mais la jument ne s'en faisait pas le moins du monde, elle me transperçait du regard et réfléchissait mon image dans son œil scrutateur : ma bouille ronde et pâle avec, en arrière-plan, les arbres nus.

Les chevaux voient mieux au loin que de près. Quelque chose a soudain basculé dans son œil, où la fureur a chassé mon image. Elle a tendu les muscles, trépigné sur place en s'affaissant un peu comme pour se cabrer. Merde ! Je n'allais pas pouvoir la tenir. Elle s'est mise à déféquer et à creuser le sable de son sabot, elle a sorti tout le répertoire hystérique des chevaux à un moment qu'elle a choisi parce qu'il ne me convenait pas du tout. J'ai voulu me fâcher, lui donner un coup quand j'ai vu, derrière mon image, ce qu'elle avait vu. Une voiture, au moins aussi noire qu'elle, venait de s'engager dans l'allée principale.

Mon père a toujours été plus grand dans mes souvenirs que dans la réalité. Il est sorti du véhicule, a claqué la portière, planté son chapeau bien droit sur sa tête, s'est penché pour regarder à travers la vitre, a ouvert à nouveau la portière et pris ce qu'il avait oublié – la sacoche qu'il traînait depuis toujours comme un organe fripé. Il avait un comportement si conformiste qu'à l'intérieur des murs du Raeren il paraissait exotique. Tout en lui était correct, bonne coupe et pure laine vierge. Plus âgé que nécessaire. Cela ne me déplaisait pas, d'ailleurs, je n'avais pas envie de le voir comme quelqu'un du même âge qu'Egon. Fragile, c'était l'adjectif qui lui convenait, il se conduisait depuis une dizaine d'années comme un vieil animal qui avait fini par accepter ses pattes rouillées et son regard flou. Il ne m'a vue que lorsque je l'ai appelé. Toute sa personne a exprimé l'étonnement :

– Mais comment est-ce possible ?

Je n'ai eu droit qu'à un baiser furtif car il était encore sous le choc d'une collision entre l'inimaginable et la réalité.

– Ce n'est pas possible, c'est bien elle pourtant !

Il parlait de la jument, que la rencontre avait distraite et qui s'était calmée. Il l'a caressée, elle a mordu un bouton de sa veste.

– Mais c'est impossible, je jurerais pourtant !

Il a haussé les épaules, retiré ses gants, les a mis dans une poche intérieure, a reboutonné sa veste. Bon.

– Tu as embelli !

Mais il ne semblait pas rassuré pour autant.

– Ce séjour t'a fait du bien, au moins ?

J'ai hoché la tête, me demandant vaguement s'il avait remarqué quelque chose. On dit que les mères le voient sur le visage de leurs filles, mais c'était un homme, il a pincé les lèvres et cherché des indices sur la façade de mon logis.

– Où est le maître des lieux ?

Je lui ai expliqué ce qui s'était passé le matin même. Il a d'abord écouté comme un médecin, en hochant la tête, le regard en coin.

– Pneumothorax compressif, l'air ne peut plus sortir de l'espace pleural. Perforation peu profonde probablement, sinon il serait mort sur le coup. Je n'aurais pas pu faire grand-chose moi non plus.

Puis le père est réapparu.

– Amène ce satané cheval dans le pré et montre-moi immédiatement ce qui s'est passé ici, nom d'une pipe !

Peu après, je l'ai retrouvé dans le hall, nerveux, la main sur la poignée de la porte du couloir qui menait à la chambre d'Egon. C'était peut-être de famille, cette manie de fouiller dans les affaires des autres. Il a retiré sa main et l'a mise sournoisement dans sa poche, comme s'il y cachait quelque chose qui ne lui appartenait pas.

– Ces armes antiques, il vous laissait vous battre avec ?

– Évidemment pas. Elles étaient accrochées au mur en décoration.

Il a fait un signe de tête qui se voulait désinvolte en direction de la porte.

– Là-derrière, c'est le salon ?

– Il n'y a pas de salon, nous nous réunissions toujours dans la cuisine.

La cuisine ne l'intéressait pas, il y était allé, il était tombé sur deux chiens et il n'aimait pas les chiens. Il a soupiré, je ne l'aidais pas.

– Et qu'est-ce qu'il y a là-derrière ?

– La chambre de von Bötticher.

Il hésitait entre la politesse et la curiosité et, naturellement, c'est cette dernière qui a pris le dessus, je l'ai vu au sourire polisson qui le faisait paraître plus sympathique, plus jeune. Quand nos parents nous attendrissent, c'est sûrement signe que nous sommes devenus adultes.

– Tu veux voir ? Il n'y a plus grand-chose depuis le grand nettoyage. Avant c'était plus chaleureux.

– Le grand nettoyage ?

– Il y a dix jours, il est revenu d'Amsterdam et il a décidé que la maison avait besoin d'un grand coup de balai ; tout ce qu'il jugeait inutile devait être brûlé ou jeté. On a retapissé les murs, repeint les portes. Ça nous a occupés un bon moment.

Son regard s'est assombri. Il a regardé la laque d'un blanc immaculé des fenêtres et j'ai deviné ce qu'il pensait : il pensait que cette maison ressemblait à un sanatorium, avec une cour pour que les prisonniers puissent s'aérer.

– Mon Dieu, a-t-il murmuré, je t'ai livrée à un fou.

Dans la chambre d'Egon, j'ai vite remis le couvre-lit en place. Mon père m'a vue faire, j'ignore ce qu'il en a conclu. Il a fixé le velours sans rien dire, puis il s'est tourné vers le bureau, sur lequel il y avait encore la gravure, mais aussi les crayons, trois en tout, bien aiguisés, à égale distance les uns des autres, le compas juste un peu plus bas, à droite, le bloc-notes sur le coin gauche et la gomme sur le papier, entre les lignes. Il a souri brièvement en regardant la gravure puis s'est remis à chuchoter avec un air de conspirateur.

– Je n'aurais peut-être pas dû lui parler de Thibault. J'espérais lui faire adopter un comportement défensif. Je vois maintenant qu'il est retombé dans sa névrose. Je vais te dire ce que j'entends par là.

Et il m'a expliqué ce que je savais déjà, notamment qu'Egon souffrait d'un trouble obsessionnel compulsif. Mon père avait pensé, autrefois, qu'il s'agissait d'un épiphénomène du stress post-traumatique, mais il n'en avait trouvé aucune description dans la littérature, pas même quand les publications sur l'obusite – une association de troubles psychiques et physiques observée chez les soldats des tranchées – s'étaient multipliées. Egon ne tremblait pas, il n'avait pas ce regard vide, perdu dans le lointain, émotionnellement détaché que les Anglais ont appelé « *thousand yard stare* ». Il n'a eu qu'une courte période de dissociation et, ensuite, quand il s'est reconnu dans le miroir, il y a eu ce trouble obsessionnel compulsif, la manie du rangement. Tout devait être placé suivant un certain ordre, encore et encore, et quand ils ont été séparés il n'était toujours pas complètement guéri.

– Les humains, par nature, aspirent à la complétude, a-t-il dit. Si les animaux peuvent détruire sans état d'âme, nous, nous aimons ce qui est complet et ce qui se tient. Et, pourtant, regarde un peu où nous sommes, nom d'un chien ! Le drame qui s'est déroulé ici montre bien que tous nos efforts pour mettre de l'ordre dans le chaos, la passion n'en a cure.

Il s'est assis près de moi sur le lit. À la maison, comme il n'y avait pas d'autre meuble dans ma chambre, nous nous asseyions souvent l'un près de l'autre sur mon lit quand nous voulions parler. Mais, cette fois, c'était bizarre. Pour lui, c'était le lit d'un homme qu'il n'avait pas vu depuis bien longtemps, devenu un étranger. Se doutait-il que je le connaissais mieux que lui à présent ? Prise d'une légère panique, je me suis levée. Si nous rentrions à la maison, je ne pourrais plus chanter en toute innocence dans la voiture comme nous avions l'habitude de le faire, et la glace du marchand, juste après la frontière, n'aurait plus le même goût. Si mon père m'en offrait une, ce qu'il ferait, je n'en doutais pas, je serais ridicule dans mon rôle de fille, maladroite et pitoyable, comme l'enfant qui dépasse subitement ses camarades de classe de deux têtes et veut cependant continuer à jouer avec eux. Je ne pouvais pas revenir en arrière. C'était un aller sans retour. À présent j'avais la nausée. Nous sommes parfois étrangers à nous-mêmes quand nous regardons en arrière, quand nous avons honte et qu'il est trop tard. Egon, lui, après un séjour comateux à l'hôpital, ne s'était pas reconnu dans l'ici et maintenant. « Trouble dissociatif de l'identité », avaient dit les médecins, mais ce sentiment d'étrangeté vis-à-vis de lui-même n'était-il pas plutôt l'acuité de sa conscience tout juste éveillée ? J'aurais voulu posséder une telle conscience. À présent je voulais que mon père me ramène à la maison, mais il restait assis triomphalement sur ce satané couvre-lit rouge, il avait encore beaucoup de choses à me dire, dans le genre : je suis passé par Aix-la-Chapelle, cela faisait au moins dix ans que je n'y étais pas allé. J'ai trouvé la ville remarquablement conventionnelle, propre et bien rangée. Comme la maison d'une vieille femme qui serait toujours en train de frotter, bien que son mari soit mort et les enfants partis depuis longtemps. Alors qu'il y a aussi de la beauté dans le désordre. Mais on a besoin de ces gens-là si on veut reconstruire. Hitler doit le savoir.

Il a posé ses mains à plat sur ses genoux, a examiné ses ongles.

– Avec les nazis au pouvoir, je m'attendais à une ville plus carrée, plus virile, pas à un antre folklorique de bonnes femmes. Les idéalistes s'imaginent qu'on peut remettre la vie traditionnelle à l'honneur, mais les hommes qui ont connu la science, on ne peut pas les renvoyer à l'époque des cavernes, de même qu'on ne peut pas rendre à une femme l'innocence de la jeune fille, on peut tout au plus espérer qu'elle conservera sa douceur.

Il a de nouveau déboutonné sa veste et en a sorti le télégramme qu'Egon lui avait envoyé. Ensuite il a regardé à travers la fenêtre avec la vision d'un cheval : floue sur ce qui est proche, d'une grande acuité dans les lointains du passé.

– Egon m'écrit qu'il avait répondu à mes lettres, mais qu'il avait conservé ses réponses au lieu de les envoyer. Vieille histoire, longue histoire.

– Tu ne m'apprends rien.

Ses yeux ont fait un saut dans le présent, surpris.

– C'est possible. J'ai longtemps été malheureux de ne pas recevoir de réponses. Mais j'ai également une surprise pour lui : je lui ai écrit moi aussi une lettre que je n'ai jamais envoyée.

Il a sorti une enveloppe de sous le télégramme, affranchie mais sans adresse.

– J'aurais aimé qu'on fasse l'échange en même temps, quelque chose qu'il ne sait pas contre quelque chose que je ne sais pas. Mais bon, il n'est pas là, et ses lettres…

Son regard a fait le tour de la pièce.

– Ses lettres ne sont pas là non plus, ai-je dit sur un ton ferme. Allons-y, il est temps.

Étrangement, il s'est contenté de ma réponse.

– Je sais, a-t-il dit. C'est terrible. Je suis vraiment désolé.

Il s'est levé, a essayé de glisser l'enveloppe dans sa poche intérieure mais, finalement, avant de quitter la pièce, il l'a jetée sur le bureau. Bon. Je marchais derrière lui dans le hall. Mon cou était brûlant, c'était comme la chaleur d'une main paternelle, mais les mains de mon père étaient derrière son dos. Il n'y avait encore jamais eu un tel silence au Raeren, le calme avant la tempête. Tout serait silencieux quand le maître des lieux rentrerait, il ne verrait pas âme qui vive, seulement une lettre, qu'il lirait en silence parce qu'on se tait quand les grandes personnes parlent.

Mon père a soulevé ma valise qui attendait au soleil et m'a lancé un regard interrogateur. Oui, j'étais prête. Mais, quand il s'est avancé en direction de la voiture, je me suis immobilisée, les doigts sur le montant de la porte comme on tient un livre quand on approche des dernières pages.

– J'ai oublié quelque chose, ai-je dit, et je suis retournée à l'intérieur.

Maastricht, 20 septembre 1917

Cher Egon,

Cette lettre, je vais la cacheter et la garder. Quand on écrit une lettre pour ne jamais l'envoyer, qu'est-ce que c'est ? Une plainte ? Quand on se plaint, on ne veut pas être contredit. Une confession ? Au confessionnal, on s'accuse soi-même et on veut être contredit, mais ça n'arrive pas, la réponse qu'on reçoit n'étant pas adéquate. Je remplis ces feuilles en sachant que rien ne viendra contredire mes mots ; ils resteront entre toi et moi, et tu es mon ami imaginaire. Quelqu'un qui comprend enfin tout et qui me pardonne en son nom. Et, si ce fantasme devient réalité, alors cette lettre s'adresse à un futur ami.

Pourquoi écrivons-nous ? Pour faire justice au passé ou à l'avenir ? Il paraît qu'à la poste restante on garde les lettres cinquante ans. Le mot écrit compte plus que le mot parlé ; cette considération pour l'écrit, nous la partageons avec les animaux. Eux aussi s'intéressent davantage aux traces laissées par un animal qu'à sa présence réelle. C'est une erreur de penser qu'ils ne vivent que dans l'instant présent. Ils reniflent l'odeur d'une bête qui n'est plus là : l'autre donc, et le passé. Seul l'avenir ne les tracasse pas. Ils ne font pas de projets, n'aspirent pas à comprendre, n'essaient pas d'imaginer une vie différente. Ils subissent les changements sans se préoccuper de savoir s'il s'agit d'avancées. La mort, ça ils connaissent. Peut-être suis-je une bête parce que je ne partage pas ton idéalisme. Je veux réparer les humains, pas les rendre meilleurs. Nous pensons que nous sommes plus développés que nos grands-parents, mais nos organes fonctionnent toujours de la même manière, nous savons seulement mieux les réparer. Je pouvais tout réparer en toi, sauf tes passions. Imagine, si on pouvait inventer un moyen de bannir la soif de vengeance ! On pourrait mettre fin à ce carnage !

Je viens de t'envoyer une lettre dans laquelle je te mens.

Je t'ai écrit que tu n'avais perdu connaissance qu'à Maastricht. C'est un mensonge, tu t'en es toujours douté. Si on avait su que je t'avais transporté sans connaissance aux Pays-Bas, tu aurais pu protester et j'aurais été obligé de te laisser partir. Physiquement, tu étais en état de le faire et ta condition psychique n'aurait pas été prise en compte. Ce mensonge, je ne le regrette pas, mais tu comprendras que je ne pourrai l'avouer que lorsque la guerre sera finie.

Je t'ai écrit que je n'avais pas retrouvé ton cheval. Cela aussi est un mensonge. Ta jument est le premier être vivant que j'ai tué. J'ai sorti mon scalpel et je luis ai coupé la carotide. Elle s'est laissé faire. Elle s'est mise à respirer plus vite et, après quelque temps, elle a fermé cet œil qui avait vu tant de choses qu'elle ne pouvait plus fuir. Le vétérinaire était déjà parti quand nous vous avons trouvés. Tu semblais mort, comme la plupart de tes camarades, mais elle se frottait désespérément sur le sable, s'ébrouant et donnant des coups de pied. C'était le plus beau cheval que j'avais jamais vu. Son poil brillait malgré ses blessures, sur son ventre, le sang était noir comme du goudron.

Je ne me suis jamais vraiment intéressé aux animaux, mais

l'instinct de ta jument était plus sage que celui de la plupart des humains. Elle a suivi des yeux tous mes mouvements. Pour ne pas souffrir, il suffit de regarder les autres. Dans ses yeux, j'étais l'arbitre qui, d'un geste clinique, coupait sa carotide en deux sur la longueur, pour que le sang gicle plus rapidement, que ses muscles se détendent et que le seul avenir qu'elle connaissait advienne. Quand elle a rendu l'âme, tu as soupiré, et j'ai compris que tu étais vivant.

Fleuret

Sabre

Épée

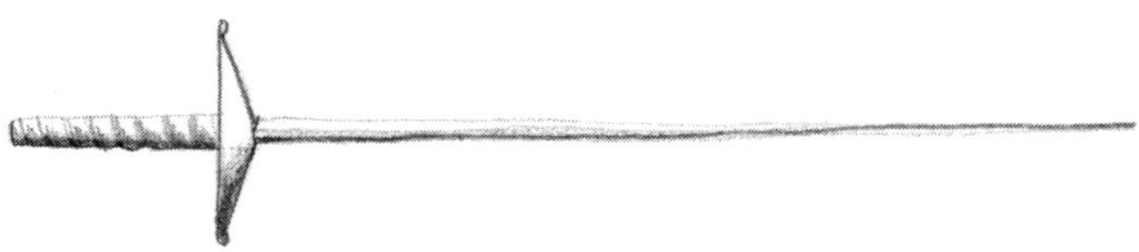

Parisienne

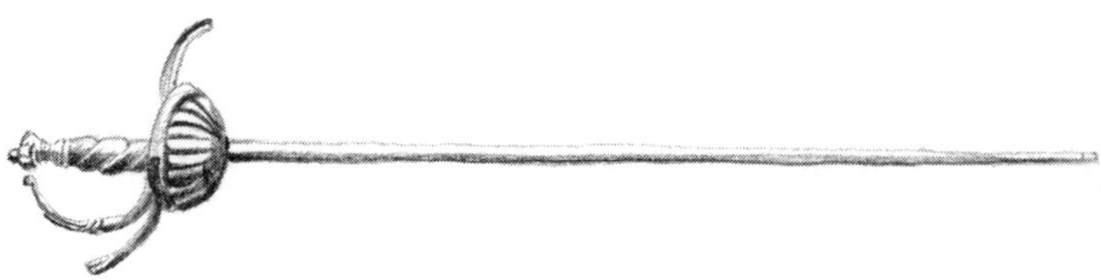

Rapière

Remerciements

Je tiens tout d'abord à remercier maître Bert van den Berg, qui m'a enseigné l'escrime, et maître Ruud van Oeveren, qui a bien voulu me faire profiter de son impressionnante expertise en la matière. Je remercie également le docteur Job van Woensel (AMC Amsterdam), Evelyn de Roodt (autrice de *Oorlogsgasten*, un livre sur les réfugiés de la Grande Guerre aux Pays-Bas), Krijn Thijs, docteur en histoire (Institut allemand d'Amsterdam), Ankie van den Berg et Rolf Bergfeld, qui m'ont évité de commettre des erreurs et des bévues. Et, pour finir, je remercie Mirjam van Hengel pour avoir cru, de façon indéfectible, en ce livre.

MdM
Malines, juillet 2010

La Vierge néerlandaise
a été achevé d'imprimer en France
par l'imprimerie Normandie Roto Impression s.a.s.
Le 15 novembre 2022
Pour le compte de
Les Argonautes Éditeur,
Saint-Germain-en-Laye.

Nous nous engageons pour la protection
de l'environnement et une
production française responsable

Ce livre a été imprimé en France, sur un papier certifié issu de forêts gérées durablement, chez un imprimeur labellisé Imprim'Vert, marque créée en partenariat avec l'Agence de l'Eau, l'ADEME (Agence de l'Environnement et de la Maîtrise de l'Énergie) et l'UNIC (Union Nationale de l'Imprimerie et de la Communication).

ISBN : 978-2-494289-02-4
N° d'édition : 0001
N° d'impression : 2205624
Dépôt légal : janvier 2023

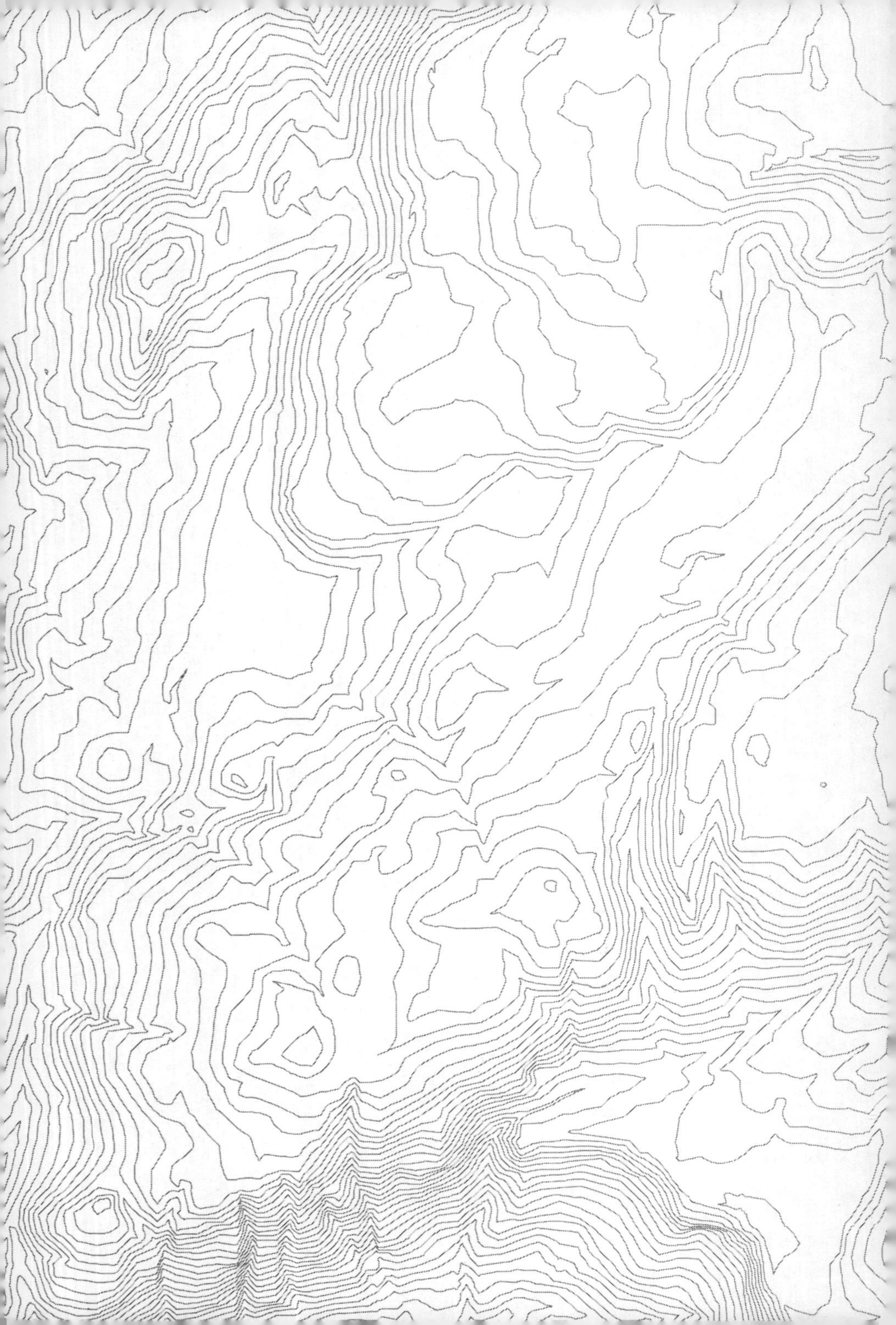